Lisa Schirmaier

23/01

Patricia Schröder
Hexgirls – Magische Freundinnen
(Doppelband)

Patricia Schröder, Jahrgang 1960, wuchs in Düsseldorf auf und studierte Textildesign. Nach einigen Jahren in diesem Beruf zog sie mit ihrer Familie in den Norden und begann zu schreiben. Heute lebt sie auf Eiderstedt und arbeitet sehr erfolgreich als freie Autorin. Nähere Angaben zur Autorin findet ihr unter www.patricia-schroeder.de.

Patricia Schröder

HeXGirLs

Magische Freundinnen

(Doppelband)

Klopp · Hamburg

In der Reihe *Hexgirls* von Patricia Schröder
sind erschienen:

Hexgirls – Eine magische Clique
Hexgirls auf Klassenfahrt
Hexgirls – Zauberhafte Freundinnen
Hexgirls im Castingfieber
Hexgirls – Alarmstufe Grün!
Hexgirls – Gefährliche Ferien
Hexgirls – Voll verknallt!
Hexgirls im Liebeschaos
Hexgirls – Verzauberte Schwestern
Hexgirls – Verflixte Wünsche
Hexgirls – Magische Freundinnen (Doppelband)

Mix
Produktgruppe aus vorbildlich bewirtschafteten Wäldern und anderen kontrollierten Herkünften
FSC
www.fsc.org Zert.-Nr. GFA-COC-1262
© 1996 Forest Stewardship Council

Erstmals erschienen unter den Titeln:
Hexgirls – Eine magische Clique
Hexgirls auf Klassenfahrt
Einband und Vignetten von Dagmar Geisler
Satz: UMP GmbH, Hamburg
Druck und Bindung: Friedrich Pustet, Regensburg
Printed in Germany 2008
ISBN 978-3-7817-1895-1

www.erika-klopp.de

Hexgirls – Eine magische Clique

Inhalt

Hexgirls auf Klassenfahrt

Inhalt

HeXGirLs

Eine magische Clique

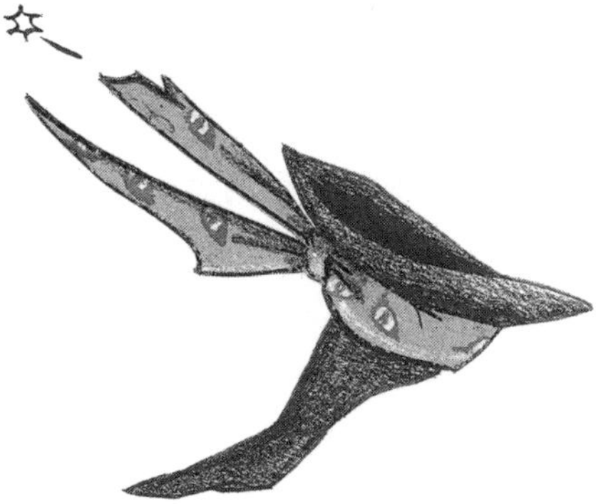

Zitronenlimo mit Colageschmack

Lucy stolperte mit dem Tablett in der Hand so hastig die Treppe hinunter, dass ein paar Gläser umfielen und ihre Schwester Mira, die mit dem Partyschmuck voranging, vor Schreck erstarrte.

»Geht's vielleicht noch ein bisschen schneller?«, knurrte sie. »Du kriegst es noch hin, dass Mama die Party im letzten Moment abpfeift.«

»Quatsch, nun übertreib doch nicht gleich so«, erwiderte Lucy und balancierte das Tablett zum Tresen hinüber. »Dann wäre es schließlich ihre Schuld, weil sie die Gläser nach der letzten Feier nicht wieder runtergebracht hat.«

»Na, du hast vielleicht 'ne Logik.«

Mira schüttelte den Kopf, und ihre schwarzen Kringellocken tanzten um ihr schmales Gesicht. Sie warf einen Blick auf die Clownsgesicht-Uhr, die ihr Vater im letzten Frühjahr als Tombola-Trophäe von einer Faschingsveranstaltung mitgebracht hatte, und stellte fest, dass für Auseinandersetzungen ohnehin keine Zeit war. In weniger als einer Stunde würden die Gäste eintrudeln, und es war noch so gut wie überhaupt nichts geschmückt. Hastig erklomm sie einen Barhocker und befestigte den ersten Lampion.

»Zu blöd auch, dass es ausgerechnet heute regnet«, schimpfte Lucy. »Es wäre viel schöner gewesen, im Garten zu feiern.«

Sie öffnete den Kühlschrank und inspizierte dessen Inhalt. »Mist! Nur Fanta, Saft und Zitrolimo.« Wütend knallte sie die Tür des Kühlgerätes wieder zu. »Das hat sie extra gemacht, die alte Giftschlange.«

»Jetzt hör aber auf«, entgegnete Mira. »Die Giftschlange ist immerhin unsere Mutter.«

»Ja, ja.« Lucy verschränkte die Arme über der Brust und wanderte auf dem Teppichboden auf und ab. Unterdessen brachte Mira den letzten Lampion an.

Dann kauerte sie sich auf den Barhocker, stieß sich von der Kante ab und sprang ihrer Schwester genau vor die Füße. »Und wohin jetzt mit der Lichterkette?«

»Mir doch egal.«

»Mann«, brummte Mira. »Kannst du nicht ein bisschen gutlauniger sein? Bloß zur Feier des Tages.«

»Zur Feier des Tages?«

»Ja, Schwesterchen. Oder hast du's etwa schon vergessen? Wir haben Geburtstag.«

Mira tat so, als ob sie ihr Cello in der einen Hand hielte, und setzte mit der anderen einen imaginären Bogen an. Dazu summte sie leise: »Happy birthday to you, happy birthday to you, happy birthday, dear Lucy, happy birthday to you.«

»Ach ja!«

Lucy tat so, als wäre sie überrascht, und schlug sich gegen die Stirn. Dann stürzte sie hinter den Bartresen, platzierte ein paar Schalen darauf und füllte sie mit diversem Knabberkram. Danach schnappte sie sich die Lichterkette und hängte sie über die Uhr mit dem Clownsgesicht.

»Aber da ist doch überhaupt keine Steckdose«, sagte Mira.

»Null problemo.«

Lucy schoss die Treppe hinauf und kam kurz darauf mit einem Verlängerungskabel zurück. Sie stöpselte alles zusammen, und als die bunten Geschenkpäckchen, die Mira in mühevoller Arbeit um die Lichterkettenbirnchen herum gebastelt hatte, endlich in voller Schönheit aufleuchteten, rief Lucy: »Fertig!«

»Denkste.« Mira schüttelte den Kopf.

»Was denn noch?« Lucy überlegte. Plötzlich rief sie: »Ah, ich weiß. Selbstverschönerung.«

Mira lachte. »Volltreffer.«

Sie fasste Lucy am Arm. Die beiden Mädchen stürmten nach oben in ihr gemeinsames Zimmer und stellten sich nebeneinander vor dem großen rechteckigen Wandspiegel mit dem goldenen Schnörkelrahmen auf.

Äußerlich waren sie kaum voneinander zu unterscheiden. Mochte sein, dass Lucy ein paar Locken mehr auf dem Kopf hatte als ihre Schwester. Mochte auch sein, dass Miras Mundwinkel ein bisschen weniger nach innen gebogen waren als die von Lucy. Aber da musste man schon sehr genau hinsehen. Ihre Gesichter waren schmal, ihre Oberlippen fein geschwungen und ihre Nasen etwas stupsig, was vor allem Mira überhaupt nicht gefiel. Das Auffälligste an den beiden aber waren ihre großen hellblauen Augen, die von langen schwarzen Wimpern eingerahmt waren und jetzt im Sommer durch ihre gebräunte Haut besonders toll zur Geltung kamen.

»Ihr habt's vielleicht gut«, sagte ihre Freundin Johanna zu jeder nur denkbaren Gelegenheit. »Ihr braucht euer ganzes Leben keinen einzigen Cent für Wimperntusche oder Eyeliner auszugeben.«

»Ja, und außerdem werden die Jungs reihenweise darin ersaufen.«

Diese Prophezeiung stammte von der Mutter der Zwillinge und hörte sich in Miras und Lucys Ohren immer an wie eine Katastrophenmeldung. Dabei interessierten Jungs sie nicht die Bohne. Meistens jedenfalls. Zur Feier ihres zwölften Geburtstags hatten sie zumindest keinen eingeladen, sondern nur die Mädchen aus ihrer Klasse und dazu noch Felicitas, die in der Nachbarschaft wohnte und seit dem Kindergarten Miras Spezialfreundin war.

»Weißt du, was wir machen?«, rief Lucy plötzlich.

»Was?«

»Wir ziehen mal wieder die gleichen Klamotten an. Mal sehen, ob die uns noch unterscheiden können.«

»Ach, komm«, erwiderte Mira. »Das merken die doch sofort. So lange, wie wir uns jetzt schon kennen.«

Seit knapp zwei Jahren gingen Lucy und Mira auf die Dietrich-Bonhoeffer-Schule, und als Zwillingspaar hatten sie dort natürlich von Anfang an Aufsehen erregt. Es gab kein Mädchen in ihrer Klasse, das nicht mit ihnen befreundet oder wenigstens in ihrer Nähe sitzen wollte. Und um sich einigermaßen gerecht aufzuteilen, hatten sich Mira und Lucy schon nach einer Woche freiwillig auseinandergesetzt. Damals kamen sie fast jeden Tag in den gleichen Sachen zur Schule und tauschten immer wieder die Plätze, bis ihre Klassenkameraden und auch die Lehrer in der Lage waren, sie an ihrem Temperament und ihren Fähigkeiten oder einfach nur an der Art, wie sie lachten, auseinanderzuhalten.

Inzwischen saß Lucy zwischen Charlotte und Johanna und Mira gleich daneben. Charlotte und Jojo gehörten genau wie Felicitas, die als Einzige auf die evangelische Realschule ging, zu ihrer eingeschworenen Fünferclique, die sich auch nach der Schule zu allen möglichen Unternehmungen traf.

»Na ja, wahrscheinlich hast du recht«, sagte Lucy und schlüpfte in ihr pinkfarbenes Lieblingstop. »Schade eigentlich, dass der Verwechslungsspaß mittlerweile vorbei ist.«

Mira verzog das Gesicht. »Kannst du nicht mal was anderes anziehen?« Sie zupfte an Lucys Saumkante. »Davon kriegt man ja Sehstörungen.«

»Hör auf zu meckern. Beeil dich lieber«, schnaubte Lucy und steckte sich noch eine gelbe Sonnenblumenspange ins Haar. Mira ging ihr mit ihrer Fantasielosigkeit manchmal ganz schön auf den Sender. Immer nur Jeans und blau gepunktete oder geringelte T-Shirts waren doch langweilig. Zur Feier des Tages entschied sich ihre Schwester heute aber tatsächlich für ein rotes!!!, und sie war noch nicht ganz reingeschlüpft, da klingelte es bereits.

»Hey, Lucy!«, rief Jojo und drückte ihr einen Kuss auf die Backe. »Bin ich etwa die Erste?«

»Ja«, rief Mira von hinten, »aber Fee und Charlotte kommen bestimmt auch gleich.«

»Na, hoffentlich«, erwiderte Jojo und wuschelte sich durch die kurzen roten Haare. »Charlotte hat nämlich eure Geschenke.«

»Ach«, tönte Lucy, »habt ihr diesmal etwas zusammen besorgt?«

Jojo ließ sich auf das alte rote Sofa fallen, das unter der Uhr mit dem Clownsgesicht stand, und seufzte: »Eigentlich sind Geburtstagsgeschenke ja Geheimsache.«

»Du hast doch selber damit angefangen«, sagte Mira und ließ sich neben sie plumpsen.

»Ist ja auch egal«, widersprach Johanna sich selbst, so wie es ziemlich oft der Fall war. »Ich konnte jedenfalls nicht mitgehen, weil ich noch dringend was für die Schülerzeitung recherchieren musste.«

Das Fachfremdwort ging ihr mittlerweile so geschmiert über die Lippen, als ob sie bereits eine stadtbekannte Journalistin wäre. Die Wahrheit war allerdings, dass Jojo nur als eine ziemlich kleine Funzel in der Redaktion der Schülerzeitung ihr Licht verstrahlte. Der Oberguru war Roman aus der Zwölften, der alle Fäden in der Hand hielt und Johannas journalistische Leistungen bisher nicht so ganz ernst nahm.

»Der überlässt die besten Sachen immer Sarah«, brummte Jojo. »Bloß weil er in sie verknallt ist. Aber diesmal serviere ich ihm einen richtigen Knüller«, kündigte sie den Zwillingen an.

»Und was?«, wollte Mira wissen.

»Geheimsache«, erwiderte Jojo und verschränkte energisch die Arme über der Brust.

»Aha«, sagte Lucy, die gerade hinter dem Tresen verschwunden war, um eine neue CD einzulegen. »So wie die Geschichte mit unseren Geburtstagsgeschenken, was?«

Eine knappe Viertelstunde später war der Keller voll tanzender Mädchen und die Party endlich im Gange. Aus den Lautsprechern dröhnte Bro'Sis, und zwar ihr neuester Song von der Bravo-Hit-CD 2002, die Charlotte Mira und Lucy zusammen mit zwei Lederarmbändchen im Namen aller drei Freundinnen feierlich überreicht hatte. Insgesamt waren dreizehn Mädchen gekommen, abgesehen von Felicitas fast der gesamte weibliche Teil aus Miras und Lucys Klasse.

»Wieso sind eigentlich keine Jungs da?«, erkundigte sich Birte, als Bro'Sis zu Ende war und die Mädchen ein bisschen Zeit zum Verschnaufen hatten.

»Uäh!«, machte Charlotte und rückte ein paar ihrer Glitzerspangen, die ihr aus den schwarzen Haaren zu rutschen drohten, wieder zurecht. »Jungs, was ist das?«

»Ach«, rief Lucy, »sind das nicht diese komischen Wesen, die immer auf die schwarz-weißen Bälle eintreten?«

»Genau«, kicherte Johanna. »Und wenn die damit erst einmal angefangen haben, hören die nie wieder auf. Mein Vater, zum Beispiel, der hat sich letztes Wochenende vielleicht blamiert, sag ich euch.«

»Schon wieder?«, stöhnte Charlotte, die es allmählich nicht mehr hören konnte, wie ungeschickt sich Jojos Vater in der Seniorenmannschaft des TSV Bebeling anstellte. »Du solltest ihn davon überzeugen, lieber aufzuhören. Sonst bricht er sich eines Tages noch die Gräten.«

»Hat er doch schon«, meldete sich Felicitas zu Wort. Wie

immer war sie die Einzige, die nicht tanzte, weil sie davon überzeugt war, dass sie dabei auch nicht viel besser aussah als eine Ente, die sich mit ihren breiten Watschelfüßen über einen zugefrorenen Teich bewegte. Breit waren Felicitas' Füße zwar nicht, aber für ihre Körpergröße von eins zweiundfünfzig eindeutig zu lang. Dazu kam, dass sie von Natur aus eher still und schüchtern war und nur dann etwas zum Besten gab, wenn sie hundertprozentig sicher war, dass es den Tatsachen entsprach.

»Ja, hat er«, rief Mira, die ihr unter die Arme greifen wollte. Felicitas war in der Clique nicht gerade besonders beliebt, eher geduldet. Aber Mira kannte sie schon aus der Sandkastenzeit und hatte ihre Treue und Ehrlichkeit längst zu schätzen gelernt. Das waren zwar nicht unbedingt unterhaltsame Eigenschaften, aber dafür konnte Mira sicher sein, dass sie ein Geheimnis, das sie Felicitas anvertraute, nicht gleich in der nächsten Woche in einem Artikel der Schülerzeitung serviert bekam.

»Stimmt!«, sagte Charlotte. »Ich erinnere mich. Das war doch im letzten Jahr, nicht? Hat er sich da nicht die Hand gebrochen?«

»Eine?«, entgegnete Lucy belustigt.

»Nein, es waren natürlich gleich alle beide«, bestätigte Johanna.

»Ein Glück, dass unser Vater nur Zauberer ist«, sagte Lucy mit einem Augenzwinkern zu Mira. »Da kackt ihm höchstens mal eine Taube auf den Kopf, wenn er sie zu lange unter dem Zylinder behält.«

»Zauberer«, murmelte Charlotte versonnen. »Das ist ein toller Beruf. Stellt euch bloß mal vor, ihr könntet das. Zum

Beispiel unseren Schulhausmeister in eine Ameise verwandeln …«

»Oder einfach nur diese öde Zitronenlimo in Coca-Cola«, meinte Birte seufzend. Sie schaute die Zwillinge vorwurfsvoll an. »Ich kapier einfach nicht, dass eure Eltern euch das nicht mal an eurem Geburtstag erlauben.«

Mira zuckte die Schultern. »Papa sagt immer, dass man, um ein Schnitzel in nichts aufzulösen, nicht mal einen besonderen Trick braucht, sondern es einfach nur in ein Glas Coke legen muss. Aber …«, fügte sie verschmitzt lächelnd hinzu, »ich kann's ja mal versuchen.«

»Was?«, wollte Felicitas wissen.

»Na, aus der Limo Cola machen«, rief Mira übermütig.

»So eine verrückte Idee kann ja nur eine von euch haben«, sagte Johanna.

»Ts«, meinte Lucy. »Ehrlich gesagt weiß ich auch nicht, was plötzlich in die gefahren ist. Wahrscheinlich ist ihr die Feier zu Kopf gestiegen.«

»Und wenn schon«, entgegnete Mira spitz. »Wetten, ich kann's?«

In der Tat war sie heute ganz schön aufgedreht. Und sie genoss es. Normalerweise war es nämlich Lucy, die im Mittelpunkt stand. Aber warum sollte es nicht auch einmal umgekehrt sein? Selbst wenn es nur um einen Scherz ging, von dem jetzt schon jeder wusste, wie er enden würde.

»Blödsinn«, brummte Johanna auch gleich. »So was kann kein Mensch.«

»Ich schon«, sagte Mira immer noch übermütig. »Wer ist Testerin?«

Natürlich meldete sich Charlotte. Sie war für solche Späße immer zu haben. »Wenn es klappt, spendier ich dir ein Eis«, schlug sie vor. »Wenn nicht, du mir, okay?«

Mira nickte. Das war es wert.

»Mach mal die Musik aus«, bat sie ihre Schwester. »Und die Lampionketten. Für diesen Trick brauche ich Kerzenlicht und absolute Ruhe.«

Kichernd würgte Lucy den Rednex den Ton ab, stellte eine dicke Kerze auf den Boden und zündete sie an. Birte und Karen löschten sämtliches künstliches Licht und hockten sich dann wie die übrigen Mädchen im Kreis um die Kerze herum.

»Uuuh«, flüsterte Karen. »Das ist ja richtig gruselig.«

»Pssst«, machte Mira und presste den Zeigefinger gegen ihre Lippen. Dann reichte sie Charlotte das Glas. Die nahm einen Schluck und nickte. »Eindeutig Zitro.«

»Gut«, sagte Mira.

Sie umfasste das Glas mit beiden Händen und schloss die Augen. Die Mädchen starrten sie gespannt an. Es kam ihnen wie eine Ewigkeit vor, bis Mira endlich etwas sagte: »Zitronum Kolandrum!«

Dabei machte sie mit der rechten Hand eine kreisende Bewegung über dem Glas und hielt es anschließend Charlotte unter die Nase.

»Sieht nicht viel anders aus als vorher«, fand die und schaute triumphierend in die Runde.

»Ich hab ja auch nicht behauptet, dass es wie Cola aussieht«, erwiderte Mira. »Probier doch erst mal.«

Natürlich wusste sie, dass es nie und nimmer geklappt haben konnte, obwohl sie für einen Moment so ein komisches heißes Gefühl in ihrer Hand gespürt hatte. Aber das war ja Quatsch. Unterdessen hob Charlotte das Glas an ihre Lippen. Sie nahm den ersten Schluck und erstarrte. Ihre Augen weiteten sich zu Zweieurostücken, und dann fing sie an zu schreien. So laut und schrill wie eine Sirene. Entsetzt hielt Lucy ihr den Mund zu. Daraufhin verschluckte Charlotte sich so heftig, dass sie kaum noch Luft bekam und ihr die durchsichtige Flüssigkeit durch die Nase tropfte.

»SOS!«, schrie Jojo und haute ihr kräftig auf den Rücken.

»Bist du wahnsinnig!«, zischte Lucy und rannte zur Tür. »Ich hol Papa.«

»Sch…schon gut«, japste Charlotte und hustete den gesamten Rest der Limo einfach auf den Fußboden. Dann richtete sie sich auf und starrte Mira fassungslos an. »Wie zum Teufel hast du das gemacht?«

Mira schüttelte den Kopf. »Ich habe gar nichts gemacht.«

»Aber das ist keine Zitrolimo mehr«, rief Charlotte aufgeregt.

Sogleich schnappte Johanna sich das Glas und leerte es bis zur Hälfte. Die anderen Mädchen starrten sie mit offenen Mündern an.

»Und?«, fragte Felicitas heiser.

»Astreine Cola«, verkündete Jojo. »Überhaupt kein Unterschied zur echten.«

»Wie hast du das gemacht?«

Diese Frage wiederholte Lucy ein paar Stunden später, als die Party längst zu Ende war und die Schwestern in ihren Schlafanzügen auf ihren Betten hockten.

»Keine Ahnung«, sagte Mira und schaute ihre Schwester nachdenklich an. »Ich hab doch selbst nicht dran geglaubt.«

»Verrückt.« Lucy schüttelte den Kopf. »Total verrückt.«

»Ja«, seufzte Mira. »Es war richtig unheimlich. Meine Hand wurde plötzlich so heiß, und dann war da noch dieser Lichtblitz.«

»Lichtblitz?«

»Genau. Der kam irgendwie von oben und ging mitten durch meine Hand direkt in die Limo.«

»Und dann wurde Cola draus«, sagte Lucy aufgeregt. »Ist doch eigentlich 'ne supercoole Sache.«

»Ja, cool, du spinnst wohl.« Mira tippte sich an die Stirn. »Ich will das jedenfalls nicht noch mal erleben. Nie wieder. Was sollen denn die anderen von mir denken?«

Lucy zog die Mundwinkel ein und starrte vor sich hin. »Stimmt. Birte wär fast in Ohnmacht gefallen. Und dann der Schreikrampf, den Charlie bekam. Mannomann, ich darf gar nicht daran denken. Auf meinem Trommelfell dröhnt jetzt noch das Echo.«

Mira schlüpfte unter die Decke und zog sie sich bis unters Kinn. »Nur Jojo fand das überhaupt nicht unheimlich. Eher sensationell«, murmelte sie. »Die ist imstande und schreibt darüber in der Schülerzeitung.«

»Ach was.« Lucy zupfte sich die Sonnenblumenspange aus dem Haar und legte sie auf ihr Nachtschränkchen. »Das glaubt ihr Roman doch sowieso nicht.«

»Wer weiß«, stöhnte Mira. »Ich wünschte, ich wäre niemals auf diese bescheuerte Idee gekommen. Am liebsten würde ich morgen früh aufwachen und feststellen, dass es eigentlich erst heute ist. Dann könnten wir unseren Geburtstag noch mal feiern, und ich würde alles ganz anders machen.«

»Na ja«, meinte Lucy, während sie ebenfalls unter die Bettdecke kroch, »zum Glück hat niemand außer Charlie und Jojo die Zitronencola probiert. So können wir morgen in der Schule wenigstens sagen, dass das alles wirklich nur ein Scherz war und du die Limo natürlich nicht verwandelt hast.« Sie zwinkerte ihrer Schwester zu. »Also, ich fand, es war ein toller Tag.«

Mira verdrehte die Augen. Das war mal wieder typisch Lucy. Ob es wohl jemals etwas geben würde, dem sie keinen Spaß abgewinnen konnte? Wahrscheinlich nicht. Warum nur war die Natur so ungerecht und machte aus äußerlich völlig gleichen Mädchen zwei so verschiedene Wesen? Und wieso musste ausgerechnet sie, Mira, die weniger Begünstigte sein? Klar, sie konnte dafür astrein Cello spielen, während Lucy stinknormale Noten noch immer für altägyptische Hieroglyphen hielt und eher einem Kochtopf so etwas wie eine Melodie entlocken konnte als einem Saiteninstrument. Aber was nutzte einem das schönste musikalische Talent, wenn man ansonsten ein schüchterner Schisshase war?

»Kannst du diese Nacht nicht bei mir schlafen?«, fragte sie.

Lucy zögerte einen Moment. Eigentlich hatte sie keine Lust auf Miras Gestrampel. Doch sie sah ihrer Schwester an, wie ernst es ihr damit war.

»Okay«, seufzte Lucy. »Aber mach dich dünn, ja?« Sie schlüpfte zu Mira unter die Decke und drückte ihr einen Kuss auf die Backe. »Nur keine Panik. Ich werde schon aufpassen, dass du dich nicht selbst verzauberst.«

Alles bloß Physik

Zwar war es für Mira ungeheuer beruhigend, ihre Schwester neben sich liegen zu haben, doch der Gedanke an das, was ihr auf der Party passiert war, ließ sie trotzdem nicht einschlafen.

Da war dieses merkwürdige Kribbeln gewesen, zuerst über ihrem Kopf, dann in ihrem Arm und schließlich in ihrer Handfläche. Und danach war plötzlich dieser Lichtblitz durch sie hindurch bis in das Glas geschossen. Komisch, dass die anderen das gar nicht bemerkt hatten, wunderte sich Mira. Na ja, es war schließlich alles rasend schnell gegangen.

Die ganze Sache war so unglaublich, dass sie Mira einen kalten Schauder über den Rücken jagte. In ihrem Magen breitete sich ein ekelhaft flaues Gefühl aus, und dann fingen auch noch ihre Zähne an zu klappern. Mira wälzte sich einige Male hin und her, aber leider wurde davon auch Lucy unruhig und begann an der Decke zu zerren.

Es nützt nichts, dachte Mira. Du musst dich jetzt und sofort davon überzeugen, dass es ein Zufall war und nie wieder passiert.

Vorsichtig schlug sie die Decke zurück, kletterte über ihre Schwester hinweg und schlüpfte in ihre Pantoffeln. Dann tapste sie auf die Zimmertür zu und anschließend hinunter in die Küche. Mit zitternden Fingern nahm Mira ein Glas aus dem Regal und füllte es mit Leitungswasser. Sie stellte es auf dem Holztisch ab, schob sich auf ihren Stuhl und starrte es eine Weile unschlüssig an.

»Komm schon, Mira«, flüsterte sie sich schließlich selber zu. »Wie wäre es mit Himbeersirup?«

Entschlossen legte sie ihre Hände um das Glas. Und plötzlich war sie ganz ruhig. Sie schloss die Augen und spürte den köstlichen süßen Geschmack bereits auf der Zunge. Dann fuhr der Blitz durch ihren Körper in das Glas.

Mira öffnete die Augen und starrte auf die kristallklare Flüssigkeit. Kaum zu glauben, dass die jetzt nach Himbeere schmecken sollte. Zögernd führte sie das Glas an ihre Lippen, nahm einen kleinen Schluck und hörte für einen Moment auf zu atmen. – Wahnsinn! Das war eindeutig der beste Himbeersirup, den sie bisher getrunken hatte. Viel fruchtiger und weniger süß als die Sorten, die sie kannte. Eigentlich war er genau so, wie sie ihn sich schon immer gewünscht hatte.

Erschrocken ließ sie das Glas aus ihren Händen auf den Tisch zurückgleiten. Wie sie ihn sich schon immer gewünscht hatte? Bedeutete das etwa, dass sie sich auf diese Weise Wünsche erfüllen konnte? Und wenn ja, galt das für alle Wünsche? Würde sie ein einfaches Glas mit Himbeersirup beispielsweise in … in … ja, genau, in einen CD-Player verwandeln können?

Mira umfasste das Glas ein zweites Mal. Sie sah die Musikanlage schon vor sich. Dann kam das Licht. Doch das, was sie danach in ihren Händen spürte, fühlte sich keinesfalls so an wie ein CD-Player.

»Mist!«, fluchte sie leise und starrte auf das Glas. Wäre ja auch wirklich zu schön gewesen. Sie stand auf und nahm noch einen Schluck, bevor sie das Glas ausleerte und in die Spülmaschine stellte. Seltsam, die köstliche Himbeere hatte aber einen verdammt metallischen Beigeschmack bekommen!

»Willst du damit etwa sagen, dass dein Gebräu am Schluss eine Mischung aus Himbeere mit CD-Player-Geschmack war?«, wisperte Lucy.

Die Zwillingsschwestern hatten am Frühstückstisch ihre Köpfe ganz dicht zusammengesteckt, damit ihre Mutter, die noch mit den Rühreiern beschäftigt war, nicht gleich mitbekam, worüber die beiden redeten.

Mira nickte.

»Und wieso hast du das weggeschüttet?«, fuhr Lucy vorwurfsvoll fort. »Ich hätte es nämlich zu gerne probiert.«

»Ach, du hast ja keine Ahnung«, knurrte ihre Schwester leise zurück. »Stell dir nur mal vor, du könntest dir plötzlich Geschmäcker wünschen!«

Im selben Augenblick tauchte ihr Vater im Türrahmen auf »Guten Morgen, die Damen. Was ist denn hier los?«, begrüßte er seine Familie. Ohne eine Antwort abzuwarten, ließ er sich auf seinem Platz nieder und breitete wie gewohnt die Serviette auf seinem Schoß aus.

»Ach, die Mädchen haben wohl mal wieder ihre Geheimnisse«, erwiderte seine Frau lächelnd und platzierte die Pfanne mit den Rühreiern in der Tischmitte. »Hängt bestimmt mit der Geburtstagsparty zusammen.«

Mira und Lucy nickten und grinsten. »Ja, genau. War echt klasse gestern.«

»So?« Frank Lombsky zwinkerte seinen Töchtern zu. »Aber ihr hattet doch gar keine Jungs dabei.«

»Oaah!« Lucy verdrehte die Augen. »Jungs! Wozu das denn?«

Und Mira kicherte. »Die trau'n sich doch eh nicht auf 'ne Mädchenfete.«

Ihr Vater angelte sich ein Schwarzbrot aus dem Korb und lud eine Fuhre Rührei darauf. »Na ja«, meinte er, »das Verhältnis müsste natürlich eins zu eins sein.«

»Wie?«, fragte Mira. »Eins zu eins?«

»Dein Vater meint: auf jedes Mädchen einen Jungen«, sagte Regine Lombsky, die zuerst einen erbosten Blick in die Pfanne und gleich anschließend auf ihren Mann warf.

»Kommt überhaupt nicht infrage«, verkündete Lucy. »Wir haben sowieso noch keine Verhältnisse.«

»Das ist auch besser so«, brummte ihr Vater. »Ich hatte ohnehin eher gemeint, dass ihr sie zu eurem Vergnügen einladet. Luftballontanzen, Schnitzeljagd und so weiter.«

»Ach?« Lucy tat erstaunt. »Und für so etwas braucht man Jungs?«

Und Mira rief: »Als ob uns Mädchen nichts Besseres einfallen würde!«

Frank Lombsky seufzte und konzentrierte sich auf sein Brot. Es gab Momente, in denen er sich in seiner Familie irgendwie überflüssig vorkam. Dieses war gerade mal wieder so einer. Er erinnerte sich noch ziemlich gut an die Zeit, als er zwölf Jahre alt wurde. Damals war er zum ersten Mal verliebt. Natürlich nicht in irgendein Mädchen, sondern in die Lehrerin seiner Parallelklasse. Die war groß und blond und hatte wundervolle grüne Augen. Genau wie seine Frau.

»Ihr werdet euch noch wundern«, sagte er und schaute zwischen Mira und Lucy hin und her. »Eines schönen Tages werdet ihr an nichts anderes mehr denken können als an einen ganz bestimmten Jungen.«

»Wer soll das denn sein?«, brummelte Lucy.

Doch ihr Vater ließ sich nicht beirren. »Ihr werdet wie verzaubert sein …«

»Verzaubert! So 'n Quatsch!«, rief Lucy.

Natürlich entging ihr nicht, dass ihre Schwester bei diesem magischen Wort zusammenzuckte. Aber zum Glück merkten ihre Eltern nichts davon.

»Können wir nicht endlich mal über was anderes reden?«, sagte Mira genervt. Sie starrte auf ihren Kakaobecher und spürte, wie ihr Puls allmählich auf hundertfünfundneunzig stieg.

»Aber sicher«, erwiderte ihre Mutter und beugte sich über die Pfanne. »Zum Beispiel über verschwundene Rühreier.«

»Wo ist denn Charlie?«, wunderte sich Lucy, denn es war eigentlich nicht die Art von Charlotte Mbwase, sich zu verspäten.

»Dahinten kommt sie!«, rief Mira. »Wir müssen die Tür aufhalten.«

Die Zwillinge postierten sich auf der Eingangstreppe des

Busses, damit sie nicht eingefahren werden konnte, und warteten dort auf ihre dunkelhäutige Freundin, die wie ein Dampfross angeschnauft kam. Völlig außer Atem erklomm sie den Bus, pfefferte ihren bunten perlenbestickten Jeansrucksack in die nächste freie Bank und ließ sich hinterherplumpsen.

»Puh«, stöhnte sie. »Danke, Mädels, das war knapp.«

»Ach, komm schon«, entgegnete Lucy. »Du hättest es glatt überlebt, wenn du dieses eine Mal zu spät gekommen wärst. Was war denn überhaupt los?«

»Ach, nix Besonderes. Die Batterie von meinem Wecker war einfach nur leer.«

»Und deine Mutter?«, erkundigte sich Mira. »Konnte die dich nicht wecken?«

Charlotte schüttelte den Kopf. »Die war gar nicht da. Nur ein Zettel mit einer Nachricht.«

»Wie geheimnisvoll!« Lucy beugte sich ihrer Freundin auf der gegenüberliegenden Bank entgegen. »Nicht, dass wir jetzt noch in einen Kriminalfall verwickelt werden.«

»Hör bloß auf«, brummte Mira. »Die Sache mit der Cola reicht mir völlig.«

Charlottes dunkelbraune Augen blitzten auf. »Ja, das war toll. Du musst endlich mal erzählen, wie du das gemacht hast.«

Mira umklammerte ihren Rucksack, den sie auf ihrem Schoß platziert hatte. »Genau weiß ich das auch nicht. Ich hab mir einfach vorgestellt, dass der Zitronengeschmack verschwindet und dafür das Colaaroma erscheint. Dann war da dieser Lichtblitz …«

»Du siehst also, Charlie, das Gegenteil ist der Fall«, unterbrach Lucy ihre Schwester. »Mira weiß genau, was sie tut. Sie ist eine richtige Hexe. Wahrscheinlich kann sie dir sogar sagen, wo deine Mutter ist.«

Charlotte lachte. »Das weiß ich auch so. Sie musste sich die halbe Nacht mit einer dicken Backe herumquälen und hat gleich heute Morgen einen Termin beim Zahnarzt.«

»Woher …?«, stieß Lucy hervor.

Das wäre ja wohl die Sensation, wenn Charlie jetzt auch noch über besondere Kräfte verfügte! Aber in diesem Fall hatte Lucy sich zu früh gegruselt.

»Stand alles auf dem Zettel«, erklärte Charlotte nämlich, und so konzentrierten sich alle Fragen wieder auf Mira, der die ganze Geschichte immer unangenehmer wurde.

»Jetzt lasst mich endlich in Ruhe!«, schnaufte sie. »Sonst löse ich mich einfach in Luft auf.«

»Das glaubst du ja wohl selber nicht!«, rief Charlotte. »Aus Limo Cola machen, okay, das ist ja vielleicht keine großartige Sache. Aber sich in Luft auflösen geht nun wirklich nicht.«

»Ha!«, rief Lucy. Der Schalk funkelte in ihren Augen. »Das ist doch nichts weiter als pure Physik. Du änderst einfach die Masse deiner Atome, und zack! …«

»… schon bist du verschwunden …«, sagte Mira tonlos und starrte entsetzt auf den Platz neben sich, auf dem gerade vor einer Sekunde noch ihre Zwillingsschwester gesessen hatte.

Lucy verstand überhaupt nicht, wieso Mira und Charlotte einen solchen Aufstand machten. Es gab keinen Winkel im Bus, in dem sie nicht nachschauten. Charlie kroch sogar auf allen vieren auf dem Boden herum, um dort nach ihrer Freundin zu suchen.

»Verdammt noch mal! Was soll das Theater?«, knurrte Lucy, die sich nicht von der Stelle gerührt hatte und nach wie vor auf ihrem Platz saß. »Das sollte doch bloß 'n Witz sein.«

Doch die beiden reagierten nicht auf sie. Im Gegenteil, sie taten weiterhin so, als ob Lucy gar nicht da wäre. Irgendwann ließ Mira sich auf ihren Platz zurückfallen und stöhnte: »Das gibt's doch gar nicht. Sie muss blitzschnell gewesen sein.«

So schnell wie der Lichtblitz, der Limo in Cola und Wasser in Sirup verwandeln konnte?

Mamma mia! Das durfte doch wohl alles nicht wahr sein! Mira schüttelte sich bei dem Gedanken, dass sie und ihre Schwester womöglich tatsächlich übersinnliche Fähigkeiten hatten. Aber wieso auf einmal? Hätten sie davon nicht schon längst etwas bemerken müssen?

Fassungslos stellte Lucy fest, dass sie jeden einzelnen Gedanken, den Mira produzierte, sehen konnte. Dann war es also wahr. Aus irgendeinem Grund hatte sie sich tatsächlich in Luft aufgelöst oder zumindest ihre Dichte verringert. Charlotte und ihre Schwester tickten ganz offensichtlich nicht, dass sie immer noch bei ihnen saß. Das war ja eine schöne Bescherung! Nein, das war eine Katastrophe. Denn was, um alles in der Welt, musste Lucy tun, um wieder sichtbar zu werden? – Sie hatte nicht die geringste Ahnung.

»Wollt ihr mich veräppeln?«, grunzte Jojo. Die Geschichte, die ihr Mira und Charlotte da gerade aufgetischt hatten, schlug ja wohl sämtlichen Suppentöpfen den Deckel ab. Sie tippte sich fast 'n Hubbel an die Stirn. »Glaubt ihr etwa, ich merke nicht, was da läuft? Solche Bären könnt ihr meinetwegen Felicitas aufbinden, aber doch nicht mir.«

»Aber es ist wahr!«, beharrte Charlotte. »Lucy ist ganz einfach so – plopp! – verschwunden.«

»Ich glaube eher, bei dir ploppt's«, knurrte Johanna, während sie auf ihren Platz zusteuerte und den Rucksack geräuschvoll unter ihrem Tisch abstellte. »Lucys und Miras Vater ist Berufszauberer. Der hat seinen Töchtern zur Feier ihres zwölften Geburtstags ein paar Tricks verraten.«

»Dann kannst du wohl neuerdings hellsehen, was?«, zischte Charlotte.

»Ach, Blödsinn!« Jojo knallte ihren Geschichtshefter und ihre Federtasche auf den Tisch. »Ich bin einfach eine gute Journalistin.« Wieder tippte sie sich an die Stirn. »Mit dem nötigen Grips in der Kammer.«

Mira lachte. »Na, ob das der gute alte Roman auch so sieht?«

»Jetzt lass doch den mal aus dem Spiel«, erwiderte Johanna wütend. »Ich habe euch doch schon am Samstag gesagt, dass ich dem eine erstklassige Story liefern werde. Der wird sich noch wundern.«

»Wie auch immer.« Mira seufzte. Was Jojo da ausbrütete, blieb abzuwarten. Es wäre nicht das erste Mal, dass sie den Mund ein wenig zu voll genommen hätte. Nichts gegen Johanna. Sie war schon okay. Aber wenn es sich um sogenannte Sensationen handelte, gingen manchmal die Pferde mit ihr durch. Mira starrte auf den leeren Stuhl zwischen Jojo und Charlie. »Lucy ist jedenfalls verschwunden.«

Das sah die natürlich völlig anders. Tatsächlich war sie Mira und Charlotte nämlich die ganze Zeit über gefolgt und saß nun brav auf ihrem Platz. Vielleicht sollte sie ihre Schwester einmal ordentlich in den Oberschenkel kneifen? Lucy fackelte nicht lange. Schließlich war es ihre Art, immer gleich alles in die Tat umzusetzen, was ihr in den Sinn kam. Sie näherte sich mit ihren Fingern Miras Bein und fasste zu. Mira zuckte zusammen und strich sich erschrocken über den Oberschenkel. Sie hatte das Kneifen also ganz deutlich gespürt.

Lucy war unendlich erleichtert darüber. Denn mittlerweile hatte sie sich schon ernsthaft gefragt, ob sie überhaupt noch existierte. Sie hob ihre Hände und hielt sie sich mit gespreizten Fingern vor die Augen. Sie waren vielleicht ein wenig durchsichtig, aber trotzdem klar zu erkennen. Und denken, hören, sehen und herumlaufen konnte sie schließlich auch.

Verdammt, wach endlich auf, Lucy!, befahl sie sich. Das ist doch nichts weiter als ein bescheuerter Albtraum.

Aber sie wachte nicht auf, stattdessen kam Frau Heinrich, die Geschichtslehrerin, in die Klasse und stellte sofort fest, dass Lucy fehlte.

»Wo ist deine Schwester, Mira? Ist sie krank?«

»Nein, äh, eigentlich nicht«, stotterte die. »Äh – ich meine, eigentlich schon. Es ist irgendwie was …«

Frau Heinrich schlug ihre langen, schlanken Arme übereinander und schaute Mira mit ihren großen, dunklen Augen erwartungsvoll an. »Ja?«

»Na ja.« Mira zuckte die Achseln. »Was Physisches.«

»Das leuchtet mir ein.« Frau Heinrich lächelte. »Wenn jemand nicht da ist, hat das durchaus etwas Physisches. Die räumliche Verdrängung beispielsweise ist dann eine ganz andere.«

»He«, rief Tim aus der vorletzten Reihe. »Wir haben jetzt Geschichte und nicht Physik.«

Frau Heinrich nickte. »Das sehe ich durchaus auch so.« Sie ging zum Lehrertisch, schlug das Klassenbuch auf und zückte ihren Kugelschreiber.

»Aber ich bin doch hier!«, rief Lucy. Sie sprang von ihrem Platz auf und sauste nach vorn. Dort musste sie hilflos mitansehen, wie ihre Klassenlehrerin in ihrer feinen, winzigen Schnörkelschrift unter Montag, den 12. August, folgenden Eintrag machte:

Lucy Lombsky fehlt unentsc

Kurz entschlossen riss Lucy ihr den Kuli aus der Hand. Doch seltsamerweise konnte sie ihn nicht richtig festhalten. Er glitt ihr aus den Fingern und fiel zu Boden. Sofort fingen ein paar Jungen an zu kichern.

»Na, das kann doch jedem einmal passieren«, sagte Frau Heinrich und angelte nach dem Stift, der genau vor Lucys Schuhspitze gelandet war. In dem Moment, als sich ihre rot lackierten Fingernägel dem Kuli näherten, packte Lucy eine unbändige Lust, ihn ein wenig mit dem Fuß anzustupsen. Doch dann merkte sie, dass ihre sonst immer so souveräne Klassenlehrerin durch diesen kleinen Vorfall ziemlich verwirrt war, und riss sich zusammen. Fasziniert stellte sie fest, dass sie die Angst von Frau Heinrich, sich vor der Klasse zu blamieren, einfach so aus der Luft ablesen konnte. Lucy trat einen Schritt zurück. Sie sah dabei zu, wie ihre Lehrerin den Kugelschreiber, ohne den Eintrag zu beenden, neben dem Klassenbuch ablegte und dabei versuchte, ihre Gedanken zu ordnen.

»Schlagt eure Bücher auf Seite dreiundneunzig auf«, sagte sie schließlich und ging auf Tim zu. »Würdest du bitte den ersten Abschnitt über den Machtwechsel in Rom vorlesen?«

»Nö, keine Lust«, erwiderte Tim, stützte sein sommersprossiges Gesicht auf einer Handfläche ab und kritzelte in seinem Heft herum.

»Gut«, sagte Frau Heinrich. »Wie ich sehe, schreibst du lieber eine Zusammenfassung darüber.«

Tim guckte sie empört an und öffnete den Mund, um etwas zu entgegnen. Doch er kam nicht dazu, denn im selben Moment flog ihm der Füller aus der Hand.

Lucy, die mittlerweile hinter ihm stand, kicherte in sich hinein. Sie beschloss, auszuprobieren, ob es auch mit anderen Dingen funktionierte oder ob sie auf Schreibgeräte spezialisiert war. Mühelos quetschte sie sich zwischen zwei ihrer Klassenkameraden durch und kletterte über ihren Tisch in die nächste Reihe. Dort saß Saskia, die alte Angeberin, die sie, Mira, Charlie und Jojo auf den Tod nicht ausstehen konnten. Lucy versenkte ihre Hände in Saskias beneidenswert goldblonden Locken und wuschelte sie einmal kräftig durch.

Frau Heinrich, die gerade dabei war, Tim über die Konsequenzen seines Verweigerungsverhaltens aufzuklären, schaute missbilligend zu Saskia hinüber. »Lass das bitte.«

»Aber ich … ich … ich war das nicht«, stotterte Saskia. Sie zitterte am ganzen Körper. »In der Klasse ist ein Gespenst.«

Die Geschichtslehrerin zog die Augenbrauen hoch. Dann wandte sie ihren Schülern den Rücken zu, spazierte zu ihrem Tisch und ließ sich mit einer halben Pobacke darauf nieder. Das, was sie dachte, war für Lucy klar zu erkennen, und deshalb überraschte sie auch nicht, was Frau Heinrich der Klasse nun ankündigte.

»Wie ich sehe, habt ihr euch heute ganz offensichtlich gegen mich verschworen.« Sie wiegelte die Empörung, die daraufhin unter den Schülern entbrannte, mit einer energischen Armgeste ab. »Ihr werdet sicher einsehen, dass ich euch das nicht durchgehen lassen kann. Deshalb gibt es heute eine Stunde Nachsitzen für alle.«

Lucy bemerkte den genervten Blick, den Mira, Charlotte und Johanna sich zuwarfen. Das würden ihr die Freundinnen bestimmt nie verzeihen. Und das hatte sie auch nicht gewollt. Mit eingezogenem Kopf und einem irrsinnig schlechten Gewissen zockelte sie nach vorne an Frau Heinrich vorbei und trat dann einfach durch die geschlossene Klassentür auf den Flur hinaus.

Doch die Entdeckung, dass sie ganz offensichtlich ohne große Probleme durch Wände und Türen gehen konnte, machte Lucy weder Angst noch wirklichen Spaß. Im Augenblick wünschte sie sich nichts sehnlicher, als aus diesem schrecklichen Albtraum zu erwachen und in ihrem Bett zu liegen.

Es war wie ein unendlicher Fall in die Tiefe. Lucy schrie. Mit aller Kraft riss sie die Augen auf und stellte erleichtert fest, dass sie gegen die Decke ihres Zimmers starrte.

»Mann, Mira«, stöhnte sie. »Du wirst es nicht glauben, was ich gerade geträumt habe.«

Sie rieb sich die Augen, stützte sich auf den Unterarm und sah zum Bett ihrer Schwester hinüber. Es war leer!

Hatte Mira etwa vergessen, sie zu wecken? Lucy griff nach dem Wecker auf ihrem Nachtschränkchen. Er zeigte zwanzig vor neun. Nein, das war nicht wahr. Das konnte einfach nicht wahr sein! Lucys Herz fing an zu rasen. Und plötzlich erinnerte sie sich. Als sie eben (eben!) im Schulflur gestanden hatte und sich wünschte, in ihrem Bett zu liegen, war ein kurzer, heftiger Schwindel durch ihren Körper gesaust. Und danach war sie gefallen.

Nein, nein, nein. Das war ja völlig unmöglich. Energisch schlug sie die Decke zurück und schüttelte den Kopf. Kein Mensch fiel einfach so von einem Schulflur in sein über vier Kilometer entferntes Bett.

Lucy stand auf und schlüpfte in ihre orangefarbenen Filzlatschen. Sie wischte den leichten Schwindel, den sie verspürte, zur Seite und tapste zur Tür. Wahrscheinlich saß Mira in der Küche und frühstückte lustig vor sich hin und sie, Lucy, hatte nur ein klein wenig verpennt.

Doch so einfach war das leider nicht. Lucy musste nämlich feststellen, dass sie völlig allein war in der Wohnung. Nicht einmal von ihrem Vater, der sich vormittags eigentlich immer zu Hause aufhielt, konnte sie auch nur den Fitzel einer Spur entdecken. Auf dem Küchentisch standen noch die Überreste vom Frühstück. Vier Brotbretter, vier Tassen, zwei Müslischalen, Besteck. Und alles war benutzt. Lucy linste zur Küchenuhr. Es war siebzehn Minuten vor neun.

Ein hauchfeiner Schauer rieselte über ihren Rücken. Normalerweise konnte man Lucy nicht so schnell Angst einjagen. Aber das hier war ihr doch unheimlich.

»Jetzt reiß dich mal zusammen«, appellierte sie an ihre Vernunft. Sie atmete einige Male tief ein und aus, bis sie sich einigermaßen beruhigt hatte, ließ sich auf einen Stuhl sinken und schüttelte fassungslos den Kopf.

»Ich kann mich unsichtbar machen«, wisperte sie. »Ich kann Gedanken lesen und Dinge bewegen. Und ich kann wieder sichtbar werden … wann und wo immer ich will.«

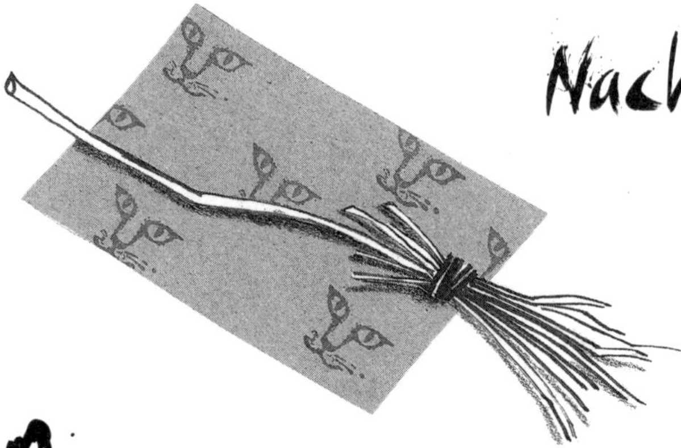

Nachsitzen

Johanna entdeckte Lucy als Erste. Charlotte, Mira und sie waren gerade auf den Schulhof hinausgetreten, da bemerkte Jojo eine Gestalt, die ruckartig hinter den Büschen neben der Sporthalle, die schräg gegenüber lag, verschwand.

»Da ist sie!«, rief Johanna und rannte los.

Mira und Charlotte folgten ihr hinter die Turnhalle. Und da war sie tatsächlich. Lucy lehnte an der Wand und hielt sich schnaufend die Brust.

»Oh Mann, und ich dachte schon, ihr seid Tim«, stöhnte sie.

»Tim?« Mira runzelte die Stirn. »Wieso Tim?«

»Na, der hätte mich fast entdeckt«, sagte Lucy. »Der hat sich da vorne bei den Lehrerparkplätzen mit so 'nem Großen aus der Oberstufe unterhalten.«

»Tim?«, entgegnete Charlotte verwundert. »Angeblich musste der doch aufs Klo.«

Jojo nickte. »Genau. Eigentlich wollte ihn die Heinrich gar nicht mehr gehen lassen, weil es ja ohnehin jeden Augenblick zur Pause klingeln musste.«

Charlotte kicherte. »Aber der hat so gejammert, von wegen Druck auf der Blase und so …«

Johanna warf ihrer dunkelhäutigen Freundin einen finsteren Blick zu. »Von wegen gejammert … Jetzt übertreib mal nicht.«

»Ist doch auch egal«, sagte Mira und drückte ihrer Schwester den Zeigefinger aufs Brustbein. »Mich interessiert viel mehr, wo du die ganze Zeit über gewesen bist.«

»Tja …« Lucy schaute Mira, Johanna und Charlotte fast ein wenig hilflos an. »Wenn ich euch das erzähle … Das glaubt ihr mir ja eh nicht.«

»Willst du damit etwa sagen, dass du dich tatsächlich in Luft aufgelöst hast?«, fragte Charlotte tonlos.

Lucy zuckte die Schultern. »Sozusagen.«

»Ach, jetzt erzähl doch keinen Quatsch«, entrüstete sich Johanna. »Du hast dich einfach versteckt, stimmt's?«

Mira schüttelte den Kopf. »Aber wir haben doch den ganzen Bus durchsucht. Lucy war nicht da.«

»War ich doch«, erwiderte die.

Und dann erzählte sie ihrer Schwester und ihren Freundinnen, was sie erlebt hatte. Dabei beschrieb sie bis ins winzigste Detail, wie sie Tim den Füller aus der Hand geschnippt, Frau Heinrich den Kuli entwendet und Saskia die Haarpracht zerwuschelt hatte.

Mira wurde immer blasser, und Charlottes Augen verwandelten sich in riesige dunkelbraune Murmeln.

»Nee«, krächzte Johanna. »Das gibt's doch überhaupt nicht. Du hast dir einen Trick von deinem Vater abgeschaut. Genau wie Mira auf eurer Party mit der Limo.« Sie schlug sich gegen die Stirn und lachte. »Das ist es doch! Und wir Blödis fallen auch noch darauf rein.«

Charlotte schüttelte energisch den Kopf. »Nix da, Blödis«, erwiderte sie. »Okay, Mira hat ja vielleicht die Gelegenheit gehabt, die Gläser auszutauschen. Lucy allerdings hätte das, was sie uns gerade erzählt hat, nicht mal mit dem tollsten Zaubertrick der Welt hinkriegen können. Ihr Vater ist zwar nicht schlecht. Aber er ist schließlich nicht David Copperfield. Und das hier …«, sie machte eine weit ausholende Armbewegung, »ist keine Bühne, sondern das richtige Leben.«

Johanna hörte für einen Augenblick auf zu atmen. Dann nickte sie. »Charlie hat recht.« Sie bohrte Lucy ihren Zeigefinger zwischen die Rippen. »Du hast dir einen Spaß mit uns erlaubt. Im Prinzip ist es ganz allein deine Schuld, dass die Heinrich uns diese Extrastunde aufgebrummt hat.«

Mira blitzte Jojo wütend an. Das war ja mal wieder typisch, Lucy jetzt auch noch Vorwürfe zu machen. Doch die schien das weniger dramatisch zu sehen.

Denn Lucy schlang Johanna einen Arm um den Nacken und murmelte: »Tut mir leid. Aber das war kein Scherz. Ich hab ja selbst nicht kapiert, was da mit mir passiert. Das war ganz schön crazy, sag ich euch.«

»Na gut«, sagte Johanna und tat ungeheuer großzügig. »Wir verzeihen dir. Allerdings nur unter der Bedingung, dass du mit uns nachsitzt.«

Lucy lachte auf. »Wie stellst du dir das vor?«

»Na, unsichtbar natürlich.«

»Ich glaube, wir sollten das Ganze nicht übertreiben«, warf Mira ein. »Fee wäre bestimmt auch der Meinung, dass …«

Johanna ließ sie nicht ausreden. »Und ich bin der Meinung, dass ihr zwei Superschisshasen seid. Mein Vater sagt immer, seine Talente muss man auch einsetzen.«

»Klar, genau wie er selber, was?«, kicherte Charlotte und tat so, als würde sie gegen einen Ball treten, der ihr im selben Moment vor das eigene Kinn ballerte.

»Dann solltest du dich schon mal für die Schauspielschule anmelden«, empfahl ihr Lucy. »Als Pantomimin oder so.«

»Im Ernst«, entgegnete Charlotte, »darüber habe ich tatsächlich schon mal nachgedacht.«

Johanna, Mira und Lucy blieben mit einem Ruck stehen und starrten ihre Freundin an.

»Na ja«, wiegelte Charlotte ab. »Vielleicht nicht unbedingt direkt eine Schauspielschule. Es werden doch auch immer Leute für Werbefilme gesucht.«

Lucy krauste die Haut über ihrer Stirnplatte. »So was würdest du machen?«

»Ja, wieso nicht?«, entgegnete Charlotte. »Manchmal werden auf diese Weise richtige Talente entdeckt.«

»Apropos Talente …«, sagte Johanna. »Ich finde, wir sollten uns heute Nachmittag mal ganz ausführlich über Lucys und Miras Zauberkünste unterhalten. Wo kommen die überhaupt so plötzlich her? Und was kann man damit alles machen?«

»Ha.« Charlotte fuchtelte mit den Armen. »Vielleicht hatten sie die ja immer schon, ohne es zu merken.«

»Ich würde am liebsten überhaupt nicht drüber reden«, erwiderte Mira. »Ich glaube nämlich nicht, dass wir das schon von Geburt an haben oder so. Und ich hoffe, je weniger wir drüber quatschen, desto schneller verschwindet es wieder.«

»Bist du verrückt!«, fuhr Jojo sie an. »Das sind doch ungeahnte Möglichkeiten, die sich da für uns auftun.«

»Uns?« Lucy blieb abrupt stehen und sah Johanna mit zusammengekniffenen Augen an.

»Ja, klar«, erwiderte die. »Wir werden die halbe Stadt veräppeln und einen irren Spaß dabei haben.«

»Wir?«, fragte Lucy.

Jojo nickte. »Außerdem könntest du für meine Zeitungsberichte Leute beschatten, ohne dass sie es checken.«

Mira trat einen Schritt auf Johanna zu und funkelte sie aus ihren blauen Augen an. »Du kapierst überhaupt nichts! Stell dir bloß mal vor, du könntest plötzlich Getränke verwandeln oder dich unsichtbar machen ...«

Jojo verdrehte verzückt die Augen. »Das wäre ja einfach irre!«

»Na klar«, meldete sich Charlotte zu Wort. »Jojo denkt eben immer zuerst an sich. Das wissen wir ja.«

»Das ist doch Quatsch!«, schnappte Johanna. »Im Gegenteil. Ich bin absolut dafür, dass man seine Talente für alle einsetzt. Das ist schließlich auch der Grund, weshalb ich Journalistin werden will.«

»Ja, ja.« Lucy grinste.

Im selben Moment ertönte der Gong zur nächsten Stunde, und die Mädchen setzten sich widerwillig in Bewegung.

»So kommen wir im Moment jedenfalls nicht weiter«, stellte Charlotte fest. »In einem Punkt hat Jojo aber auf jeden Fall recht: Wir müssen drüber reden. Am besten ganz gemütlich bei einem großen Eis. Ich schulde Mira ja noch eins. Also, heute Nachmittag um drei beim Italiener, okay?«

Nachdem Lucy sich bei Frau Heinrich noch eine unfreiwillige Standpauke und eine Strafarbeit zum Thema Schuleschwänzen abgeholt und sich anschließend von ihrer Schwester und ihren Freundinnen verabschiedet hatte, trottete sie lustlos in Richtung Bushaltestelle. Eigentlich machte es wirklich keinen Sinn, dass sie nicht mit Mira, Jojo, Charlie und den anderen zusammenhockte. Und was sprach genau genommen schon dagegen, wenn sie sich zu diesem Zweck noch einmal unsichtbar machte? Womöglich klappte es auch gar nicht mehr. Sie konnte sich ja nicht einmal richtig daran erinnern, wie sie es überhaupt bewerkstelligt hatte. Umso wichtiger war es, dass sie sich jetzt Klarheit verschaffte. Sonst würde es am Nachmittag in der Eisdiele sowieso nicht viel zu diskutieren geben.

Entschlossen drehte Lucy sich um und lief langsam zur Schule zurück. Bevor sie den Schulhof betrat, stellte sie sich vor, wie sich ihre Dichte veränderte, und kurz darauf hatte sie auch schon das Gefühl, irgendwie leichter geworden zu sein. Aber wie konnte sie sicher sein, dass sie nun auch für niemanden mehr zu sehen war?

»Na, ganz easy, Lucy«, sagte sie sich. »Du gehst einfach durch die Glastür, ohne sie vorher zu öffnen.«

Mehr als ein Haufen Scherben und ein paar kleine Schnittwunden konnten schließlich nicht dabei herauskommen. Sie grinste in sich hinein, und als sie auf ein paar Jungen aus der Achten zuging, entschied sie sich für einen kleinen Test. Sie schlenderte so nah an ihnen vorbei, dass sie einen der Jungen an der Jacke berührte. Doch das schien weder der noch die anderen zu bemerken.

»Na wunderbar«, murmelte Lucy und stiefelte entschlossen auf die Glastür zu. Eine Nasenlänge davor machte sie dann aber doch halt. Langsam streckte sie ihren Zeigefinger aus und berührte die Scheibe, ohne sie wirklich zu fühlen, und beobachtete ihre Hand dabei, wie sie durch das Glas hindurchglitt, als bestünde es in Wahrheit aus Götterspeise.

Nun machte Lucy einen beherzten Schritt nach vorne, und schon stand sie mitten in der Pausenhalle. Es war nicht viel los. Kein Wunder, die sechste Stunde hatte längst begonnen. In welchem Raum Mira, Charlie und Johanna wohl waren?

Lucy flitzte erst mal nach oben in den ersten Stock, wo sich ihr Klassenzimmer befand. Doch dort herrschte gähnende Leere. Dann fiel ihr plötzlich ein, dass Frau Heinrich montags in der sechsten Stunde immer Bio in der Siebten gab. Also hockten Mira, Jojo, Charlie und der Rest der Klasse wahrscheinlich im Ersatzteillager, wie die Schüler den Raum, in dem Plastikknochen, Tierpräparationen und die Utensilien für chemische und physikalische Versuche aufbewahrt wurden, immer nannten.

Auf dem Weg dorthin musste Lucy an den Umkleideräumen der Sporthalle vorbei, die den neuen naturwissenschaftlichen Trakt des Dietrich-Bonhoeffer-Gymnasiums vom alten Gebäude trennten. Und genau in dem Augenblick, als sie mit ihrer rechten Schulter durch einen Stützpfosten, der ein wenig im Weg stand, schlüpfte, hörte sie aus dem Jungenumkleideraum eine gedämpfte Stimme.

»Ich warne dich, du kleine Ratte, wenn du glaubst, dass du deinen Eltern oder sonst jemandem auch nur ein Sterbenswörtchen davon erzählen musst, breche ich dir eigenhändig sämtliche Knochen.«

Unwillkürlich zuckte Lucy zusammen. Das klang nicht nach einer dieser üblichen Streitereien, mit denen einige der Jungen so ihre Pausenzeiten verbrachten. Nee, das hörte sich richtig bedrohlich an. Und als dann auch noch ein leises Wimmern an Lucys Ohren drang, war für sie die Sache klar. Ohne lange zu überlegen, drang sie einfach durch die Wand in den Raum ein und trat dabei fast Tim aus ihrer Klasse auf die Füße. Mit ängstlichem Blick kauerte er auf der Garderobenbank. Und vor ihm stand der große Junge, mit dem Lucy ihn bereits am Vormittag gesehen hatte.

»Bis übermorgen hast du den Schlüssel«, befahl der Junge gerade. »Sonst bist du reif.«

Tim schwieg. Wenn man sich anstrengte, konnte man ein ganz leichtes Kopfnicken bemerken. Der große Junge packte ihn am Ohr und zog ihn leicht nach oben. »Hast du das jetzt kapiert?«

»J-ja ... ja«, stammelte Tim.

»Lauter!«, verlangte der Große und zog noch etwas heftiger.

In Lucy stieg eine unbändige Wut hoch. Sie packte die Hand des großen Jungen, die Tims Ohr hielt, und kniff hinein.

»Autsch!«, knurrte der Junge. »Was fällt dir ein?«

Er ließ Tims Ohr los und verpasste ihm eine Backpfeife.

»Ich hab doch gar nichts gemacht«, wimmerte Tim und hielt sich schützend die Arme vors Gesicht.

Mist!, dachte Lucy. Der Schuss war voll nach hinten losgegangen. Sie musste sich etwas anderes einfallen lassen, damit der Typ Tim endlich in Ruhe ließ ... Aber natürlich, das war es doch! Wie gut, dass gerade eine Klasse Sportunterricht hatte und die Garderobenhaken mit Turntaschen nur so gespickt waren. Lucy machte sich sofort an die Arbeit, angelte sich einen blauen Nylonrucksack und ließ ihn laut klatschend neben dem großen Jungen auf den Boden fallen.

»Was war das denn?«

Der Junge fuhr herum und starrte auf den Rucksack und gleich darauf ungläubig auf den leeren Garderobenhaken.

»Kleine Sondervorstellung gefällig?«, fragte Lucy grinsend, wohl wissend, dass er sie weder sehen noch hören konnte, und ergriff die Tragriemen einer schwarzen Sporttasche. Eine Sekunde später fiel auch sie zu Boden. Tim bekam das schon gar nicht mehr mit. Er hatte bereits die erste Gelegenheit zur Flucht ergriffen. Dem Jungen aber stand mittlerweile die pure Panik im Gesicht. Er war wie festgedübelt und rieb sich mit den Fäusten die Augen. Lucy ließ noch zwei weitere Taschen zu Boden klatschen, dann fand sie, dass es reichte. Hochzufrieden spazierte sie – spaßeshalber durch die von Tim zuvor geöffnete Tür – in den Gang hinaus und ließ den immer noch total regungslosen Jungen einfach stehen. Sollte er ihretwegen doch für den Rest seines Lebens zu Stein erstarrt bleiben. Er hatte es schließlich nicht anders verdient.

Als Lucy zwei Minuten später durch den Chemieschrank ins Ersatzteillager trat, sah sie, dass ihre Schwester und ihre Freundinnen gleich daneben an einem Vierertisch hockten. Ein Wunder, dass Frau Heinrich das überhaupt zugelassen hatte. Zumal sie gerade Unterricht im Nebenraum abhielt und die 6a überhaupt nicht richtig unter Kontrolle hatte. Trotzdem war es erstaunlich ruhig. Die meisten anderen Schüler saßen an Einzeltischen und waren schweigend über ihre Hefte gebeugt. Nur Tim fehlte natürlich. Wahrscheinlich war er mal wieder angeblich auf der Toilette. Mira, Jojo und Charlotte würden staunen, was Lucy ihnen nachher zu erzählen hatte.

Im Augenblick spazierte sie gerade an ihren Freundinnen vorbei und blieb schließlich hinter Mira stehen.

»Viel hast du ja noch nicht gerade geschrieben«, stellte sie fest und las die paar Zeilen, die ihre Schwester in ihrer ultrasauberen Handschrift zu Papier gebracht hatte. Das war ja ein tolles Thema, das Frau Heinrich ihnen da aufgebrummt hatte: Verhalten im Unterricht. Wie einfallsreich! Als ob sie nicht alle wüssten, was die Lehrer von ihnen erwarteten! Verständlich, dass weder Charlie noch Jojo oder Mira sich bisher großartig dazu ausgelassen hatten. Und außerdem höchste Zeit, dass Lucy endlich auf sich aufmerksam machte.

Sie hockte sich neben Charlotte, nahm ihr den Füller aus der Hand und zog ihr das Heft weg. Erschrocken zuckte die Freundin zurück.

»Sie ist hier«, flüsterte sie. »Lucy ist doch gekommen.«

»Was?« Jojo starrte Charlotte mit geblähten Nasenlöchern an. »Wo?«

»Na, genau hier«, wisperte Charlie und betastete vorsichtig die Luft neben sich.

»Und? Kannst du sie fühlen?«, fragte Mira.

»Nee.« Charlotte schüttelte den Kopf.

Lucy grauste es ein wenig, als sie das hörte. Es war ein extrem merkwürdiges Gefühl, zu erkennen, dass sie ganz offensichtlich überhaupt nicht da war, obwohl sie sich selbst als völlig normal empfand. Na ja, normal war vielleicht nicht ganz das richtige Wort. Schließlich konnte sie durch Wände gehen, ohne dass es ihr im Mindesten wehtat. Aber zu diesem unsichtbaren Zustand, in dem sie sich befand, gehörte dieses Phänomen für sie inzwischen schon selbstverständlich dazu. Lucy lächelte in sich hinein. Es war wirklich verrückt, wie schnell man sich sogar an außergewöhnliche Dinge gewöhnen konnte.

Johanna erhob sich und starrte auf den leeren Stuhl neben Charlotte. Plötzlich huschte ein freches Grinsen über ihr hübsches, ovales Gesicht. Und dann ließ sie sich einfach auf Lucys Schoß plumpsen.

»Na? Merkst du was?«, fragte sie übermütig.

»Pssst!«, ertönte es aus einer Ecke, und Saskia knurrte: »Was macht ihr da eigentlich für einen Mist?«

»Nix«, sagte Johanna. »Ich habe mich bloß umgesetzt.«

Unterdessen stöhnte Lucy leise über Jojos Gewicht. Obwohl ihre Freundin nicht unbedingt schwer war, war es dennoch schrecklich unangenehm, sie auf dem Schoß zu haben. Immerhin saß sie sozusagen in Lucy drin. Das tat zwar nicht weh, fühlte sich allerdings obermerkwürdig an. Lucy versuchte aufzustehen, doch blöderweise gelang es ihr nicht, sich unter Jojo zu bewegen.

»Also, wenn Lucy jetzt tatsächlich unter mir ist, dann fress ich aber 'ne komplette Besenkammer leer«, wisperte Johanna.

Mira schauderte. »Stellt euch bloß mal vor: Vielleicht sitzen wir ja ständig auf irgendwelchen Geistern herum.«

»Aber Lucy ist doch kein Geist«, empörte Charlotte sich.

Das wollte sie nun wirklich nicht auf ihrer besten Freundin sitzen lassen. »Sie ist im Moment einfach nur ein bisschen unsichtbar.«

»Ja, aber nachher, wenn sie wieder da ist, dann kann sie uns garantiert sagen, ob es da drüben noch mehr Geister gibt.«

Unwillkürlich sah Lucy sich im Ersatzteillager um. Aber außer ihren Klassenkameraden konnte sie niemanden sonst entdecken. Möglicherweise war heute Morgen im Bus ja noch der eine oder andere »Geist« – pah! – unterwegs gewesen, aber woher sollte sie wohl wissen, wie man die von echten Leuten unterscheiden konnte. Außerdem hatte sie im Moment andere Sorgen. Das Gefühl, Jojo in ihrem Körper zu haben, wurde nämlich immer unangenehmer. Kurz entschlossen erfasste sie ein paar von Jojos Haarzipfeln und zog kräftig daran.

»Mann, bist du verrückt!«, zischte Johanna und sprang sofort auf.

»Jetzt seid endlich still da vorne!«, donnerte Saskia. »Sonst sag ich's Frau Heinrich.«

»Mach's doch, Petze«, erwiderte Charlotte und streckte Saskia die Zunge heraus.

Lucy atmete unterdessen erleichtert auf. Endlich war sie wieder frei. Sie wünschte sich nichts sehnlicher, als wieder sichtbar zu sein, und murmelte: »Tut mir leid, Jojo, aber …«

Die drei Mädchen kippten fast von ihren Stühlen.

»Da ist sie ja!«, stieß Johanna hervor. »Verdammt, wieso hast du mich an den Haaren gezogen?«

»Weil es sich verdammt bescheuert angefühlt hat, als du in mir hocktest.«

»In dir?« Johanna schüttelte sich.

»Ruhe!«, rief Bastian, und Saskia sprang von ihrem Stuhl auf.

»Jetzt reicht's aber«, fauchte sie. »Meint ihr, ich habe Lust, wegen euch noch eine Stunde Nachsitzen aufgebrummt zu kriegen?!«

Sie flitzte durch die offen stehende Tür in den Biosaal, und kurz darauf stand Frau Heinrich im Raum und schaute Lucy verwundert an. »Wo kommst du denn her? Ich habe gar nicht gemerkt, dass du hereingekommen bist.«

Das Ersatzteillager besaß nämlich keine eigene Tür. Wenn man dort hineinwollte, musste man unweigerlich durch den angrenzenden Biosaal.

»Och«, sagte Lucy schulterzuckend. »Sie waren gerade so vertieft ...«

»Das stimmt doch gar nicht«, sagte Saskia erbost. »Sie war ganz plötzlich da. Von einer Sekunde auf die andere.«

»Ts«, machte Lucy. »Ich habe mich eben gekonnt angeschlichen. Außerdem wart ihr alle so beschäftigt ...«

Frau Heinrich sah nicht gerade überzeugt aus. Andererseits schien sie keine große Lust zu haben, mit ihrer Schülerin zu diskutieren. Lucy konnte sich schon denken, dass der Vormittag für den Geschmack ihrer Klassenlehrerin ohnehin schon verdreht genug gewesen war.

»Na, wie auch immer«, unterbrach die Lehrerin Lucys Erklärung. »Dann schreibst du eben mit. Ich bin mir sicher, es wird dir nicht schaden. Und ihr anderen ...«, sie fixierte nacheinander Johanna, Mira und Charlotte, »... ihr seid bitte leise und stört eure Klassenkameraden nicht.«

Mira schaufelte sich den Rest der Bratensoße über die Kartoffeln. Ihr Teller schwappte schon fast über.

»Nett, dass du deiner Schwester und mir auch noch was übrig lässt«, brummte Frank Lombsky, der über die plötzliche Unbescheidenheit seiner jüngeren Zwillingstochter ziemlich verwundert war.

»Entschuldigung«, murmelte Mira schuldbewusst. »Aber die Dinger sind so trocken, dass ich sie kaum runterkriege.«

In Wahrheit war sie wegen Lucys Erlebnissen als Unsichtbare so aufgeregt, dass die Kartoffeln kaum durch ihren engen Regenwurmhals in ihren hibbeligen Magen hinunterwollten.

»Vielen Dank«, erwiderte ihr Vater, »aber die Kartoffeln sind nun mal so, wie sie sind. Die lassen sich nicht besser zurechtkochen.«

Lucy zerschnippelte das dampfende Stück Fleisch auf ihrem Teller. »Ist ja schon gut«, versuchte sie ihn zu besänftigen. »Mira hat es doch gar nicht so gemeint.«

Ihren Vater in seinen Kochkünsten zu bekritteln, war immer eine heikle Sache. Es war schon vorgekommen, dass es deswegen ein paar Tage hintereinander überhaupt nichts Warmes zu essen gab, wenn sich ihre Mutter nicht nach der Arbeit in der Schreinerei noch an den Herd stellte.

»Das Fleisch und die Soße sind außerdem echt lecker«, fügte Lucy hinzu und ließ dann seufzend ihr Besteck sinken. »Aber leider habe ich heute irgendwie auch keinen Hunger.«

»Ja dann«, knurrte Frank Lombsky, ergriff die Schüssel mit den Kartoffeln und stellte sie scheppernd auf der Anrichte ab. »Ich weiß gar nicht, wieso ich mir jeden Tag solch eine Mühe gebe.«

»Mann, Papa, es ist so heiß heute«, verteidigte Lucy sich. »Das ist wirklich nicht das richtige Wetter für Braten.«

»Ach ja?« Die blauen Augen ihres Vaters funkelten, als er sich zu ihr umdrehte. »Sagtest du nicht gerade eben noch, das Fleisch wäre echt lecker?«

»Klar, aber eben viel zu warm.«

»Kein Problem.« Frank Lombsky deutete auf Lucys Teller und brummte: »Bitte schön. Braten schmeckt ja auch kalt.«

Die beiden Mädchen sahen ihn mit Riesenaugen an. Und Lucy stammelte: »Was? … Wie meinst du das?«

»Damit meine ich, dass dein Braten jetzt garantiert die richtige Temperatur hat.«

Lucy glotzte das Stück Fleisch auf ihrem Teller an. Wenn jetzt geschehen war, was sie vermutete, dann war das eine kleine Sensation. Zögernd hob sie ihre Hand und berührte es mit dem Finger.

»Nur keine Angst«, donnerte Frank Lombsky. »Ich habe es nicht vergiftet.«

Mira zuckte zusammen. Dabei kam es relativ oft vor, dass ihr Vater laut wurde. Im Prinzip hatte es nichts zu bedeuten. Er wurde zwar rasend schnell wütend, aber er meinte es im Grunde nicht wirklich böse. »Was hast du?«, fragte sie leise.

Frank Lombsky schien für einen Moment leicht verunsichert zu sein. »Ich glaube, du hast mich falsch verstanden«, entgegnete er dann und bohrte seinen Blick nun in Miras Augen. »Ich sagte, nicht. Ich habe es nicht getan.«

»Du meinst, du hast es zwar nicht vergiftet, aber immerhin abgekühlt«, erwiderte Mira, die inzwischen von ihrem Bratenstück probiert hatte.

»Unsinn.« Plötzlich richtete er sich auf und lachte. Es klang wie eine Mischung aus Angst und Erleichterung. »Das Fleisch lag schließlich lange genug auf euren Tellern.«

»Um sich selber abzukühlen?«, fragte Lucy.

»Natürlich.« Ihr Vater nickte. »Bei eurem Appetit.«

Mira und Lucy warfen sich einen vielsagenden Blick zu. Wenn sie nicht alles täuschte, waren sie hier möglicherweise auf das Geheimnis ihrer neuen Fähigkeiten gestoßen.

»Was? Ihr glaubt, ihr habt das geerbt?«, rief Charlotte. »Von eurem Vater?«

»Schsch.« Mira presste einen Finger an die Lippen und schaute Charlie mit Mahnaugen an. »Nicht so laut. Die Leute hier müssen das ja nicht unbedingt mitkriegen.«

Seit einer guten Viertelstunde saßen die fünf Mädchen nun schon in der Eisdiele und unterhielten sich aufgeregt über das, was seit der Geburtstagsparty passiert war. Zuerst hatten Mira und Lucy abwechselnd darüber berichtet, welche sensationellen Möglichkeiten sie inzwischen hatten und wie sie sich dabei fühlten. Danach prasselten die Fragen und Kommentare auf sie ein.

»Was? Du kannst sogar Gedanken lesen?«, staunte Jojo. »Ist ja cool!«

»Und einfach durch Wände gehen«, ergänzte Charlotte. »Komisch eigentlich, dass du dich nicht mehr bewegen konntest, als Jojo auf dir saß.«

Lucy schüttelte sich. Sie mochte gar nicht mehr an dieses bescheuerte Gefühl denken. Und sie musste auch gar nichts dazu sagen, denn Johanna, die ihren Blick schwärmerisch in die Ferne wandern ließ, seufzte: »Was wir damit alles machen können! ... Auf jeden Fall schon mal täglich Cola trinken, nicht?« Sie tätschelte Mira die Hand.

Doch die zog sie gleich wieder weg. »Mensch, Jojo, wann kapierst du endlich, dass das allein Lucys und meine Sache ist?«

»Aber wir sind Freundinnen«, wandte Charlotte ein. »Es muss doch für uns alle einen Sinn haben, dass ihr das auf einmal könnt.«

»Schon möglich«, sagte Lucy nachdenklich. »Für uns oder für andere.«

»Das wäre das Einzige, was ich akzeptieren könnte«, meldete sich Felicitas, die die ganze Zeit über schweigend auf ihr vor sich hin schmelzendes Pistazieneis gestarrt hatte. »Wenn es für andere wäre.«

Johanna verdrehte die Augen. Das war ja mal wieder typisch Fee und ihre Sozialmeise. »Du bist viel zu bescheiden«, fuhr sie die Freundin an.

»Und du zu kaltschnäuzig«, pampte Lucy.

»Ph«, schnappte Jojo. »Das ist für eine Journalistin schließlich lebensnotwendig. Stell dir mal vor, ich würde zum Beispiel bei jedem schikanierten Versuchstier in Tränen ausbrechen ...«

»Hier geht es aber nicht um Versuchstiere«, sagte Lucy plötzlich sehr ernst. »Ich glaube, es geht hier um was ganz anderes.«

Die anderen vier guckten sie erstaunt an.

»Wovon redest du?«, fragte Charlotte schließlich.

Lucy legte ihren Löffel neben der halb leer gefutterten Eisschale ab und seufzte. Und dann erzählte sie ihnen, was sie vor ihrem Besuch im Ersatzteillager im Umkleideraum der Jungen erlebt hatte.

»So eine Gemeinheit«, schnaufte Charlotte. Dann fing sie an zu kichern. »Aber das Gesicht des Typen, als die Turnbeutel auf den Boden gesaust sind, hätte ich zu gerne gesehen.«

»Ja, es war nett«, bestätigte Lucy. »Aber ich bezweifle, dass es Tim auf Dauer helfen wird.«

Felicitas nickte. »Und ich hatte gehofft, dass es so was auf unseren Schulen nicht gibt.«

»Ach, hör doch auf.« Johanna winkte ab. »Manchmal glaube ich, du lebst auf dem Mond.«

»Jetzt lass Fee in Ruhe«, brummte Mira und legte schützend einen Arm um deren Nacken. »Ich bin wirklich froh, dass es Leute wie sie gibt.«

»Ja, ja.« Johanna verdrehte die Augen. Dann blickte sie ihre Freundinnen der Reihe nach an. »Mädels, wenn ihr wüsstet …«

Lucy fiel ein, dass Jojo auf ihrer Geburtstagsparty schon mal so komische Andeutungen gemacht hatte. Sie sei einer ganz heißen Sache auf der Spur, der Story ihres Lebens.

»Jetzt red schon«, brummte Charlotte. »Deine ewige Geheimniskrämerei geht mir ganz schön auf die Nerven.«

Sogleich setzte Johanna an, sich zu verteidigen: »Das gehört eben zu einer guten …«

»… Journalistin dazu«, vollendeten die vier anderen ihren Satz.

»Wir können es langsam nicht mehr hören«, fügte Mira hinzu.

»Also gut«, gab Johanna nach und wandte sich an Lucy. »Aber vorher musst du mir noch sagen, ob du diesen Typen, der Tim schikaniert hat, wirklich nicht kanntest.«

»Denkst du etwa, ich lüge?«, ereiferte Lucy sich.

»Ist ja schon gut«, erwiderte Jojo. »Ich wette nämlich, dass es da einen Zusammenhang gibt.«

Ihre Freundinnen beugten sich ihr neugierig entgegen.

»Jetzt mach's nicht so spannend«, stöhnte Lucy. »Rück endlich raus mit deiner Jahrtausendstory.«

»Übertreib doch nicht immer so«, säuselte Johanna, die es ganz offensichtlich genoss, ihre Freundinnen dermaßen schmoren zu lassen, dass sie bereits Brandblasen am Hintern bekamen.

Lucy hämmerte mit der Faust auf den Tisch. »Fang endlich an!«, schnaufte sie.

»Okay.« Jojo atmete einmal tief durch und begann zu erzählen:

»Es ist ungefähr zwei Wochen her. Ich war zufällig in der Nähe des Unterstands für die Abfallcontainer ...«

»Zufällig? Ts ...«, feixte Charlotte, kreuzte die Arme über der Brust und lehnte sich in ihrem Stuhl zurück.

»Charlie, halt den Mund«, ermahnte Lucy sie. »Dazu kommen wir später.«

»Das ist ja wohl meine Sache«, grummelte Johanna. Eine leichte Röte zog sich über ihre Wangen. Ob das wohl Wut war? Lucy glaubte nicht so recht daran.

»Auf jeden Fall hörte ich dort plötzlich so ein komisches Klacken«, fuhr Jojo fort. »Es kam genau aus dem Unterstand. Ich wollte nachschauen, aber dann war da diese Stimme.«

»Was für eine Stimme?« Lucy trommelte ungeduldig mit den Fingern auf der Tischplatte herum.

Mira stupste ihre Schwester mit dem Ellenbogen in die Seite und zischte: »Hör auf damit, das macht mich ganz nervös.«

»Und mich macht die ganze Geschichte nervös«, entgegnete Charlotte. Sie warf einen Blick auf Felicitas, die nun seelenruhig ihren Eisberg abtrug. Deren Gemüt hätte sie manchmal auch gern.

»Darf ich jetzt endlich mal zum Punkt kommen?«, fragte Johanna schnippisch in die Runde.

»Wir bitten darum«, brummte Lucy.

»Also ...« Jojo warf Lucy noch einen gepfefferten Blick zu, dann fuhr sie fort: »Die Stimme war männlich. Und sie klang erwachsen. Sie faselte was von einer Adresse und ...«, Jojo blickte bedeutungsvoll in die Runde, »... von einem Schlüssel. Und dann war da noch etwas: so ein Wimmern.«

»Eine erwachsene Stimme?«, sagte Mira nachdenklich. »Du meinst, sie gehörte einem Lehrer?«

»Nee.« Johanna schüttelte den Kopf. »Keinem Lehrer. Eher einem aus der Oberstufe.«

»Ja, und?«, erwiderte Lucy. »Was ist denn schon dabei? Eine Stimme fragt nach einer Adresse, und eine andere wimmert.«

»Du hast den Schlüssel vergessen, und das war ja auch noch nicht alles«, sagte Johanna mit einem verschwörerischen Unterton. »Zuerst dachte ich nämlich auch, es ist was Harmloses, irgendwas Privates, und geht mich nichts an. Und ich wollte mich auch gerade verdrücken, da kam auf einmal Tim aus dem Unterstand geschossen.«

»Tim?« Lucy schlug mit der flachen Hand auf den Tisch. »Schon wieder der. Ich sag euch, Leute, da stimmt was nicht.«

»Ganz meine Meinung«, sagte Johanna triumphierend. »Tim saß die Angst im Nacken. Der hatte richtig Panik in den Augen.«

»Und?« Charlotte fasste Jojo an der Schulter. »Hast du ihn gefragt, was los ist?«

Johanna senkte den Kopf. »Nein. Ich konnte irgendwie nicht. Und dann war da ja noch dieser Typ mit dem Messer. Leider konnte ich sein Gesicht nicht erkennen, weil er so ein dämliches Schirmkäppi trug.«

Lucy schnappte nach Luft. »Waaaas?«

»Ein Messer, ja, du hast richtig gehört«, sagte Johanna. »Na ja, eigentlich war's ein ganz normales Taschenmesser. So eins, das viele Jungs haben. Zum Schnitzen und so. Aber ich hatte irgendwie das Gefühl, dieser Typ hat es für was ganz anderes gebraucht.«

Probelauf ...

Als Mira und Lucy abends in ihren Betten lagen, ließen sie die Ereignisse des Tages noch einmal Revue passieren.

»Ich wünschte, das Ganze wäre nichts weiter als ein böser Traum«, seufzte Mira und kuschelte sich tief in ihre Kissen.

»Ich fürchte, damit kann ich nicht dienen, Schwesterchen«, erwiderte Lucy. Sie hatte die Arme unter dem Kopf verschränkt und starrte zur Decke. »Und wenn man's genau betrachtet, ist es eine richtige Aufgabe, die wir da jetzt haben.«

»Schon möglich«, seufzte Mira. »Ich verstehe nur nicht, was wir tun können. Gegen die Großen aus der Oberstufe sind wir doch machtlos.«

»Eben nicht.« Lucy setzte sich auf. »Du hättest den Typen im Umkleideraum mal sehen sollen, als ich die Sportbeutel runtergeschmissen habe.«

»Meinst du, das war derselbe? Ich meine, der aus dem Unterstand und der aus dem Umkleideraum?«, fragte Mira.

»Na, das liegt doch wohl auf der Hand«, brummte Lucy. »Tim war schließlich auch jedes Mal derselbe.«

»Sei doch nicht immer gleich so patzig«, entgegnete Mira.

Ruckartig zog sie ihre Bettdecke bis zur Nasenspitze hinauf und drehte sich zur Wand.

»Du klinkst dich also aus«, murmelte Lucy. »Na, meinetwegen. Dann machen Charlie, Jojo, Fee und ich das eben allein.«

Mira war klar, dass Lucy sie damit provozieren wollte. Aber ebenso gut wusste sie, dass Fee niemals ohne sie etwas machen würde. Felicitas und Mira waren Spezialfreundinnen. Sie trafen sich auch ohne die anderen und hatten immer besondere Themen. Tiere zum Beispiel. Mira und Fee interessierten sich dafür, wie sie lebten und warum viele von ihnen ausstarben. Damals, als es diese Ölkatastrophe bei den Galapagosinseln gegeben hatte und gleich ein ganzer Haufen seltener Tierarten bedroht war, waren Felicitas und sie fast verzweifelt gewesen. Sie hatten sich total hilflos gefühlt und sich felsenfest vorgenommen, später, wenn sie erwachsen waren, auf jeden Fall einen Beruf zu ergreifen, der es ihnen ermöglichte, Tieren in Notsituationen zu helfen.

Aber das war eben später. Jetzt waren sie nur Kinder. Was sollten sie da schon groß ausrichten?

»Euer Vater hat am Samstagabend eine Vorstellung in einer Bar ganz hier in der Nähe«, verkündete Regine Lombsky, während sie ihren Töchtern die Pausenbrote schmierte.

Mira gähnte und rührte ein wenig Müsli in ihren Joghurt. Eigentlich hatte sie überhaupt keinen Appetit. Lucy dagegen futterte bereits ihren zweiten Honigtoast und wurde sofort hellhörig.

»Und? Willst du mit uns dahin?«, fragte sie.

Ihre Mutter goss sich dampfenden Kaffee ein, setzte sich ebenfalls an den Tisch und nickte.

»Wir können sogar eure Freundinnen mitnehmen.«

»Oh, klasse!«, jubelte Lucy, und Mira freute sich auch. Das war eine gute Gelegenheit, die Geschichte mit Tim und diesen ganzen Mist für eine Weile zu vergessen.

Später in der Schule hatten sie allerdings kein anderes Thema mehr.

»Wir müssen mit Tim reden.« Mit dieser Idee fiel Johanna noch vor der Mathestunde über sie her.

Charlotte nickte. »Und wir müssen rauskriegen, was das für ein Typ ist, der ihn bedroht«, sagte sie. »Womöglich stecken da noch mehr dahinter.«

Lucy schüttelte den Kopf. »Quatsch. Dafür gibt es keinen einzigen Hinweis.«

»Wieso?«, entgegnete Charlotte. »Wir wissen ja noch nicht einmal, ob der Typ aus dem Umkleideraum und der im Containerunterstand ein und derselbe ist.«

»Ach, das kriegen wir schon raus«, sagte Johanna. »Und dann berichte ich darüber in der Schülerzeitung.«

Mira schwieg. Nicht zum ersten Mal wünschte sie sich, bei Felicitas auf der Schule zu sein. Natürlich hatte sie Lucy davon noch nie etwas gesagt. Die wäre wahrscheinlich tödlich gekränkt. Aber manchmal war das, worüber Jojo, Charlie und Lucy sich unterhielten, einfach haarsträubend.

»Du denkst ja bloß wieder nur an deine Karriere«, warf Charlotte Jojo vor. »Dass Tim vielleicht handfest bedroht wird, kümmert dich überhaupt nicht.«

Johanna schnappte nach Luft. »Ihr habt ja keine Ahnung.«

»Wovon?«, fragte Lucy, woraufhin Johanna rosige Backen bekam.

»Ach, nix«, erwiderte sie. »Ich finde es einfach gemein von euch, dass ihr mir immer das Übelste unterstellt.«

Charlotte legte Jojo einen Arm um die Schultern und sagte grinsend: »Sie hat recht. Wenn nicht wenigstens ein Fünkchen Gutes an ihr wäre, wären wir schließlich nicht mit ihr befreundet.«

Johanna verpasste Charlie einen Rippenstoß, aber die kam sofort wieder zum Thema.

»Irgendwas müssen wir tun«, sagte sie.

Lucy nickte. »Ich schlage vor, jemand befragt Tim …«

»Ich!«, rief Johanna sofort. »Das mach ich, aber nach der Schule.«

»Schön, dass du dich so darum schlägst«, bemerkte Charlotte und grinste noch breiter als eben.

»Weißt du denn überhaupt, wo er wohnt?«, erkundigte sich Lucy.

»Ja«, gab Johanna zögernd zu. »Ich hab mal bei Frau Lienen nachgefragt.« Ihre Wangen fingen an zu glühen.

»Ach ja?«, entgegnete Charlotte. »Und wieso, wenn man fragen darf?«

»Darf man nicht«, brummte Johanna und starrte angestrengt auf ihre Füße.

»Muss man auch gar nicht«, kicherte Lucy. »Guckt sie euch doch an. Sie sieht so aus, als ob sie in einen Eimer Ketchup gefallen ist.«

»Was soll das denn heißen?«, erwiderte Jojo. »Ich mache nur meine journalistische Arbeit.«

»Ich dachte, deine journalistische Arbeit steht im Moment hinter deiner Menschenliebe zurück«, foppte Lucy Johanna weiter.

»Jetzt hört endlich auf!«, knurrte Charlotte. »Sonst kommen wir ja nie weiter.« Sie holte einmal tief Luft. »Also, ich fasse zusammen: Jojo interviewt Tim. Ich kann mir allerdings nicht vorstellen, dass der so einfach mit der Sprache herausrückt. Ich meine, wenn er tatsächlich bedroht wird.«

»Hm«, machte Lucy und knetete an ihrer Nase herum. »Ich habe gestern Abend schon mit Mira besprochen, dass wir unbedingt herausfinden müssen, wer dieser Typ ist, der ihn in die Mangel genommen hat.«

»Besprochen … ts.«

Mira tippte sich an die Stirn. Aber niemand achtete auf sie.

»Das kannst am besten du«, sagte Charlotte. »Du bist die Einzige, die ihn gesehen hat.«

»Und Jojo«, wandte Lucy ein.

»Schon«, erwiderte Charlotte, »aber die hat ihn nicht richtig erkannt, und außerdem kann sie sich nicht unsichtbar machen.«

»Spinnst du!«, rief Lucy. »Ich geister doch nicht durch sämtliche Klassenräume, nur um Ausschau nach diesem Typen zu halten.«

»Wieso nicht?«, fragte Charlotte.

»Weil … weil es unangenehm ist«, stammelte Lucy. »Und weil ich nicht weiß, ob ich es im Griff habe. Stellt euch mal vor, ich werde im Büro vom Direx wieder sichtbar.«

»Was willst du denn im Büro vom Direx?«, wollte Johanna wissen.

»Nix!«, brummte Lucy. »War doch nur ein Beispiel.«

»Sie hat aber recht«, sagte Charlotte. »Wenn sie es nicht im Griff hat, ist es wirklich zu riskant.«

»Dann soll sie eben üben«, entgegnete Johanna. »Bis sie sicher ist, dass sie's kann.«

»Oder Tim erzählt es dir freiwillig«, meinte Charlie und grinste Johanna an.

»Bäh!« Jojos Zunge schnellte heraus, und sie errötete wieder, was überhaupt nicht zu ihrem pinkfarbenen Top passte, fand Lucy. Doch den Kommentar verkniff sie sich. Johanna legte ungemein viel Wert auf ihr Aussehen. Sie war das einzige der fünf Mädchen, das sich schon schminkte. Sehr zum Verdruss ihrer Mutter übrigens, die fand, dass Jojo mit Lipgloss und Wimperntusche für ihre zwölf Jahre viel zu alt wirkte.

»Oder was meinst du?«, fragte Charlotte und stupste Mira sanft mit ihrer Hüfte an.

»Ich?« Verwirrt blickte Mira auf. Sie sah aus, als würde sie gerade aus einer Art Trance erwachen. »Ich finde, wir sollten die Finger davon lassen. Jedenfalls, wenn Tim Jojo nicht freiwillig was verrät.«

Lucy hatte sich ihre Nase mittlerweile schon ganz rot geknetet. »Das geht nicht«, erwiderte sie. »Man kann doch nicht einfach weggucken, wenn irgendwo Mist passiert. Da wäre nicht mal Fee anderer Meinung.«

Mira zog die Mundwinkel ein und widmete ihre Aufmerksamkeit den Bodenplatten. Ihre Schwester hatte zweifellos recht. Fees untrüglicher Instinkt für Gerechtigkeit war nicht zu schlagen. Ihr fehlte am Ende nur meistens der Mut, auch etwas dafür zu tun. Felicitas schob das Ganze einfach ins Erwachsenenalter. Das war ihre Lösung. Und Miras letztendlich auch. Am liebsten hätte sie vorgeschlagen, die ganze Geschichte den beiden Vertrauenslehrern vorzutragen und sich darauf zu verlassen, dass die etwas unternehmen würden. Aber vielleicht konnte man ja auch beides tun.

»Okay«, sagte Mira und hob den Kopf. »Ich bin einverstanden. Aber ich möchte gleichzeitig mit Herrn Pohle und Frau Weigandt sprechen.«

»Meinetwegen«, brummte Lucy. »Schaden kann's wohl nicht, hm? Oder was meint ihr?«

Johanna und Charlotte guckten sich kurz an. Die Begeisterung tropfte ihnen nicht gerade aus den Augen. Aber schließlich waren sie doch einverstanden.

Lucy ließ ihre Nase los und ballte entschlossen die Fäuste. »Okay. Und heute Nachmittag, während Jojo Tim ausquetscht, fahren wir zusammen zum Fluss runter und üben unsichtbar sein.«

Als Mira, Lucy und Fee am Treffpunkt eintrudelten, lag Charlotte dort bereits im Gras und ließ sich die Sonne auf die Nase scheinen.

Was Felicitas anging, hatte Lucy sich übrigens nicht geirrt. Nachdem die Zwillingsschwestern ihr die ganze Geschichte erzählt hatten, war sie sofort der Meinung gewesen, dass man etwas unternehmen müsse.

»Mit euren Vertrauenslehrern müsst ihr aber trotzdem reden«, sagte sie, während die drei sich neben Charlotte auf die Wiese fallen ließen.

»Ja, ja, das machen wir doch«, brummte Charlie. »Morgen. Erst mal warten wir ab, was Jojo aus Tim rauskriegt.« Sie stupste Lucy in die Seite. »Na, was ist denn? Du bist ja immer noch da.«

»Was?«, stammelte Lucy. »Soll ich etwa jetzt …?«

Irgendwie war sie richtig aufgeregt. Viel mehr noch als gestern Morgen, als es zum ersten Mal passierte, oder mittags, als sie sich dazu entschlossen hatte, mit ihren Klassenkameraden gemeinsam nachzusitzen.

»Klar.« Charlotte sprang auf die Füße. »Wozu sind wir denn hier?«

»Aber was soll ich denn machen?«, erwiderte Lucy. »Hier ist doch kein Mensch. Außer dem Angler dahinten. Und dem knutschenden Pärchen …«

»Du könntest ihm die Angelschnur durchbeißen«, schlug Felicitas vor.

»Was?« Lucy lachte auf. Für die friedliche, jede Form von Gewalt ablehnende Fee war das ein geradezu revolutionärer Gedanke. Aber sie dachte dabei bestimmt nur an die armen Fische.

»Oder der Frau von dem Pärchen da das Bikinioberteil öffnen«, sagte Charlotte.

Mira schüttelte den Kopf. »Find ich gar nicht lustig«, sagte sie. »Lucy soll einfach ausprobieren, ob sie unsichtbar und wieder sichtbar werden kann, wann, wo und wie sie will.«

»Okay, okay.« Charlotte hob beschwichtigend die Hände. »War ja bloß so 'ne Idee.«

»Klang allerdings verdammt nach Jojo«, meinte Mira.

Lucy, die keine Lust auf Streit hatte, konzentrierte sich auf ihre Körpermoleküle. Diesmal spürte sie richtig, dass sich etwas an ihr veränderte. Irgendwie fühlte sie sich leichter. Und ihre Hände waren plötzlich genauso seltsam durchsichtig wie gestern Morgen.

Lucy kicherte leise, beugte sich zu Charlotte und drückte ihr einen feuchten Schmatz auf die Backe.

Charlie zuckte zusammen und schlug sich die Hand gegen die Wange. »Igitt, was war das denn?«

»Lucy!«, rief Mira aufgeregt. »Sie ist weg.«

»Stimmt«, bestätigte Fee. »Ich hab genau gesehen, wie sie verschwunden ist. Es ging von einer Sekunde auf die andere.« Sie war so weiß wie ein Papiertaschentuch. »Mann, bin ich froh, dass ich so was nicht kann.«

»Wieso? Ist doch cool.« Charlotte rappelte sich auf und fuchtelte mit ausgestreckten Armen vor sich in der Luft herum. »Lucy, wo bist du denn gerade?«

»Hier!«, murmelte Lucy, fasste eines der Enden des Bandes, das Charlottes bunten Wickelrock an seinem Platz hielt, und zog. Der Rock lockerte sich, rutschte von Charlies Hüften, und ehe die überhaupt kapierte, was los war, stand sie bereits in Unterhose da.

Mira hielt sich die Hand vor den Mund und prustete los.

»Sehr witzig, wirklich!«, fauchte Charlotte, klaubte den Rock hastig vom Boden auf und fummelte ihn sich hektisch auf die Hüften zurück.

»Entschuldigung«, sagte Lucy. Sie pflückte ein Gänseblümchen und hielt es Charlotte unter die Nase.

Mira und Felicitas beobachteten die schwebende Blume mit angehaltenem Atem.

»Krass«, murmelte Mira kopfschüttelnd. »Echt total krass.«

»Sie bittet dich um Verzeihung«, sagte Fee.

»Ja, ja«, brummte Charlotte und versuchte, die Blume aus Lucys Hand beziehungsweise aus der Luft zu schnappen. »Sie soll lieber was Sinnvolles tun.«

Was Sinnvolles, so, so, dachte Lucy und zog ihre Hand so schnell weg, dass Charlie das Gänseblümchen nicht zu fassen bekam.

Auf dem Weg, der einige Meter oberhalb ihres Treffpunktes lag, war inzwischen ein Mann mit einer grauen Schirmmütze aufgetaucht. Erschrocken ließ Lucy die Blume zu Boden fallen. Doch zum Glück kümmerte sich der Mann gar nicht um die vier Mädchen, sondern hatte offensichtlich das heftig knutschende und nur sparsam bekleidete Pärchen in Augenschein genommen.

»Eine Unverschämtheit ist das!«, polterte er plötzlich los und stapfte quer über die Wiese auf die beiden zu. »In aller Öffentlichkeit. Wo sogar Kinder in der Nähe sind.«

»Kein Problem!«, rief Charlotte zu ihm hinüber. »Wir wissen bereits, wie das geht.«

Aber der Mann ließ sich nicht beirren. Entschlossen griff er die Frau, die ihn bisher einfach ignoriert hatte, am Arm und zog sie von ihrem Freund weg.

»Hey, was soll das?«

Die Frau fing an zu zappeln, und ihr Freund starrte den Mann mit der Schirmmütze völlig entgeistert an. Schließlich packte er die Frau am Bein und versuchte sie zurückzuziehen.

»Ts.« Mira grinste. »Das gibt's doch gar nicht. Dass Erwachsene sich so albern benehmen können!«

Dem müsste mal jemand die Meinung geigen, diesem Sittlichkeitswächter … Das waren die Gedanken, die Lucy unterdessen von Charlotte auffing.

Ja, warum nicht? Das war doch schließlich etwas Sinnvolles. Lucy bückte sich und hob das Gänseblümchen wieder auf. Schnurstracks ging sie auf den Mann mit der Schirmmütze zu und hielt ihm die Blume entgegen.

»Wa-wa-was?«, stotterte der Mann. Er ließ den Arm der Frau los, fing an zu schielen und stolperte zurück.

Mit weit aufgerissenen Augen starrten die drei Erwachsenen auf die Blume.

Charlotte platzte fast vor Vergnügen.

»Warum sind Sie eigentlich so garstig?«, fragte sie, ging nun ebenfalls auf den Schirmmützenmann zu und zeigte auf das Gänseblümchen, das lustig in der Luft herumtanzte. »Man kann so etwas doch auch nett sagen.«

»N-n-ne-ne-nett?«, stammelte der Mann.

»Außerdem ist es doch schön, wenn die Menschen sich mögen«, sagte Charlotte. Sie lächelte dem Liebespaar zu, das hektisch seine Sachen zusammenraffte. »Es ist nur ein bisschen Magie«, fuhr sie fort. »Nichts Großartiges. Der Vater meiner Freundin …«, sie nickte zu Mira hinüber, »… der ist Zauberer, wenn Sie verstehen. Er hat uns diesen Trick beigebracht.«

»Aha«, sagte die Frau. »Ja, dann …« Unschlüssig schaute sie ihren Freund an. »Ich glaube, wir gehen trotzdem, nicht?«

Der Freund nickte, während der Schirmmützenmann noch immer total entgeistert auf das Gänseblümchen glotzte, das nun plötzlich ins Gras hinunterfiel.

Das Liebespaar nickte den Mädchen noch einmal zu und lief dann quer über die Wiese davon.

Charlotte stellte sich vor, wie lustig es wäre, wenn Lucy nun die Schirmmütze des Mannes anheben würde, und fragte:

»Wollen Sie sich denn nicht einmal von den beiden verabschieden?«

Lucy, die natürlich jeden einzelnen von Charlies Gedanken mitbekommen hatte, griff nach der Schirmmütze, hob sie kurz an und ließ sie anschließend wieder auf den Kopf des Mannes zurückfallen.

»Auf Wiedersehen«, murmelte der, verdrehte die Augen und sackte ohnmächtig in sich zusammen.

»Du lieber Himmel!«, schrie Mira auf. »Was haben wir gemacht?«

Lucy, die auch ein wenig erschrocken war, wollte sofort wieder sichtbar sein. Aber sosehr sie sich auch bemühte, es klappte nicht.

»Bitte!«, murmelte sie.

Sie stellte sich vor, wie sie zusammen mit ihren Freundinnen neben dem Mann kniete, und wünschte sich nichts so sehr wie das.

»He, Lucy«, sagte Mira und funkelte ihre Schwester zornig an. »Musst du denn immer gleich so übertreiben? Das mit der Blume war ja ganz lustig, aber …«

Doch das interessierte Lucy gerade nicht die Bohne.

»Bin ich wieder da?«, stammelte sie.

»Und wie«, erwiderte Charlotte. Sie wandte sich Mira zu. »Das Ganze ist meine Schuld. Lucy hat einfach nur meine Gedanken gelesen.«

»Toll«, brummte Mira. Sie schaute auf das bleiche Gesicht des Mannes. »Und was machen wir jetzt? Einen Krankenwagen rufen?«

Felicitas schüttelte den Kopf. »Das ist nicht nötig. Er kommt gleich wieder zu sich.«

Sie sagte das mit einer Bestimmtheit, von der sie selbst noch mehr überrascht war als die anderen. Fee wusste es einfach. Und sie fühlte sich dabei so klar wie noch nie. Richtig unheimlich war das. Aber irgendwie auch beruhigend.

Plötzlich hatte sie das drängende Gefühl, dem Mann eine Hand auf die Stirn zu legen. Zögernd gab sie diesem Impuls nach.

Lucy durchbohrte Fee mit misstrauischem Blick.

»Woher weißt du das?«, fragte sie.

»Was denn?«, stotterte Felicitas.

»Na, dass er gleich wieder zu Bewusstsein kommt.«

Glücklicherweise musste Fee diese Frage vorerst nicht beantworten, denn in diesem Augenblick öffnete der Schirmmützenmann die Augen und blinzelte in die Sonne.

»Wa-was ist passiert?«

Hastig zog Fee die Hand zurück. Die Stirn des Mannes war plötzlich irrsinnig heiß geworden. Unauffällig inspizierte sie ihre Handfläche – nein, Brandblasen waren dort nicht zu sehen.

»Wer seid ihr?«, fragte der Mann. »Wo bin ich? Was ist passiert?«

Die vier Mädchen sahen sich an. War es möglich, dass er überhaupt keine Ahnung hatte, was geschehen war?

Charlotte beschloss, es darauf ankommen zu lassen.

»Nichts«, sagte sie. »Ich glaube, Sie sind in der Sonne eingeschlafen. Geht es Ihnen gut?«

Der Schirmmützenmann setzte sich auf.

»Ja, ja«, murmelte er, während er sich irritiert umschaute. »Das wird es wohl sein. Eingeschlafen bin ich. Und einen seltsamen Traum hatte ich. Von einem fliegenden Gänseblümchen.« Er schüttelte den Kopf. »Völlig verrückt.«

»Ein Glück, dass er in Ohnmacht gefallen ist«, sagte Mira, nachdem der Schirmmützenmann sich weit genug von ihnen entfernt hatte. »Deshalb hat er alles vergessen.«

Fee nickte. »In Zukunft müssen wir vorsichtiger sein. Sonst werden die Leute noch misstrauisch.«

Lucy schluckte. Es war, als wurde ihr erst jetzt, in diesem Moment, bewusst, wozu sie eigentlich in der Lage war.

»Das Wieder-sichtbar-Werden ist gar nicht so einfach«, murmelte sie.

»Seht ihr«, sagte Charlotte. »Es geht nun mal nicht anders. Lucy muss noch mehr üben.«

»Okay«, stimmte Mira zu. »Aber nicht, wenn Leute in der Nähe sind.«

Sie schielte zu Fee, die ihr genau gegenüber im Gras hockte. WIR hatte sie gesagt. In Zukunft müssen WIR vorsichtiger sein. Es hatte irgendwie merkwürdig geklungen. Außerdem sagte Fee nie WIR, wenn sie nicht auch WIR meinte.

Und Lucys Frage: Woher weißt du das?, die sie Felicitas gestellt hatte, als der Mann noch bewusstlos am Boden lag, geisterte Mira wie eine Endlosschleife durch den Kopf.

Plötzlich piepste es in Charlottes buntem Rucksack. Sie wühlte ihr Handy heraus, drückte darauf herum und verkündete:

»Jojo hat 'ne SMS geschickt.«

»Und?«, fragte Lucy.

Charlotte hielt ihr das Handy unter die Nase.

```
NIX ZU MACHEN, DER SAGT KEINEN TON
BIN IN 5 MINUTEN BEI EUCH
```

»Klasse«, seufzte Mira. »Dann sind wir also kein Stück weiter.«

»Er hat Schiss«, orakelte Charlotte. »Ich sag euch, Tim hat 'n Riesenschiss. Wir müssen uns an den Täter halten. Alles andere ist witzlos.« Sie fixierte Lucy. »Na los! Im Moment ist weit und breit kein Mensch zu sehen. Bis Jojo hier ist, kannst du noch hundertmal unsichtbar werden.«

Sie hatte den Satz noch nicht ganz zu Ende gesprochen, da war Lucy bereits verschwunden. Über Charlies Gesicht huschte ein Grinsen. »Cool«, sagte sie und schnipste mit den Fingern. »Und jetzt bist du wieder da.«

Doch Lucy blieb verschwunden. »Kennst sie doch«, brummte Mira. »Sie lässt sich nichts befehlen.«

Der wahre Grund, weshalb Lucy nicht wieder sichtbar wurde, war allerdings ein anderer. Obwohl sie es mit aller Macht wollte, sie schaffte es einfach nicht. – Verdammt!

Sehnsüchtig schaute sie zu der großen Birke hinüber, die unten am Ufer stand. Wäre es nicht wunderbar, wenn sie ganz oben in der Krone auf einem der Äste schaukeln könnte …?

Mit einem Ruck wurde sie in die Höhe gerissen. Alles um sie herum verschwamm in einer Art Nebel. Ganz kurz glaubte Lucy, ohnmächtig zu werden. Und dann saß sie plötzlich hoch oben in den Zweigen der Birke.

»Da!«, schrie Charlotte. »Da oben, in dem Baum. Da ist sie ja!« Sie sprang auf und flitzte zur Birke hinunter. »Wie zum Donner bist du da hochgekommen?«

»Ich hab's mir gewünscht!«, rief Lucy. Sie riss die Arme in die Luft. »Juhuuu. Ich weiß jetzt, wie es geht.«

»Pass auf!« Charlotte schlug sich entsetzt die Hand auf den Mund. »Du fällst noch runter.«

Na und?, dachte Lucy. Mir kann doch gar nichts passieren.

Und dann fiel sie tatsächlich. Sie fiel einfach in die Unsichtbarkeit und wünschte sich unterwegs, unten auf der Wiese neben Mira wieder sichtbar zu werden. – Es klappte eins a.

»Siehst du!«, rief sie der staunenden Charlotte zu. »Ich bin weg – und wieder da – und wieder weg – und wieder da – und wieder weg.«

Es ging wirklich so: Plopp!, war Lucy sichtbar, plopp!, war sie wieder verschwunden. So lange, bis Mira energisch »Schluss jetzt!« befahl.

Oben auf dem Weg war nämlich wieder jemand aufgetaucht. Eine Frau, die zu ihnen herüberstarrte.

Mira hielt den Atem an. Sie wagte es kaum, zum Weg zu schauen.

»Was ist?«, flüsterte sie. »Kommt sie her?«

Felicitas schüttelte den Kopf.

»Nein, sie geht weiter. Zum Glück.«

»Dafür kommt Johanna!«, rief Charlotte.

Mit einem Satz warf die sich neben Mira ins Gras, verschränkte die Arme unter dem Kopf und blinzelte in den Himmel.

»Ach, Mädels, ist das nicht ein herrlicher Tag heute?«

Erstaunt schauten Lucy, Charlotte und Felicitas auf sie hinunter. Was war nur in sie gefahren? Klar, die Sonne schien, und es war wunderbar warm. Aber dieses Wetter hatten sie nun schon seit zwei Wochen. Und außerdem gab es für sie einen wenig erfreulichen Fall zu lösen.

Mira fasste sich als Erste wieder. Sie stupste Johanna in die Seite. »Jetzt erzähl schon! Was war los mit Tim?«

»Nix, absolut nix. Hab ich euch doch schon rübergebeamt«, summte Johanna. Sie linste zu Charlotte hinüber. »Oder hast du meine SMS nicht bekommen?«

»Doch, doch. Umso mehr wundert es uns, dass du so tierisch gut drauf bist.«

»Muss ich mir denn jetzt etwa jeden Spaß verderben lassen, nur weil ein Typ aus der Oberstufe ein bisschen garstig zu Tim war?«, trällerte Jojo. »Jungen gehen so miteinander um. Und ich glaube, Tim fand's auch gar nicht so schlimm.«

»Dann hat er also zugegeben, dass er bedroht wurde«, stellte Lucy grummelnd fest.

»Überhaupt nicht«, trällerte Johanna weiter. »Es war gar keine Drohung. Sie hatten sich einfach nur ein bisschen in der Wolle. Nix Außergewöhnliches.«

»Na, hör mal!«, fuhr Lucy sie an. »Ich hab doch alles mit eigenen Augen gesehen.«

»Ja, mit Geisteraugen.« Johanna fing an zu kichern.

Charlotte warf ihr einen missbilligenden Blick zu. »Könnte es vielleicht sein, dass dir die Sonne ein Loch in die Gehirnzellen gebrannt hat?«, knurrte sie.

Johanna setzte sich mit einem Ruck auf. »Haltet ihr mich etwa für bescheuert?«, polterte sie los.

Lucy nickte. »Allerdings.«

Jojos grüne Augen funkelten. Sie und Lucy waren kurz davor, aufeinander loszugehen. Da schaltete sich Felicitas ein.

»Mensch, Jojo, hier geht es doch wirklich um eine sehr wichtige Sache.«

Und Mira fragte: »Hast du überhaupt ernsthaft mit Tim gesprochen?« Augenblicklich änderte sich Johannas Gesichtsausdruck. Die Wut verschwand, ihre Augen strahlten, und über ihren Backen breitete sich ein blödes Grinsen aus.

»Natürlich hab ich das«, säuselte sie. »Und es war wirklich sehr nett. Zuerst. Aber dann hatte er plötzlich keine Zeit mehr, weil er dringend zu Sascha musste.«

»Welchem Sascha?«, fragte Lucy und ließ sich nun ebenfalls ins Gras fallen.

»Na, dem aus der 6c.« Jojo verdrehte die Augen. »Der kleine Bruder vom großen Roman. Ausgerechnet mit dem ist Tim befreundet. Aber sonst war es wirklich sehr nett.«

»Johanna!« Charlotte packte die Freundin bei den Schultern und schüttelte sie. »Jetzt komm endlich zu dir. Es sollte nicht nett sein, sondern hauptsächlich ergiebig.«

Johanna klimperte mit den doppellagig getuschten Wimpern. »Das war es doch. Schließlich wissen wir jetzt, dass es keine ernsthafte Auseinandersetzung zwischen Tim und diesem Typen gegeben hat.«

»Hast du ihn nach dem Schlüssel gefragt?«, wollte Lucy wissen.

»Wieso denn?«, erwiderte Johanna. »Das spielt doch jetzt überhaupt keine Rolle mehr.«

»Du bist wirklich die geborene Journalistin«, stöhnte Lucy. »Hast dich einfach so von Tim um den Finger wickeln lassen. Bloß weil du in ihn verknallt bist!«

Das war zu viel. Johanna schoss herum, warf sich auf Lucy und hämmerte mit den Fäusten auf sie ein.

»Spinnst du?«, schrie Mira.

Sie und Charlotte packten Jojo an den Armen und rissen sie von Lucy herunter. Aber Johanna war wie von Sinnen. Sie wand sich und schrie dabei wie verrückt. Lucy, die sich mittlerweile aufgerappelt hatte, starrte Jojo fassungslos an.

»Los!«, forderte Charlotte Lucy auf. »Klatsch ihr eine, damit sie endlich wieder zu sich kommt.«

Aber Lucy schüttelte den Kopf. Sie hielt das für keine gute Idee, wenn ausgerechnet sie Jojo jetzt eine Ohrfeige verpasste. Obwohl es zweifellos für einen guten Zweck war. Also erledigte Charlotte es selbst. Johanna fing an zu heulen. Dann fauchte sie plötzlich wie eine Tigerin und stürzte sich auf Charlie. Felicitas wich erschrocken zurück und sah ihre Freundinnen hilflos an. Irgendwie hatte sie das Gefühl, dass nun sie gefragt war. Ausgerechnet! Denn vor solchen Situationen hatte sie richtig Angst. Und am liebsten hätte sie sich sofort in eines der zahlreich vorhandenen Mauselöcher verkrochen. Doch drücken ging nicht. Es war genauso wie eben, als sie den Drang hatte, dem Mann ihre Hand auf die Stirn zu legen. Sie musste etwas tun. – Aber was?

Unschlüssig schaute Fee zum Flussufer hinunter. Nur wenige Meter von ihnen entfernt gab es eine kleine Weidengruppe. Drei Bäume waren es, die sich einander zuneigten und zusammen fast ein Dach über einer kleinen Bucht bildeten. Diese Bucht hatte vielleicht einen Durchmesser von einem halben Meter, und das Wasser, das vom Fluss aus in sie hineinströmte, funkelte wie richtiges Silber.

Der Anblick war total magisch. Fee fühlte sich, als ob sie in eine andere Welt versetzt worden wäre. Verrückt! Dieses silberne Wasser glitzerte so friedlich ... Und plötzlich wusste sie, was sie zu tun hatte. Es war zwar idiotisch, aber sie musste es einfach tun. Mit ein paar Schritten war sie an der Bucht. Sie bückte sich, formte die Hände zu einer Schale und ließ sie voll Wasser laufen. Dann rannte sie zurück und schüttete es über ihre streitenden Freundinnen.

Mit einem Satz sprangen Jojo und Charlotte auseinander und blickten sich verdutzt an.

»Was war eigentlich los?«, fragte Johanna und schüttelte sich. »Mir ist irgendwie so merkwürdig.«

Charlotte schien es nicht anders zu gehen. Auch sie konnte sich offensichtlich nicht mehr daran erinnern, was eine Minute zuvor passiert war. »Wir haben doch über Tim und Sascha gesprochen«, begann sie schließlich.

Jojo nickte. »Ja, aber leider sind wir keinen Schritt weitergekommen«, sagte sie mit ruhiger, sachlicher Stimme.

Mira und Lucy standen da wie in die Wiese gewurzelt. Ungläubig starrten sie die beiden Streithennen an. Dann wanderten ihre Blicke zu Felicitas. Doch die zuckte nur die Achseln und sah beschämt auf ihre Füße hinunter.

… und Ernstfall

Am nächsten Morgen war in der zweiten Stunde Physik angesagt. Frau Trentow, eine junge, rundliche Referendarin, die den Unterricht bis zu den Sommerferien übernommen hatte, war eine glühende Verehrerin von Albert Einstein und seiner Relativitätstheorie. »Eigentlich gehört das ja in die Oberstufe«, sagte sie zu jeder nur vorstellbaren Gelegenheit, »aber im Grunde ist nichts so, wie wir denken.«

Auch das heutige Thema Geschwindigkeit nutzte sie wieder mal dazu, ihren Schülern zu erklären, warum das so war.

»Es ist ein großer Unterschied, ob ein Apfel, der, sagen wir mal, hundert Gramm wiegt, vom Baum zu Boden fällt, aus einem fahrenden Auto geworfen oder durch den Weltraum katapultiert wird«, erklärte sie, während sie mit rudernden Armen vor der Tafel auf und ab schritt.

»Klar«, erwiderte Michel grinsend. »Der Apfel, der vom Baum fällt, erschlägt höchstens einen Käfer oder ein paar Ameisen. Der aus dem Auto könnte bei einer Kuh bereits eine Gehirnblutung verursachen. Der Bauer müsste sie notschlachten und hätte einen finanziellen Verlust.«

Seine Klassenkameraden fingen an zu kichern. Nur ein paar Mädchen, darunter auch Lucy, Mira und Charlotte, verdrehten die Augen. Sie fanden Michels Scherze einfach zu blöd. Trotzdem waren sämtliche Augenpaare auf ihn gerichtet, um die verheerenden Folgen, die ein Apfel seiner Meinung nach im Weltraum anrichten würde, nicht zu verpassen.

»Es könnte passieren, dass er eine Sonde zerschlägt, die bereits seit zwanzig Jahren unterwegs und kurz davor ist, auf einem winzigen Asteroiden zu landen. Möglicherweise aber fällt er auf den Saturn, wird vielleicht hundert Jahre später von einem Menschen dort entdeckt und als Sensation gefeiert, weil plötzlich alle denken, dass es dort Leben gibt.«

Frau Trentow entgegnete erst mal gar nichts, sondern starrte ihn nur mit offenem Mund an. Dann lächelte sie plötzlich und sagte: »Im Prinzip hast du völlig recht. Allerdings …«

Weiter kam sie nicht, denn plötzlich wurde die Tür aufgerissen, und ein langer, dünner Typ erschien in der Klasse.

»'tschuldigung, eine wichtige Mitteilung vom Direx«, verkündete er und trabte mit einem Zettel in der Hand auf Frau Trentow zu.

Lucy erstarrte. Für einen Augenblick vergaß sie sogar das Atmen. »Mensch, das ist er«, flüsterte sie tonlos.

Mira und Charlotte kapierten sofort.

»Mist!«, murmelte Charlie. Wie hypnotisiert hielt sie ihren Blick auf ihn geheftet, während er den Raum verließ und die Tür hinter sich schloss. »Und schon ist er wieder weg.«

Sie packte Lucy am Arm – und griff ins Leere. Denn ihre Freundin war längst durch die Wand geschlüpft und hatte die Verfolgung aufgenommen.

Frau Trentow überflog den Zettel, legte ihn auf ihr Pult und sagte: »Das hat Zeit bis zum Ende der Stunde. Lasst uns erst mal die Geschichte mit unserem Apfel zu Ende bringen. Lucy, was würdest du sagen …?«

Sie stockte, ließ ihren Blick suchend über die Schüler wandern und fixierte schließlich Mira. »Sitzt deine Schwester heute woanders?«

Mira schüttelte den Kopf und klappte den Mund ein paarmal auf und zu, ohne etwas zu sagen.

»Sie ist doch gerade raus zur Toilette«, rief Charlotte geistesgegenwärtig.

Frau Trentow runzelte die Stirn. »Und warum hat sie mich nicht gefragt?«

»Hat sie doch«, behauptete Johanna. Augenblicklich ging in der ganzen Klasse ein Gemurmel los, denn alle fingen an, mit ihren Banknachbarn darüber zu diskutieren, ob jemand etwas von Lucys Verschwinden mitbekommen hatte.

»Schsch«, sagte Frau Trentow. »Wahrscheinlich habe ich das nur nicht richtig mitbekommen, weil dieser Junge mir gerade den Zettel gegeben hat.« Nachdenklich sah sie zur Tür hinüber und murmelte: »Lucy muss wirklich sehr schnell gewesen sein.«

»Ja, genau!«, rief Michel. »So wie ein Apfel im Weltraum.«

Unterdessen hatte Lucy die Verfolgung des langen Typen aufgenommen, der zunächst einmal nichts anderes tat, als seine Zettel zu verteilen. Und obwohl es sich bei dem Infoblatt eigentlich nur um eine trockene schulinterne Angelegenheit handeln konnte, wurde sie allmählich doch neugierig.

Sie schlich ganz dicht an ihn heran und versuchte, einen Blick auf den Text zu werfen. Aber blöderweise hielt er die Zettel so, dass sie nur die Überschrift, die etwas dicker gedruckt und unterstrichen war, lesen konnte.

Achtung! Wichtige Mitteilung an alle Klassen!

Der Rest verschwamm vor ihren Augen. Es half nichts, sie musste dem Typen einen Zettel abnehmen. Lucy duckte sich und schlich im Entengang unter seinen Arm. Dabei achtete sie sorgsam darauf, dass er sie nicht berührte. Denn sie hatte noch ziemlich gut in Erinnerung, wie unangenehm das sein konnte.

Sie streckte ihre Hand aus, schnappte sich das oberste Blatt an einer Ecke und zog. Der Junge schien allerdings zu merken, dass ihm etwas durch die Finger glitt. Mit einem Ruck blieb er stehen und riss seinen Arm nach vorne. Dabei segelte der Zettel, den Lucy bereits halb herausgezogen hatte, zu Boden. Der Junge fluchte leise und bückte sich, um ihn wieder aufzuheben. Dabei rutschte ihm ein zweiter, kleinerer Zettel aus der Seitentasche seines Sweatshirts.

Lucy griff blitzschnell zu. Sie ergatterte beide Zettel und wich ein paar Schritte zurück. Rasch warf sie einen Blick auf die Mitteilung von Direktor Wagner, aber dort stand nur, dass sämtliche Klassen sich in der großen Pause in der Aula einfinden sollten. Den anderen Zettel stopfte sie schnell in ihre Hosentasche. Der Typ stand immer noch dort, wo er sich nach dem Papier gebückt hatte, und murmelte:

»Das gibt's doch gar nicht. Was ist denn das für eine Scheiße hier?«

Schließlich schien er sich mit dem Verlust eines seiner Infoblätter abzufinden und fuhr mit der Verteilung fort. Lucy blieb ihm die ganze Zeit auf den Fersen.

Nach gut zehn Minuten war er fertig und machte sich auf den Weg ins Schulbüro. Frau Lienen, die persönliche Sekretärin des Direktors, nickte ihm zu. »Na, Karsten, hast du es geschafft?«

»Klar doch.«

»Gut«, sagte Frau Lienen. »Dann sei bitte so freundlich, ruf ein paar starke Jungs aus deiner Klasse zusammen, und helft Herrn Töhmig beim Aufstellen der Stühle in der Aula.«

»Wird gemacht.« Karsten zwinkerte Frau Lienen zu und verließ das Sekretariat.

Lucy war äußerst zufrieden. Endlich wusste sie, wie der Junge hieß. Jetzt brauchte sie ihm nur noch in seine Klasse zu folgen, und schon war sie ein gutes Stück weiter.

Es ging in den zweiten Stock, wo die Klassen der Oberstufe ihre Räume hatten. Gleich neben der Treppe bog Karsten nach links in einen Gang ein und verschwand hinter der dritten Tür.

»12c, Mathematik«, las Lucy.

Sie überlegte noch, ob es sich lohnte, einen Blick in den Klassenraum zu werfen, da wurde die Tür bereits wieder aufgestoßen, und Karsten kam mit vier weiteren Jungen heraus.

Lucy erhaschte noch einen kurzen Blick auf den Lehrer. Herr Böllke. – Aha, alles klar. – Dann beeilte sie sich, hinter den Jungen herzukommen.

Karsten blieb mit einem kraushaarigen Typen, der zwei kleine Silberringe in der rechten Augenbraue hatte, ein Stück hinter seinen restlichen Klassenkameraden zurück.

»Und?«, raunte er Karsten ins Ohr. »Was ist eigentlich los?«

Doch anstatt ihm eine Antwort zu geben, pampte Karsten seinen Kumpel bloß an. »Jetzt mach dir nicht gleich ins Hemd. Ich hab alles fest im Griff.«

»Hoffen wir's«, brummte der Kraushaarige.

»Logisch.« Karsten stupste ihn in die Seite. »Und jetzt komm. Sonst merken die anderen noch was.«

Lucy versuchte sich nacheinander in die Gedanken der fünf Jungens einzuklinken, aber es kam nichts dabei heraus. Alle rätselten über den Grund für die plötzliche Versammlung. In Karstens Gehirnwindungen tauchte zwar immer wieder ein rothaariges Mädchen mit großen blauen Augen auf, aber das ordnete Lucy eher in die Kategorie Liebesdusel ein. Als sie unten ankamen, hatte der gutmütige Hausmeister bereits die halbe Aula mit Aluminiumstühlen bestückt.

»Kein Problem bei diesen Fliegengewichten«, begrüßte er die Jungen, wischte sich aber dennoch mit seinem Taschentuch über die Stirn. »Ich habe mich nur ein bisschen beeilt.«

»Alles klar, Herr Töhmig«, sagte Karsten. »Dann ruhen Sie sich doch einen Moment aus. Wir machen das schon.«

Die Alustühle, die die Schule vor zwei Wochen angeschafft hatte, schienen wirklich nicht besonders schwer zu sein. Karsten und seine vier Kumpels stapelten immer fünf Stück übereinander und trugen sie dorthin, wo sie gerade gebraucht wurden.

Lucy machte sich einen Spaß daraus, ihnen dabei zu helfen. Immer, wenn ihr alle den Rücken zugewandt hatten, schnappte sie sich ein bis zwei Stühle und begann damit eine neue Reihe.

Das ging ein paar Minuten gut. Aber dann passierte es doch, dass Karsten sich genau in dem Augenblick umdrehte, als sie einen Stuhl anhob. Er riss die Augen auf und erstarrte. Lucy hielt die Luft an und ließ ihren Stuhl im Zeitlupentempo zu Boden sinken. In Karstens Gehirnwindungen stand alles auf Alarm.

Doch nachdem der Stuhl ein paar Sekunden unbeweglich auf dem Boden gestanden hatte, kam wieder Leben in seine Glieder. Er hob die Arme und schüttelte den Kopf. Dann rieb er sich die Augen, ließ die Arme sinken, fixierte den Stuhl und schlich mit eingezogenem Kopf auf Lucy zu. Er befingerte den Stuhl von allen Seiten. Schließlich schien er sich beruhigt zu haben und packte ihn unter der Rückenlehne, um ihn anzuheben. Aber Lucy hielt den Stuhl mit aller Kraft fest.

Es entbrannte ein sekundenkurzer Kampf, aber natürlich war Karsten stärker als sie. Er riss Lucy den Stuhl aus den Händen, taumelte nach hinten und stürzte scheppernd damit zu Boden.

Die Typen aus seiner Klasse fuhren herum. Der Kraushaarige lachte.

»Mann, was hast du denn für Probleme?«

»Gar keine«, knurrte Karsten leise.

Aber Lucy sah an seinen flackernden Augen, dass er kurz davor war durchzudrehen. Hochzufrieden zog sie sich in den hinteren Teil der Aula zurück. Diese kleine Aktion hatte sie zwar nicht unbedingt weitergebracht, aber Lucy war der Ansicht, dass Karsten für sein Verhalten Tim gegenüber eigentlich eine noch viel eindrucksvollere Abreibung verdient hatte. Das Problem war nur, dass er die Sache mit dem Stuhl überhaupt nicht mit seinem fiesen Auftritt im Umkleideraum in Zusammenhang bringen würde.

Man musste ihn schon auf frischer Tat ertappen …

»Wo Lucy wohl steckt«, raunte Johanna Mira ins Ohr. »Hast du sie irgendwo gesehen?«

Mira schüttelte den Kopf. Seit ein paar Minuten saßen sie, Jojo und Charlotte nun schon in der Aula und warteten zusammen mit dem Rest der Schule auf das, was Direktor Wagner ihnen zu sagen hatte.

»Vielleicht geht sie schon einer heißen Spur nach«, meinte Charlotte.

Johanna zuckte die Schultern. »Sicher ist nur, dass sie einen Riesenärger kriegt.«

Charlie und Mira seufzten. Und Lucy, die genau hinter ihrer Zwillingsschwester stand, tat das ebenfalls. Irgendwie hatte sie den Augenblick, wieder sichtbar zu werden, verpasst. Und mittlerweile waren leider viel zu viele Leute um sie herum. Also blieb sie einfach unsichtbar hinter Mira stehen und sah gespannt zum Podest hinüber, das Direktor Wagner inzwischen erklommen hatte. Er stellte das Mikrofon auf seine etwas gedrungene Körpergröße ein und machte: »Hmhmhmhmhm.«

Sobald Ruhe herrschte, polterte er in seiner spontanen Art los:

»In den letzten zwei Wochen gehen äußerst unerfreuliche Dinge an unserer Schule vor.« Direktor Wagner machte eine bedeutungsvolle Pause, bevor er fortfuhr. »Es vergeht kaum ein Tag, an dem mir nicht mindestens ein Diebstahl gemeldet wird.«

Ein mehr oder weniger bestätigendes Gemurmel ging durch die Aula. Natürlich hatten auch Mira, Charlotte, Johanna und Lucy schon von der Klauerei gehört. Bisher waren sie aber noch nicht davon betroffen gewesen.

»Wie es aussieht, sind in erster Linie Schüler der Klassen fünf bis acht die Opfer der Diebstähle. Und ich vermute, dass der Täter ebenfalls in diesem Umkreis zu suchen ist.«

»Glauben Sie wirklich, es ist nur einer?«, rief eine Schülerin aus der Oberstufe.

Direktor Wagner schüttelte den Kopf.

»Nein. Bedauerlicherweise muss ich davon ausgehen, dass es sich um eine richtig durchorganisierte kleine Bande handelt. Bisher gibt es allerdings noch keinen konkreten Anhaltspunkt, keinen Verdacht, überhaupt nichts. Und daher bitte ich euch alle, Augen und Ohren offen zu halten und mir sofort zu melden, wenn euch etwas Ungewöhnliches auffällt.«

»Meine Story ist jetzt natürlich hin«, murmelte Johanna, als sie wenige Minuten später mit Charlotte und Mira auf den Schulhof hinaustrat. »Das wäre wirklich die Gelegenheit gewesen, Roman endlich mal zu zeigen, dass ich was draufhab.«

»Ja, ja.« Charlotte starrte vor sich hin. »Mich interessiert im Augenblick eigentlich viel mehr, wo Lucy steckt. Die soll jetzt endlich mal wiederauftauchen.«

»Vielleicht kann sie nicht«, sagte Mira nachdenklich.

»Das ist doch Blödsinn«, erwiderte Johanna. »Bisher konnte sie das schließlich auch.«

»Ja, schon.« Mira zuckte die Achseln. »Es ist auch nur so ein Gefühl …«

Jojo und Charlotte stöhnten. Dieses Thema war ihnen nur zu bekannt. Es hieß Zwillingsgefühle. Das war so etwas wie eine Art Geheimübertragung oder Telepathie und funktionierte angeblich besonders gut bei Zwillingen. Lucy und Mira behaupteten jedenfalls voneinander, dass sie immer instinktiv wussten, wenn mit der anderen etwas nicht stimmte.

»Lasst uns noch mal in die Aula zurückgehen«, bat Mira. »Vielleicht braucht sie unsere Hilfe.«

»Wie sollen wir denn bitte schön einer Unsichtbaren helfen?«, erwiderte Johanna. Aber als sie Miras besorgtes Gesicht sah, willigte sie schließlich ein.

Neben dem Eingang zur Aula lehnten ein paar Jungs aus der Fünften an der Wand und tauschten Sammelkarten. Mira lief an ihnen vorbei und warf einen Blick in die Aula. Aber bis auf Herrn Töhmig, der gerade dabei war, die Stühle wieder zusammenzuräumen, war der große Raum leer.

»Merkwürdig«, murmelte Mira. »Irgendwo muss sie doch sein.« Ihre Gesichtshaut war mittlerweile so grau wie altes Pergamentpapier, und in ihren Augen glänzten Tränen.

Charlotte schlang ihr einen Arm um den Hals. »Nur keine Panik«, versuchte sie Mira zu beruhigen. »Wir gehen jetzt erst mal nach oben in unsere Klasse. Vielleicht sitzt sie ja bereits dort und wartet auf uns.«

Mit einem äußerst mulmigen Gefühl im Bauch machten sich die drei im Eiltempo auf den Weg.

»Mein Gott, da ist sie tatsächlich!«, rief Johanna und stürzte auf Lucy los.

Doch Mira war als Erste bei ihr. Sie ließ sich einfach auf die Knie fallen und fasste Lucys Hand.

Ihre Schwester lag nämlich der Länge nach ausgestreckt neben ihrem Stuhl am Boden, aschfahl im Gesicht und ganz offensichtlich bewusstlos.

Der erste Gedanke, der Mira durch den Kopf schoss, war, wie sehr sie es bedauerte, dass Fee nicht bei ihnen war. Die hätte vielleicht einfach ihre Hand auf Lucys Stirn gelegt, und … Aber das war ja alles Blödsinn.

Unterdessen tätschelte Charlotte Lucys Wangen. »Hey, wach auf! Wir sind es doch!«

Aber Lucy regte sich immer noch nicht.

Johanna schluckte. »Lebt sie überhaupt noch?«, fragte sie und tastete nach Lucys Handgelenk. »Atmet sie?«

Mit klopfendem Herzen beugte Mira ihr Ohr über Lucys Mund und lauschte. Schließlich nickte sie.

»Puls ist auch da«, sagte Johanna leise. »Scheiße, was machen wir jetzt bloß?«

»In den alten Filmen haben die für solche Fälle immer Riechsalz«, sagte Charlotte.

Jojo stöhnte. »Scherzkeks. Wo sollen wir das Zeug denn jetzt so schnell herkriegen?«

»Vielleicht genügt ja schon ein Glas Wasser«, murmelte Mira.

Charlie und Jojo starrten sie an.

»Na klar, das ist es doch«, rief Johanna. Sie tippte Mira auf die Brust. »Du machst ihr ein Spezialgetränk.«

»D-das … das kann ich nicht«, stotterte Mira.

»Aber logisch.« Charlotte packte Mira am Arm und zog sie

auf die Beine. »Wer aus Limo Cola machen kann, der kriegt doch wohl so ein lächerliches Riechsalz hin.«

Johanna flitzte zum Waschbecken, spülte einen der Pinselbecher aus, füllte ihn mit Wasser und drückte ihn Mira in die Hand.

»Los, beeil dich, die Pause ist bald zu Ende.«

Mira stöhnte. Aber ihr blieb keine Wahl. Also umfasste sie den Becher, schloss die Augen und wünschte sich ein Mittel in das Wasser, das Lucy aus ihrer Ohnmacht wecken würde. Sekundenbruchteile später fuhr der Lichtblitz durch sie hindurch.

Mira öffnete die Augen und reichte Jojo den Becher.

»Hier, mach du das. Charlie und ich halten ihr den Kopf hoch.«

Johanna schaute enttäuscht auf den Becher. »Das hat ja nicht mal gezischt oder gesprudelt. Wie soll das bloß wirken?«

»Quatsch nicht rum«, brummte Mira. »Mach.«

Vorsichtig hoben sie Lucys Kopf an. Mira schob ihre Lippen auseinander, und Jojo ließ das magische Wasser langsam in ihren Mund laufen. – Und Lucy schluckte! Sie trank den halben Becher aus. Dann öffnete sie die Augen und seufzte:

»Oh, Mädels, ich sag euch …«

»Was ist denn passiert?«

»Geht es dir gut?«

»Hast du was rausgefunden?«

»Ja, alles in Ordnung«, erwiderte Lucy und rappelte sich auf. »Ich weiß auch nicht, warum ich ohnmächtig geworden bin. Jetzt fühl ich mich jedenfalls putzmunter. Vielleicht war ich einfach zu lange unsichtbar. Aber ich konnte mich doch zwischen all den Menschen nicht einfach so – plopp! – wieder sichtbar wünschen. Und als ich mich am Ende der Versammlung neben den Ausgang stellte und darauf warten wollte, dass der größte Ansturm endlich vorbei ist, stellten sich ein paar Lehrer genau neben mich.«

»Aha«, sagte Charlotte. »Und dann?«

»Ja, dann lehnte sich Frau Probst in mich. Und weil das furchtbar unangenehm war, bin ich einfach in die Wand geschlüpft. Ich dachte natürlich, ich könnte auf der anderen Seite hinaus.«

Johanna schüttelte den Kopf. »Dass du da nicht gleich drauf gekommen bist! – Und überhaupt«, fuhr sie fort, »du hättest dich doch einfach auf dem Klo wieder sichtbar wünschen können. Dort hätte das kein Mensch mitgekriegt.«

»Ja, verdammt«, brummte Lucy. »Hinterher ist mir das natürlich auch eingefallen. Aber ...«

»Das ist doch jetzt ganz egal«, fuhr Charlotte dazwischen. »Erzähl lieber, wie es weiterging«, drängelte sie Lucy.

»Auf der anderen Seite der Wand waren ein paar Jungs aus der Fünften«, erzählte Lucy. »Ich steckte sozusagen fest.«

»In einer Wand.« Johanna fing an zu kichern. »Das muss man sich mal vorstellen. Das ist ja total schräg.«

»Ja, ja und ...?« Charlotte trat ungeduldig von einem Bein auf das andere. »Was hast du denn vorher erlebt? Ich meine, hast du was über diesen Typen rausgekriegt?«

Lucy hob die Hand. »Moment. Das erzähle ich euch gleich. Zuerst die Sache mit den Jungen aus der Fünften. Die haben nämlich über diese Diebstähle geredet, dass das ganze Zeug irgendwo lagern würde.«

»Waaaas?« Johanna packte Lucy an der Schulter und rüttelte sie. »Wo?«

»Das haben sie natürlich nicht gesagt.«

»Auch nicht gedacht?«, erkundigte sich Mira.

»Nein.« Lucy schüttelte den Kopf. »Der eine, so ein kleiner Sommersprossiger, der hatte zwar ganz kurz das Bild von einem dunklen Raum im Kopf. Aber ich hab wirklich keine Ahnung, wo das sein könnte.«

»Auf jeden Fall wissen wir jetzt schon mal, wer an dieser Klauerei beteiligt ist«, sagte Johanna. »Fragt sich bloß, ob die Sache auch mit Tim und diesem Typen, der ihn bedroht, zusammenhängt. Oder ob das zwei völlig verschiedene Schuhe sind.«

»Der Typ heißt übrigens Karsten und geht in die 12c«, erklärte Lucy. »Mathematik bei Herrn Böllke.«

»Na, das ist doch schon mal was«, fand Charlotte. Sie runzelte die Stirn, bis sie fast so kraus war wie ihre Locken. »Sonst noch irgendwas Verdächtiges?«

»Nicht direkt«, sagte Lucy, erzählte aber noch kurz von dem Gespräch, das Karsten vor der Versammlung mit dem Kraushaarigen hatte.

»Und er hat wirklich gesagt, er hätte alles im Griff?«, vergewisserte sich Johanna.

»Ach, das heißt doch nicht unbedingt was.« Mira winkte ab. »Auf jeden Fall haben wir jetzt aber genug Anhaltspunkte, um mit Herrn Pohle und Frau Weigandt zu sprechen.«

»Spinnst du?!«, erwiderte Charlotte. »So viel, wie wir jetzt wissen, kann doch kein Mensch unter normalen Umständen herausfinden. Und dass Lucy sich zwischendurch einfach ein bisschen unsichtbar macht, können wir ihnen ja wohl schlecht sagen.«

»Aber wenigstens das mit Karsten«, sagte Mira entschlossen. »Ich gehe jetzt zu Herrn Pohle und erzähle ihm, dass der Tim so bedroht hat.«

»Meinetwegen«, seufzte Charlotte. »Wenn du dann besser schlafen kannst … Wir gehen schon mal auf den Schulhof.«

Mira zog einen Flunsch und zockelte zum Lehrerzimmer.

»Tut mir leid«, eröffnete ihr Frau Finkeich, die Biologielehrerin der Mittelstufe. »Aber Herr Pohle ist krankgeschrieben. Und Frau Weigandt ist doch mit der 9a auf Klassenfahrt.«

»Gibt es denn keine Vertretung?«, fragte Mira.

Frau Finkeich schüttelte den Kopf. »Leider nein. Es kommt ja auch nicht oft vor, dass gleich beide Vertrauenslehrer abwesend sind«, sagte sie. »Wenn es dringend ist, würde ich dir raten, zu Direktor Wagner zu gehen.«

»Nein, nein«, erwiderte Mira schnell. Sie raste auf den Schulhof hinaus und entdeckte Lucy, Jojo und Charlotte auf der Treppe, die zur Sporthalle hinaufführte.

»Na, wenn das kein Zeichen ist«, orakelte Johanna. »Ich bin davon überzeugt, dass wir den Fall selbst lösen sollen.«

»Mensch, Leute!«, schrie Lucy plötzlich. Sie blieb ruckartig stehen und griff sich in die Hosentasche. »Das hätte ich vor lauter Ohnmächtigsein doch fast vergessen.«

»Und was soll das so Wichtiges sein?«, fragte Mira.

Lucy zog den kleinen zusammengefalteten Zettel aus der Tasche und hielt ihn ihrer Schwester unter die Nase. Doch in dem Moment, als Mira danach greifen wollte, zog Lucy ihre Hand wieder zurück.

»Der ist diesem Karsten aus der Tasche gerutscht«, sagte sie, während sie ihn öffnete. »Keine Ahnung, ob er irgendeine Bedeutung …« Sie stockte. »Das gibt's doch nicht.«

Johanna, Charlotte und Mira drängten sich neben sie und schauten neugierig auf die handgeschriebenen Zeilen.

Liebe Sarah,
dies ist eine Warnung. Du solltest deinem Roman nicht blind vertrauen. Er hat Dreck am Stecken. Ich weiß, Du wirst es kaum glauben wollen, aber ich werde Dir schon bald den Beweis erbringen.
Ich tue das nur für Dich, damit Du am Ende nicht in etwas hineingezogen wirst, mit dem Du gar nichts zu tun hast.
Es grüßt Dich ein stiller Verehrer, der Dich wirklich und wahrhaftig liebt.

»Unglaublich«, stieß Johanna hervor.

Charlotte schüttelte den Kopf. »Ich begreif's nicht. Ich denke, Karsten ist unser Bösewicht. Wenn er diesen Brief allerdings selbst geschrieben hat, dann …«, sie hob die Schultern, »… bin ich am Ende mit meiner Logik.«

»Es hilft nichts«, sagte Lucy. »Wir müssen die Jungs aus der Fünften interviewen.«

Sie stopfte den Brief in ihre Hosentasche zurück, und dann rasten die Mädchen wieder auf den Schulhof. Aber sosehr sie auch suchten, die Jungs fanden sie nicht.

»Vielleicht haben sie heute Schwimmen«, sagte Mira, und Charlie nickte. »Dann müssen wir das Ganze eben auf nächsten Montag verschieben.«

Eine sensationelle Vorstellung

Kurz nachdem Mira geklingelt hatte, öffnete Felicitas' Mutter die Haustür.

»Ach, du bist's«, sagte sie lächelnd. »Fee wartet schon ganz ungeduldig.«

Mira stellte ihre Sneakers unter der Garderobe ab und flitzte hastig auf Fees Zimmertür zu. Bevor sie die Klinke berührte, flog die Tür schon auf, und die beiden Mädchen umarmten sich.

»Mann, ich sag dir, bei uns an der Schule ist was los«, stöhnte Mira.

Sie und ihre Freundin hatten es sich mittlerweile mit einem Mineralwasser und einer Tafel Schokolade auf Fees Bett gemütlich gemacht, und Mira erzählte Felicitas nun alles, was am Vormittag vorgefallen war.

»Schade, dass ich nicht dabei gewesen bin«, seufzte Fee.

Mira war baff. Nie im Leben hatte sie damit gerechnet, dass die zurückhaltende Felicitas so etwas sagen würde. Und dann überraschte sie sie sogar noch mehr.

»Endlich passiert mal was richtig Aufregendes. Und wir stecken mittendrin.« Fee schaute ihre Freundin aus funkelnden grünen Augen an. »Ich sag dir, das ist ein Auftrag.«

»Was für ein Auftrag?«, entgegnete Mira. »Was meinst du damit?«

»Ja, verstehst du denn nicht?« Fee schüttelte den Kopf. »Zuerst entdeckt ihr, Lucy und du, dass ihr besondere Fähigkeiten habt. Und kurz darauf steckt ihr mitten in dieser Diebstahlgeschichte.«

»Ach, das ist doch purer Zufall«, sagte Mira und verdrückte einen ganzen Schokoriegel auf einmal.

»Zufälle gibt es nicht«, erwiderte Felicitas. »Irgendwie hat alles, was geschieht, einen Sinn.«

Mira seufzte. Sie kannte Fees Überzeugung nur zu gut. Zwar war sie nicht unbedingt derselben Meinung, wusste aber auch kein Argument dagegen. Es handelte sich eben um eine reine Glaubenssache. Aber was die Diebstähle an ihrer Schule betraf, hatte Fee womöglich sogar recht.

Mira betrachtete ihre Freundin unauffällig aus den Augenwinkeln. Schließlich fasste sie sich ein Herz und beschloss, Fee wegen der Sache gestern am Flussufer anzusprechen.

»Was meinst du?«, entgegnete Felicitas erstaunt.

»Na, wegen dem Schirmmützenmann«, druckste Mira. »Vielleicht habe ich mir das alles ja nur eingebildet. Aber immerhin hast du behauptet, er käme gleich wieder zu sich, obwohl du das doch gar nicht wissen konntest. Und dann hast du ihm deine Hand auf die Stirn gelegt und ...«

»Du hast es dir nur eingebildet«, unterbrach Felicitas sie. »Es war irgendwie so, wie wenn das Telefon klingelt und man intuitiv weiß, wer dran ist.«

Mira nickte. Bestimmt hatte Fee recht. Wahrscheinlich war Mira wegen Lucys und ihren Fähigkeiten so verdreht, dass sie mittlerweile schon überall Magie witterte.

Genauso verhielt es sich bestimmt auch mit dem Wasser, das Fee aus dem Fluss geschöpft und mit dem sie den Streit zwischen Charlie und Jojo beendet hatte. Kaltes Wasser hatte eine gewisse Schockwirkung. Das wusste schließlich jedes Kind. Da war gar nichts Großartiges dabei.

Mira entschied, das Thema zu wechseln und auf die Zaubervorstellung ihres Vaters morgen Abend zu lenken.

»Ja, darauf freue ich mich schon«, sagte Felicitas. Sie nahm einen Schluck von ihrem Mineralwasser und verzog das Gesicht. »Klingt bestimmt blöd, aber ich finde, das schmeckt irgendwie nicht.«

»Ist es denn nicht das, was ihr immer habt?«

»Nein«, sagte Fee. »Meine Mutter hat diesmal ein Sonderangebot ergattert. Du kennst sie ja.«

Mira grinste. In der Tat war Fees Mutter im Schnäppchenjagen unschlagbar.

»Aber ich finde, in diesem Fall hat es sich nicht gelohnt.«

»Stimmt«, bestätigte Mira, nachdem sie ebenfalls einen Schluck getrunken hatte. »Aber das können wir ja ändern.« Sie nahm Felicitas das Glas ab und umschloss es mit beiden Händen. »Welche Sorte habt ihr normalerweise?«

»Schlossquell«, sagte Fee.

Mira schloss die Augen und verband sich innerlich mit dem Geschmack des Schlossquell-Mineralwassers. Sie hatte keinen Schimmer, ob das so auch funktionierte. Es war ein Experiment.

Gleich nachdem der Lichtblitz durch sie hindurch in das Glas gefahren war, reichte sie es ihrer Freundin zurück und beobachtete sie gespannt beim Probieren. »Und?«

Felicitas lächelte. »Unfassbar«, murmelte sie. »Es hat geklappt. Original Schlossquell. Besser können die das auch nicht.«

Mira nahm ihr Glas nun ebenfalls in beide Hände. Doch diesmal war sie nicht so gelassen. Ihr Herzschlag hatte einen Zahn zugelegt und wummerte fast schmerzhaft in ihrer Brust. So langsam fing sie an zu begreifen, welche Macht sie plötzlich hatte.

Wieder schoss der Lichtblitz ins Glas, und wieder nahm das Wasser den prickelnd frischen Geschmack von Schlossquell an.

»Absolut sensationell«, fand Felicitas.

»Ja.« Mira nickte.

Allerdings, so richtig was Sensationelles anfangen oder bewirken konnte sie damit nicht. Jedenfalls nicht so wie Lucy mit ihrer Fähigkeit, sich unsichtbar zu machen.

»Jetzt drängelt doch nicht so«, ermahnte Regine Lombsky ihre Töchter. »Wir haben sowieso Ehrenplätze.«

»Jojo, Charlie und Fee auch?«, stöhnte Lucy.

Sie fand es einfach unerträglich, in dieser ätzend langen Menschenschlange zu stehen, die sich nur millimeterweise vorwärts bewegte. Am liebsten wäre es ihr gewesen, wenn ihre Mutter den Kopf geschüttelt hätte. Aber sie nickte natürlich.

»Sicher«, erwiderte sie lächelnd. »Wir haben sechs Karten bekommen. Das hab ich euch doch gesagt.«

Mira war da schon geduldiger. Jedenfalls, was die Schlange am Einlass betraf. Sie stand neben Felicitas. Die beiden Mädchen hatten sich gegenseitig die Arme um die Taillen geschlungen.

»Lasst mich mal vor«, befahl Lucy plötzlich, drückte die beiden auseinander und quetschte sich vor sie.

Dann duckte sie sich, bis sie sicher sein konnte, dass ihre Mutter sie nicht mehr sah, zwinkerte Mira noch kurz zu und verschwand.

»Also …« Empört stemmte Mira die Hände in die Hüften. »Dass die das so ausnutzt …«

Mira seufzte und schaute Felicitas an, die irgendwie immer noch nicht wieder so ganz bei sich zu sein schien. Hinter ihnen standen Jojo und Charlotte, reckten ihre Hälse und traten von einem Fuß auf den anderen.

Eine knappe Viertelstunde später saßen sie alle glücklich neben Lucy an einem der vorderen Tische. Regine Lombsky bestellte Orangensaft für die Mädchen und für sich selbst ein Glas Sekt. Kurz bevor die Vorstellung des großen Frank Lombsky beginnen sollte, verschwand sie noch einmal rasch zur Toilette.

Lucy nippte an ihrem Orangensaft und schaute zur Bühne. Es war schon eine ganze Weile her, dass sie eine Vorstellung ihres Vaters besucht hatten. Sie verzog das Gesicht und murmelte:

»Der schmeckt aber bitter.«

»Der Saft?«, fragte Charlotte und nahm ebenfalls einen Schluck. »Stimmt«, sagte sie und stellte ihr Glas zurück. »Mit einem Schluck Sekt wäre er besser.«

»Sekt.« Mira winkte ab. »Das kannste dir abschminken. Papa hat uns zu Silvester mal einen winzigen Schluck zum Anstoßen spendiert. Weißt du noch, Lucy …?« Sie nickte ihrer Schwester zu. »Damals hat Mama schon so getan, als würden wir davon eine Alkoholvergiftung bekommen.«

Lucy seufzte. Regine Lombsky war zweifellos die beste Mutter der Welt, aber was Alkohol und Koffein betraf, hatte sie ihre ganz eigene Vorstellung. Auch heute, an diesem besonderen Abend, gewährte sie ihnen nicht mal eine einzige ömmelige Cola.

»Man müsste tauschen«, schlug Johanna vor. »Nur so zum Spaß.«

»Aber das fällt doch auf«, entgegnete Felicitas. »Allein schon die Farben.«

Da huschte ein Grinsen über Lucys Gesicht. »Nicht, wenn Mira das macht«, sagte sie.

»Vergiss es«, knurrte die. »Nachher sind wir wirklich betrunken.«

»Ach Quatsch!«, sagte Jojo.

»Los, mach schon, bevor deine Mutter wiederkommt«, drängte auch Charlotte.

»Es ist doch wirklich nur ein Gag«, bettelte Lucy.

Schließlich willigte Mira grummelnd ein. Nacheinander nahm sie sich alle Gläser Orangensaft vor. Zum Schluss kam das Sektglas ihrer Mutter an die Reihe. Sie war gerade mit allem fertig, als diese von der Toilette zurückkam.

Mit einem entspannten Lächeln auf den Lippen ließ sich Regine Lombsky auf ihrem Stuhl nieder, nahm ihr Sektglas und prostete den Mädchen zu. In genussvoller Erwartung nahm sie ihren ersten Schluck. Doch ihre Miene änderte sich auf einen Schlag. Ungläubig verzog sie das Gesicht. Lucy, Charlotte, Mira, Jojo und Fee pressten die Zähne aufeinander und versuchten, sich nichts anmerken zu lassen. Vor allem Lucy hatte große Mühe damit, nicht einfach loszuprusten. Ihre Mutter schüttelte den Kopf und probierte noch einmal. Aber auch diesmal schien sie nicht besonders angetan zu sein.

»Also, der Sekt schmeckt irgendwie komisch«, sagte sie. »So als ob man ihn mit Orangensaft gemixt hätte. Dabei habe ich das gar nicht bestellt.« Sie deutete auf Johannas Glas. »Ich hoffe, euer Saft ist wenigstens in Ordnung.«

»Klar.« Jojo schnappte sich ihr Glas und leerte es in einem Zug bis zur Hälfte. Dann ließ sie sich in ihren Stuhl zurückfallen, verdrehte die Augen und lallte: »Schmeckt echt super, dieser O-Saft.«

Ihre Freundinnen fingen an zu kichern. Nur Regine Lombsky war natürlich sofort alarmiert. Umgehend griff sie sich Johannas Glas und probierte.

»Das gibt's doch gar nicht«, murmelte sie und trank nacheinander aus jedem Glas einen Schluck. »Eine Unverschämtheit ist das, Kindern Alkohol auszuschenken.« Sie sprang von ihrem Stuhl auf und riss einen Arm in die Höhe. »Herr Ober …!«

»Aber wieso können wir denn nicht einmal zur Feier des Tages einen Sekt mit Orangensaft trinken?«, maulte Lucy. »Wir sind jetzt schon zwölf, und Charlie darf auch ab und zu …«

Doch ihre Mutter ließ sie nicht ausreden. Sie zeigte auf

Johanna, die ziemlich schief auf ihrem Stuhl hing und immer noch die Betrunkene markierte. »Darum nicht.«

In diesem Moment tauchte der Kellner auf. Frau Lombsky beschwerte sich lautstark, und die Leute an den umliegenden Tischen sahen bereits neugierig herüber. Der Kellner kostete nun ebenfalls und beteuerte, dass er sich das Missgeschick nicht erklären könne und sofort neue Getränke bringen wolle.

Plötzlich fingen ein paar Leute an zu klatschen. Mira und Lucy sahen zur Bühne hinüber, und dort stand ihr Vater mit seiner Utensilientruhe. Er nahm seinen roten Zylinder vom Kopf und verbeugte sich. Regine Lombsky kniff die Augen zusammen.

»Wenn das mal nicht deine Idee war«, murmelte sie.

Lucy horchte auf. »Was hast du gesagt, Mama?«

»Nichts«, behauptete ihre Mutter und zuckte die Achseln. »Jedenfalls nichts von Bedeutung.«

Lucy überlegte. Eigentlich hatte sie jedes Wort genau verstanden: Wenn das mal nicht deine Idee war. Was sie sich jetzt fragte, war, ob dieser Satz auch wirklich das bedeutete, was sie vermutete. Nämlich dass ihr Vater genau wie Mira Getränke verwandeln konnte. Und das wiederum hieß, dass sie und auch Lucy diese Fähigkeiten möglicherweise von ihm geerbt hatten. Genau so, wie sie und auch Jojo es bereits vermutet hatten.

Inzwischen hatte der Kellner neue Getränke gebracht, womit diesbezüglich leider wieder alles beim Alten war. Regine Lombsky sah Johanna besorgt an.

»Vielleicht sollte ich dich heimbringen«, schlug sie vor.

Mit einem Schlag war Jojo wieder nüchtern. »Oh nein, das ist nicht nötig. Mir geht es gut.«

Sie setzte sich kerzengerade auf und verfolgte interessiert die neuen Tüchertricks von Miras und Lucys Vater. Er zog sie aus der Utensilienkiste, aus seiner Brusttasche, seinen Ärmeln, dem Boden und der Luft, und nach kurzer Zeit war die ganze Bühne von ihnen übersät.

»Jetzt fehlt nur noch ein wenig Musik«, rief Frank Lombsky, lupfte seinen Zylinder und zog ein Cello darunter hervor.

Ein Raunen ging durch die Menge, und Mira stutzte.

»Das ist ja meins.«

Ihr Vater machte eine stimmungsvolle Miene und setzte den Bogen an. Aber alles, was er dem Instrument entlockte, war ein durch Mark und Bein dringendes Gekrächze.

»Papa, das ist Körperverletzung«, brummte Lucy.

Frank Lombsky sah das offensichtlich selber so. Er verzog das Gesicht und entschuldigte sich tausendmal bei seinem Publikum.

»Wissen Sie«, sagte er lächelnd, »ich kenne jemanden, der kann das wirklich gut … Meine Tochter MIRA!!!«

Er breitete die Arme aus.

»Was, ich?«

Mira spürte, wie ihr die Röte ins Gesicht schoss. Wie konnte er ihr das bloß antun! Sie hatte noch nie vor Leuten gespielt, die sie nicht kannte, und schon gar nicht auf einer Bühne gestanden. Aber Frank Lombsky machte Ernst. Er richtete den Bogen auf seine Tochter und forderte sie auf, zu ihm heraufzukommen.

Der Test

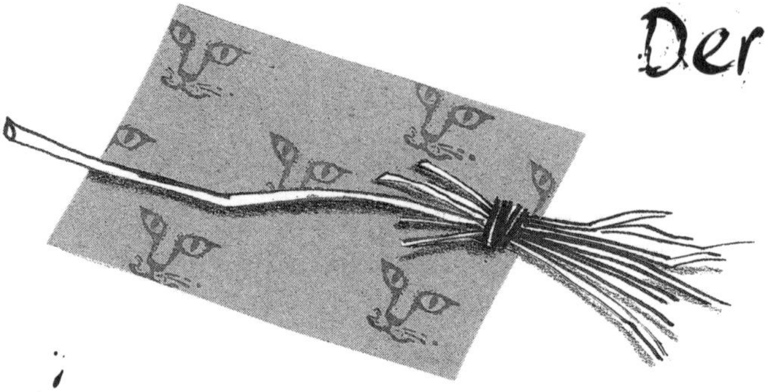

Als Mira unter mäßigem Beifall und mit schlabbergummiweichen Knien die Bühne erklomm, wünschte sie sich so sehr wie nie zuvor in ihrem Leben, mit ihrer Schwester tauschen zu können. Dann würde sie sich jetzt einfach unsichtbar machen und aus dieser Bar verschwinden. Aber sie war nun mal nicht Lucy, und die einzige Kunst, die sie beherrschte, war, alberne Limo in ebenso alberne Cola zu verwandeln.

Ihr Vater nickte ihr zu und reichte ihr den Bogen.

Das verzeihe ich dir nie, dachte Mira. Wie in Trance fasste sie das Cello am Hals und setzte den Bogen an.

»Spiel einfach, was du willst«, wisperte Frank Lombsky und strahlte dabei das Publikum mit seinem breiten Lächeln an.

»Ich will gar nicht«, zischte Mira.

Doch ihr Vater lächelte einfach weiter auf die Menge hinunter, und Mira blieb nichts anderes übrig, als mit ihrem Spiel zu beginnen. Sie schloss die Augen und stellte sich vor, dass sie auf einer einsamen Insel war. Rundherum nur das Meer, Palmen – und ein paar putzige Äffchen, die sich mehr für die Kokosnüsse interessierten als für ihr Cello.

Und dann spielte sie. Ohne darüber nachzudenken. Einfach so. Es war ein wundervolles Stück, das Mira selbst noch nie gehört hatte. Zumindest kam es ihr so vor. Der Bogen in ihrer Hand schien wie von selbst über die Saiten zu gleiten, und plötzlich fühlte sie sich sicher. Mira öffnete die Augen und sah ein Meer aus bunten Tüchern, die sich nach der Melodie, die sie spielte, vom Boden erhoben und um sie und ihren Vater herumtanzten.

Jetzt traute sie sich auch, ins Publikum zu schauen. Unzählige glänzende Augenpaare waren auf sie gerichtet, und Mira spürte, wie ihr Herz höherschlug. Dann fiel ihr Blick auf den Tisch, an dem Lucy, ihre Mutter und ihre Freundinnen saßen. Jojo sah aus wie das lebendig gewordene Staunen. Mama und Lucy strahlten mit den Kerzen auf den Tischen um die Wette, und Fee lächelte verzückt. Am beeindruckendsten aber verhielt sich Charlotte. Sie war von ihrem Stuhl aufgestanden und starrte Mira mit weit aufgerissenen Augen an.

Richtig unheimlich war das! Mira musste sofort wieder weggucken, um nicht aus dem Takt zu geraten. Wie selbstverständlich spielte sie das fremde Stück zu Ende. Die Tücher schwebten langsam wieder nach unten und lagen beim letzten Ton so still auf dem Boden, als wäre nichts gewesen.

Eine Sekunde lang war es mucksmäuschenstill. Dann entbrannte ein tosender Applaus. Frank Lombsky wollte Mira bei der Hand fassen und sich gemeinsam mit ihr verbeugen, aber sie rannte einfach von der Bühne. Natürlich freute sie sich wahnsinnig über ihren Erfolg, aber dass sie jetzt so beklatscht wurde, war ihr auch peinlich.

Mira ließ sich auf ihren Stuhl fallen und zog den Kopf ein.

»He, das war bombastisch«, sagte Lucy lachend, und die anderen nickten. »Ja, wirklich super.«

Nur Charlotte war still. Sie hatte sich inzwischen ebenfalls wieder hingesetzt und nippte gedankenverloren an ihrem Orangensaft. Doch niemand beachtete sie. Nicht einmal Mira. Alle schauten zur Bühne hinüber, wo Frank Lombsky gerade das Cello mit einem Kasten und diesen dann mit den Tüchern bedeckte. Anschließend trat er einen Schritt zurück. Ein Licht flammte auf, und glitzerndes Konfetti rieselte langsam von oben auf die Bühne. Frank Lombsky fegte mit einer Armbewegung die Tücher zur Seite und hob den Kasten an. Das Cello war verschwunden.

Lucy wusste als Einzige, wie dieser Trick funktionierte, denn sie hatte ihrem Vater bei den Proben manchmal assistiert. Jetzt allerdings machte Frank Lombsky Ernst.

»Verehrtes Publikum«, begann er. »Sie mögen es glauben oder nicht ...«, er machte eine bedeutungsvolle Pause, »... schließlich ist das bei einem Magier ja so eine Sache ...«, er lächelte in die Runde, »... aber ich habe tatsächlich noch eine zweite Tochter ... LUCY!«

Im Gegensatz zu ihrer Schwester zögerte Lucy nicht eine Sekunde.

Sie stürmte auf die Bühne und legte sich der Länge nach auf den Boden. Und zwar genau an die gleiche Stelle, an der eben noch Miras Cello verschwunden war.

»Entschuldigen Sie bitte, aber Lucy hat es immer sehr eilig«, verkündete ihr Vater lachend, während er sie sorgfältig mit den bunten Tüchern bedeckte.

Lucy grinste in sich hinein. Gleich wirst du garantiert nicht mehr lachen, dachte sie. Ihr waren die Worte, die ihre Mutter vorhin gemurmelt hatte, nicht mehr aus dem Kopf gegangen, und nun hatte sie einen Plan. Sie würde Frank Lombsky testen. Und vielleicht würde sie schon bald wissen, ob er nur ein einfacher Zauberer oder ein richtiger Magier war.

Die Bühne, auf der Lucy lag, gehörte zu den Trickutensilien ihres Vaters. Durch einen einfachen Mechanismus, den Frank Lombsky unauffällig mit dem Fuß betätigte, ließen sich die Bodenplatten unter ihr öffnen. Lucy würde einen halben Meter tief auf ein dickes Polster herunterfallen. Von dort aus musste sie dann blitzschnell bis zu der markierten Stelle unter der Truhe robben. Dort würde sich die Bodenplatte wieder öffnen und Lucy nur wenige Sekunden später beim Öffnen des Deckels auf die Bühne zurücksteigen. – Normalerweise!

Doch diesmal würde alles ganz anders sein. Noch bevor der Boden unter ihr nachgab, hatte Lucy bereits ihre Dichte verändert. In dem Moment, als sie ihren Zeigefinger durch den Kasten stecken konnte, erhob sie sich einfach, kletterte von der Bühne herunter und setzte sich auf ihren Platz.

Unterdessen hatte Frank Lombsky dem Publikum gezeigt, dass seine Tochter verschwunden war, und schritt auf die Truhe zu. Er hob den Deckel, machte ein triumphierendes Gesicht – und stutzte. Die Truhe war leer! Irgendetwas musste schiefgelaufen sein. Aber so schnell ließ er sich nicht aus der Ruhe bringen.

»Nun gut«, sagte Frank Lombsky mit theatralischer Stimme. »Dann werde ich sie eben suchen müssen.«

Plötzlich stiegen rund um ihn herum gleißende Funken und schneeweißer Rauch aus dem Boden und hüllten ihn vollständig ein. Für wenige Sekunden war das Publikum geblendet, und danach war Frank Lombsky ebenfalls verschwunden.

Eigentlich hatte er vorgehabt, unter dem Bühnenboden nachzusehen, was mit Lucy geschehen war. Denn im Prinzip konnte sie nur dort irgendwo hängen geblieben sein. Doch jetzt sah er, dass sie wieder zwischen Mira und Charlotte an ihrem Tisch saß und ihn anstarrte. Frank Lombsky erschrak. Das, wovor er zwölf Jahre lang Angst gehabt hatte, war nun tatsächlich eingetreten.

»Und ich sag dir, Charlie hat mich angeglotzt, als wollte sie mich hypnotisieren«, hämmerte Mira ihrer Schwester ein. Sie war bereits unter ihre Bettdecke geschlüpft, während Lucy immer noch unruhig im Zimmer auf und ab tigerte.

»Ja, ja«, murmelte sie mit abwesendem Blick. »Aber was soll das schon bedeuten?«

Mira setzte sich auf. »Du hörst mir ja überhaupt nicht richtig zu«, warf sie ihrer Schwester vor. »Ich kannte von diesem Lied, das ich vorhin auf der Bühne gespielt habe, nicht eine einzige Note, und ich wette, wenn Charlie mich nicht so angestarrt hätte …«

Lucy ließ sie nicht ausreden. »Das ist doch alles Blödsinn!«, fuhr sie Mira an. »Wir sind diejenigen, die außergewöhnliche Fähigkeiten haben. Und dafür habe ich jetzt den Beweis.«

Und dann erzählte sie Mira, wie das vorhin mit ihrem Verschwinden auf der Bühne wirklich gewesen war.

»Heißt das etwa, du solltest gar nicht bei uns am Tisch wiederauftauchen?«, fragte Mira aufgeregt.

»Bingo.« Lucy pflanzte sich auf Miras Bettkante, legte ihr

eine Hand auf den Arm und sah sie mit Sensationsaugen an. »Normalerweise wäre ich in der Truhe gewesen. Paps hat natürlich gedacht, dass ich irgendwo im doppelten Boden hängen geblieben bin.«

»Er hat also diesen Licht- und Rauchwirbel nur inszeniert, damit er ebenfalls verschwinden und nachschauen konnte, wo du bleibst«, kombinierte Mira. »Und das Publikum denkt, das gehört alles dazu.«

Lucy schüttelte den Kopf. »Er ist überhaupt nicht verschwunden. Als der Rauch weg war, stand er immer noch am selben Fleck.«

Mira riss die Augen auf. »Nee«, sagte sie tonlos.

»Doch. Und in dem Moment konnte er mich ebenfalls sehen.« Lucy packte ihre Schwester an den Schultern und rüttelte sie hin und her. »Kapierst du denn nicht? Paps und ich, wir waren beide unsichtbar. Jedenfalls für euch. Und das heißt ja jetzt wohl endgültig und eindeutig, dass ich es von ihm geerbt habe.«

Mira stieß einen Schwall Luft aus. »Du hast ihn getestet«, murmelte sie fassungslos. »Aber wieso?« Sie klopfte sich mit den Fingern mehrmals hintereinander gegen die Stirn. Das war ja wohl mal wieder typisch Lucy-unüberlegt. »Wie konntest du nur so etwas Verrücktes tun?«

Lucy stöhnte und erzählte dann von der komischen Bemerkung, die ihre Mutter gemacht hatte, nachdem Mira die Getränke verwandelt hatte.

»Dann kann er das also auch«, stellte Mira fest. »Er ist gar kein normaler Zauberer. Im Klartext: Er bescheißt die Leute.«

»Das tut David Copperfield auch«, brummte Lucy. »Alle Illusionskünstler machen es so. Die Leute wollen es schließlich nicht anders.«

Ja, ja. Lucy nahm ihren Vater immer in Schutz. Ganz offensichtlich hatte sie nicht nur die Fähigkeit, ihre Dichte zu verändern, von ihm geerbt, sondern auch den Hang zu verrückten Einfällen. Wie gut, dass Mira in dieser Hinsicht eher nach ihrer Mutter schlug und ein wenig besonnener war. Die Tatsache allerdings, dass Regine Lombsky in das Geheimnis ihres Mannes anscheinend eingeweiht war, gab Mira zu denken. Sie wollte gerade den Mund öffnen, um mit Lucy über diesen Umstand zu reden, da klopfte es an der Zimmertür, und ihr Vater erschien.

Er lächelte seine Töchter an und blieb mit seinen dunkelblauen Augen schließlich an Lucy kleben.

»Oh! Du willst uns bestimmt noch eine wunderbare Nacht wünschen«, rief die, bevor er irgendetwas sagen konnte.

Frank Lombsky nickte. »Ja, das auch. Vor allem aber würde ich gerne ein, zwei Sätze mit dir reden.«

Ganz kurz schaute er Mira an, fixierte dann aber sogleich wieder Lucy.

»Kein Problem«, sagte sie. »Mira weiß Bescheid.«

Ihr Vater seufzte. »Dann könnt ihr es also beide?«

»Nein, nur ich«, entgegnete Lucy.

Sie kniff ihrer Schwester durch die Bettdecke hindurch in den Oberschenkel und hoffte, dass Mira tickte, was sie ihr damit verklickern wollte – nämlich möglichst wenig von ihren Fähigkeiten zu verraten! Frank Lombsky musste schließlich nicht alles wissen. Im Gegenzug wollte Lucy allerdings von ihrem Vater so viel wie möglich über die ganze Sache erfahren. Zunächst aber war er an der Reihe, Fragen zu stellen.

»Seit wann kannst du es?«, wollte er wissen.

»Noch nicht lange. Ein paar Tage.«

»Und wie hast du es entdeckt?«

Bereitwillig erzählte Lucy ihm, wie es war, als sie im Bus zum ersten Mal unsichtbar geworden war.

»Ist es bei dir auch so gewesen?«, fragte sie abschließend.

»So ähnlich«, antwortete Frank Lombsky ausweichend.

Mira war inzwischen unter ihrer Decke hervorgekrochen und hatte sich neben Lucy auf die Bettkante gesetzt.

»Und Mama?«, wollte sie wissen.

»Die weiß nichts davon«, sagte ihr Vater.

Seine Stimme war mit einem Schlag leiser geworden. Wie ertappt schaute er sich zur Tür um, so als ob seine Frau dort plötzlich stehen könnte.

Lucy produzierte eine Querfalte auf ihrer Stirn. »Sie hat aber gesagt …«

»Was?« Frank Lombsky packte seine Tochter an der Schulter. »Was hat sie gesagt?«

»Na, vorhin in der Bar, als du auf der Bühne warst. Da hatte es Probleme mit unseren Getränken gegeben. Irgendwie waren sie vertauscht. Mama hat dich angestarrt und ganz leise gesagt: ›Wenn das mal nicht deine Idee war.‹«

Ihr Vater starrte sie an. Doch dann schüttelte er den Kopf.

»Das hat überhaupt nichts zu bedeuten. Eure Mutter hält mich für einen genialen Zauberer. Genau wie mein Publikum. Das ist alles.«

»Heißt das, sie kennt deine Tricks gar nicht?«, fragte Mira.

»Nein, sie interessiert sich nicht dafür«, erwiderte Frank Lombsky. »Nur für das Ergebnis. Zaubern ist mein Job ...« Er unterbrach sich und sah Lucy mit ernstem Gesicht an. »Und jetzt auch deiner.«

Wie er das sagte! Plötzlich war Lucy doch ein wenig mulmig zumute. Es war, als ob plötzlich eine unglaubliche Verantwortung auf ihr lastete.

»Du darfst mit niemandem darüber reden«, schärfte ihr Vater ihr ein. »Keine von euch. Niemand darf es merken.«

»Nicht mal ...?«

Er ließ Mira nicht zu Ende fragen. »Nein. Nicht einmal eure Freundinnen.«

Erschrocken kroch sie unter ihre Decke zurück. Und Frank Lombsky wandte sich wieder Lucy zu. »Wie bist du überhaupt auf die Idee gekommen, dich während meiner Vorstellung unsichtbar zu machen?«

»Ich wollte ..., ich dachte ...«, stotterte Lucy.

»Was? Dass du es von mir geerbt hast?«

Lucy senkte den Kopf. »Ja.«

»Und warum hast du mich dann nicht einfach gefragt?«

»Aber Papa!«, rief Lucy empört. »Wenn es gar nicht so gewesen wäre, dann hätte ich mich doch unnötig verraten.«

Sie beobachtete, wie sich seine Miene verfinsterte. Doch dann wuschelte er ihr über den Kopf. »Gut gemacht, Lucy«, lobte er sie. »Genau die gleiche Vorsicht erwarte ich von dir auch im Umgang mit allen anderen Menschen.«

»Aber wieso? Ich meine, warum ...?«

Frank Lombsky lächelte. »Na, das liegt doch wohl auf der Hand. Erstens würde dir kein Mensch glauben. Schließlich ist es eine nicht gerade alltägliche Fähigkeit, die wir da haben, stimmt's? Außerdem würden dich alle für eine Angeberin halten.« Er stockte. »Und für verrückt«, fügte er tonlos hinzu.

»Meinst du, das sind die einzigen Gründe, wieso wir nicht darüber reden sollen?«, fragte Mira ins Dunkel hinein.

»Nein«, antwortete Lucy. Sie seufzte leise. »Glaub ich jedenfalls nicht. Irgendwie war Papa komisch, stimmt's?«

»Na ja. Ich glaube, ich wäre auch komisch, wenn plötzlich solche Dinge ans Licht kämen.«

Lucy versuchte, die Umrisse ihrer Schwester im Bett gegenüber zu erkennen. »Aber genau das ist es doch. Es muss einen Grund dafür geben, dass wir so sind, wie wir sind.«

»Du meinst, ein schreckliches Geheimnis?«, flüsterte Mira.

»Schrecklich oder nicht.« Lucy stöhnte. »Überleg doch mal. Nicht einmal Mama weiß davon. Dabei ist es doch wohl völlig normal, dass man seiner Ehefrau alles erzählt, oder?«

»Keine Ahnung«, sagte Mira. »Ich war noch nie verheiratet.«

»Oh Mann, bist du doof!« Lucy verdrehte die Augen. »Dann vergleich's doch einfach mal mit Fee. Vor der hast du doch auch keine Geheimnisse. Und vor mir auch nicht.«

»Das ist etwas anderes. Du bist schließlich meine Zwillingsschwester«, entgegnete Mira.

Aber was Fee anging, da hatte Lucy schon recht. Es gab nichts, was sie und ihre beste Freundin einander nicht erzählten. »Vielleicht stimmt es wirklich«, fuhr sie fort. »Vielleicht gibt es tatsächlich etwas in Papas Leben, das niemand wissen darf.«

»Ja. Und ich schätze mal, es hat mit seiner Familie zu tun«, erwiderte Lucy.

»Wie kommst du denn darauf?«

Lucy schwieg. Schließlich fragte sie leise: »Kannst du dich denn gar nicht mehr an Oma und Opa Lombsky erinnern?«

»Puh«, machte Mira. »Wir waren fünf Jahre alt, als wir sie das letzte Mal gesehen haben.«

»Stimmt«, sagte Lucy. »Trotzdem fand ich sie sehr schrullig. Damals schon. Ich hatte immer das Gefühl, sie wären mindestens tausend Jahre alt.«

»Und? Papa hatte eben alte Eltern.«

»Okay.« Lucy setzte sich auf. »Dann denk jetzt bitte mal richtig nach.« Es klang wie ein Befehl.

»Meinetwegen«, grummelte Mira und tippte sich an den Kopf. »Dann musst du meinen Computer da oben aber noch mit ein paar Informationen füttern.«

»Das kannst du haben«, sagte Lucy und legte los. »Früher habe ich mir logischerweise auch keine Gedanken darüber gemacht, dass es bei Oma immer die leckersten Säfte gab. *Wilmer's Aprikose* zum Beispiel schmeckte bei ihr einfach köstlich, während man es bei uns zu Hause eigentlich nur in den Abfluss kippen konnte.«

»Hm.« Jetzt war Mira ebenfalls stutzig geworden. »Du meinst, Oma konnte auch Geschmäcke verändern?«

»Du hast es erfasst, Schwesterchen«, brummte Lucy zufrieden. »Und ich wette, Opa konnte sich unsichtbar machen.«

»Wie kommst du denn darauf?«, fragte Mira.

»Das ist doch ganz einfach.« Lucy klang bereits leicht genervt. »Weißt du denn nicht mehr, dass er immer da war, wenn wir etwas ausgefressen hatten?«

Ja, jetzt erinnerte sich Mira. »Einmal, als wir die Kaninchen freilassen wollten, da hat er es sogar schon vorher gewusst«, sagte sie. »Er hat unsere Gedanken gelesen.«

»Genau«, bestätigte Lucy. »Genau so, wie ich das auch kann, wenn ich für niemanden zu sehen bin.«

Mira schlug sich gegen die Stirn. »Und wir Hirnis haben das damals nicht geschnallt, weil wir uns ertappt fühlten und vor schlechtem Gewissen fast eingegangen wären.«

»Genau«, sagte Lucy noch einmal und sank auf ihr Kopfkissen zurück. »Zu schade, dass sie gestorben sind. Sonst würde ich jetzt glatt die Sommerferien bei ihnen verbringen.«

»Ohne Charlie, Jojo und Fee?«, fragte Mira.

»Na ja«, schränkte Lucy ein. »Zumindest einen Teil. Bis wir hinter ihr Geheimnis gekommen wären.«

Mira starrte vor sich hin und schwieg. Ihrer Meinung nach war Lucy auf dem Holzweg, und das sagte sie ihr auch. »Ich glaube nicht, dass Papa oder seine Eltern die ganze Erklärung sind. Wenn überhaupt.«

»Ach«, fuhr Lucy sie an, »du bist eben ein feiges Huhn und willst wie immer auch jetzt mal wieder nicht alles so genau wissen.«

Mira war empört. »Das stimmt überhaupt nicht. Ehrlich gesagt ist mir die ganze Hexerei ziemlich unheimlich, und ich würde sonst was hergeben, wenn mir jemand eine harmlose Erklärung dafür geben könnte.«

»Siehst du, sag ich doch, feiges Huhn«, tönte Lucy aus ihrem Kopfkissen herüber.

»Meinetwegen«, brummte Mira. »Dann bin ich's eben. Lieber feige als unüberlegt.«

Lucy fuhr wieder hoch. »Was willst du denn damit sagen?«

»Gar nichts. Ich habe einfach nur das blöde Gefühl, dass wir noch lange nicht am Ende sind und lieber vorsichtig sein sollten. Denk doch nur an gestern Morgen. Du hattest völlig vergessen, wie du ganz leicht und unauffällig wieder sichtbar werden kannst. Stattdessen hast du dich so lange in die Mauer quetschen lassen, bis du ohnmächtig geworden bist.«

»Quatsch«, brummte Lucy. »Ich bin doch erst hinterher ohnmächtig geworden. Und nur deshalb, weil ich zu lange unsichtbar war.«

»Bist du dir da so sicher?«, erwiderte Mira und seufzte. »Ehrlich gesagt hatte ich zwischendurch richtig Angst. Und Papa hat uns schließlich ermahnt, es nicht zu übertreiben.«

»Ja, ja«, murmelte Lucy und gähnte herzhaft. »Er hat aber auch gesagt, dass es nun unser Job sei.«

»Deiner«, sagte Mira.

»Nee, nee, Schwesterherz«, entgegnete Lucy. »Drücken gilt nicht. Du kannst schließlich genauso zaubern wie ich.«

Mira presste ihre Lippen aufeinander. Im Grunde ihres Herzens wusste sie ja, dass sie sich nicht aus der Verantwortung stehlen konnte. Und sie wollte es auch gar nicht.

Was ihr im Moment viel mehr Unbehagen bereitete, war der Blick, mit dem Charlotte sie vorhin, als sie auf der Bühne war und nicht wusste, was sie spielen sollte, angesehen hatte. Als ob Charlie in Trance gewesen wäre!

Und auf einmal wusste Mira auch, dass es mit Fee am

Flussufer genau das Gleiche gewesen war. Auch ihr Blick war seltsam abwesend gewesen, als sie Jojo und Charlie das Wasser ins Gesicht gespritzt hatte. So als wäre sie von einer fremden Macht gesteuert worden.

Am liebsten hätte sie jetzt noch mit Lucy darüber geredet. Aber erstens wäre sie sich Fee gegenüber dann wie eine Verräterin vorgekommen, und zweitens schien Lucy felsenfest davon überzeugt zu sein, dass sie die Hexenfähigkeiten allein von ihrem Vater geerbt hatten. Sie zu diesem Zeitpunkt von etwas anderem überzeugen zu wollen, fand Mira genauso sinnlos wie den Versuch, einem Stein Verstand einzuhämmern.

Ein verhextes Kaninchen

Am nächsten Morgen tat Frank Lombsky so, als ob es das Gespräch zwischen ihm und seinen Töchtern nie gegeben hätte. Allerdings war er ernster als sonst.

»Was ist denn los mit dir, mein Schatz?«, fragte Lucys und Miras Mutter und fuhr ihm zärtlich durch die widerspenstigen schwarzen Locken. »So eine tolle Show und nicht zufrieden?«

»Doch, doch, es ist nichts.« Er nippte an seiner Kaffeetasse und sah seine Frau gar nicht richtig an. »Ich bin nur ein wenig unausgeruht.«

Regine Lombsky nickte. »Kein Wunder, du hast dich gestern Abend ja geradezu selbst übertroffen.«

»Danke.« Er nahm ihre Hand und drückte sie leicht. »Auf jeden Fall bin ich heute nicht für eine umfangreichere Familienaktion zu haben.« Dabei schaute er zuerst seine Töchter und dann seine Frau entschuldigend an.

»Schon okay, Papa«, sagte Lucy. »Ich fand es gestern auch ziemlich anstrengend. Außerdem müssen Mira und ich sowieso noch für die Englischarbeit am Dienstag lernen.«

Regine Lombsky seufzte. Für sie war der Sonntag immer noch etwas Besonderes. Der einzige Tag, an dem ihre Töchter garantiert schulfrei hatten und sämtliche Familienmitglieder ausgeschlafen und meistens gut gelaunt waren. Natürlich war es unvermeidlich, dass Lucy und Mira für Klassenarbeiten lernten, aber musste das ausgerechnet am Wochenende sein? Natürlich wusste sie auch, dass die Zwillinge das völlig anders sahen. Erstens waren gemeinsame Unternehmungen für sie noch nie so wahnsinnig wichtig gewesen, weil sie seit dem Kleinkindalter am liebsten unter sich blieben. Und zweitens fanden die beiden Pauken für Arbeiten an Wochentagen viel zu anstrengend.

Und heute war wohl gar nichts zu machen, da Regine Lombsky nicht einmal ihren Mann auf ihrer Seite hatte.

»Okay«, sagte sie, »dann bringe ich eben den Garten in Ordnung und lese hinterher meinen Schmöker zu Ende.« Ihr Blick wanderte zwischen ihren Töchtern hin und her und blieb schließlich auf Lucys Gesicht hängen. »Allerdings habe ich noch etwas mit euch zu besprechen.«

»Ja?« Lucy hob ihre Augenbrauen und schaute ihre Mutter erwartungsvoll an.

»Gestern lag ein Brief von der Schule im Kasten. Von Frau Trentow ...«

»Ach, die Referendarin«, erwiderte Lucy.

»Referendarin oder nicht, auf jeden Fall hat sie uns mitgeteilt, dass es einen Tadel gebe, wenn du noch einmal ungefragt den Unterricht verlässt und ganze zwanzig Minuten verschwunden bleibst.«

Lucy blieb die Spucke weg.

»Aber das stimmt doch gar nicht«, stammelte sie. »Natürlich hab ich sie gefragt, ob ich aufs Klo darf. Ich hatte nämlich Bauchkrämpfe mit Durchfall und so. Und als ich endlich fertig war, hat es bereits zur Pause geklingelt.«

Das war eine glatte Lüge, die Lucy noch nicht mal weiterhalf.

»Und warum hast du Frau Trentow nichts davon gesagt?«, warf ihr ihre Mutter vor. »Du hättest doch hinterher zu ihr gehen können.«

»Na ja, schon …«

Lucy durchforstete ihre grauen Zellen nach einer guten Erklärung.

»Ging es dir hinterher wenigstens besser?«, fragte Regine Lombsky.

»Klar«, sagt Mira. »Lucy war wie neugeboren. Bestimmt hat sie deshalb nicht mehr daran gedacht, Frau Trentow Bescheid zu sagen.«

»Und ein paar Tage davor bist du zu spät gekommen«, fuhr ihre Mutter fort, auf Lucy einzureden.

»Ja«, seufzte Lucy. »Ich hatte meine Hausaufgaben nicht und …« Hilflos schaute sie ihren Vater an. Vielleicht kapierte er, dass es sich um jenen Tag handelte, an dem sie zum ersten Mal unsichtbar geworden war. Und tatsächlich glaubte sie, ein winziges Zwinkern in seinen ernst dreinschauenden Augen zu entdecken.

»Ich gehe mal davon aus, dass so etwas in Zukunft nicht mehr vorkommt«, knurrte er.

Lucy und Mira senkten die Köpfe und nickten. Ihr Vater hatte offensichtlich begriffen, aber ihre Mutter war misstrauisch. Doch bevor sie noch länger auf diesem Thema herumreiten konnte, klingelte zum Glück das Telefon. Es war Felicitas, die Mira sprechen wollte.

»Aber denk an eure Englischarbeit«, sagte Regine Lombsky, als sie Mira das schnurlose Teil übergab.

»Ja, ja«, sagte die und verschwand mit dem Funktelefon in ihrem Zimmer.

»Kannst du mal rüberkommen?«

Fees Stimme am anderen Ende der Leitung klang gepresst. Irgendwie verschwörerisch.

»Geht nicht«, erwiderte Mira. »Wir müssen für eine Arbeit lernen.«

»Den ganzen Tag?«

»Nein. Aber ich glaube nicht, dass Mama mich weglässt. Eher zwingt sie uns noch einen Mutter-Kind-Spaziergang auf.«

Felicitas schwieg.

»Was ist denn los?«, fragte Mira.

»Ich muss dir unbedingt was zeigen.«

Mira überlegte. Was sprach eigentlich dagegen, wenn sie zwischendurch für eine Viertelstunde verschwand? Mama brauchte davon ja nichts mitzukriegen.

»Okay«, wisperte sie in den Hörer. »In einer halben Stunde, okay?«

Als Mira das Schnurlose in die Ladestation zurücksteckte, merkte Lucy gleich, dass etwas im Busch war. Kaum hatten die beiden ihre Zimmertür hinter sich geschlossen, erzählte Mira auch schon, was sie vorhatte.

»Kommt überhaupt nicht infrage«, sagte Lucy. »Wenn Mama reinkommt, bin ich die Doofe.«

Mira stöhnte. Für sie war der Fall klar. Lucy schwelte mal wieder in einem ihrer berüchtigten Eifersuchtsanfälle. Sie hatte es noch nie akzeptiert, dass Mira Fee manchmal wichtiger war als sie. Dabei verhielt sich Lucy auch nicht viel anders, wenn es um Charlie ging. Das Dumme, Ungerechte war nur, dass Mira viel mehr Verständnis für die spezielle Freundschaft ihrer Schwester zeigte, als es umgekehrt der Fall war.

»Jetzt stell dich nicht so an«, sagte sie. »Es ist ja nur für ein paar Minuten. Ich kann Fee doch jetzt nicht im Stich lassen. Das würdest du mit Charlie auch nicht machen.«

»Pah«, brummte Lucy und ließ sich mit verschränkten Armen auf ihren Schreibtischstuhl fallen. »Wenn Charlie mich braucht, dann ist es wirklich immer wichtig. Aber Fee ...«

Sie kniff die Mundwinkel ein und schnaubte durch die Nase.

»Ja ...«, half Mira ihr auf die Sprünge. »Sprich dich ruhig aus.«

»Ach.« Lucy machte eine wegwerfende Handbewegung. »Die hat doch bestimmt nur wieder so einen bescheuerten Film gesehen, in dem Robben getötet werden oder Öltanker ausgelaufen sind. Und jetzt heult sie sich die Augen aus und muss dringend getröstet werden. Und alles auf meine Kosten.«

Unter Miras Schädeldecke begann es zu dampfen. Manchmal quoll Lucy die Eifersucht wirklich kiloweise aus den Poren. Und in so einem Fall konnte man absolut nicht mehr vernünftig mit ihr reden. Da half dann nur noch Erpressung, ein Mittel, das Mira im Grunde ihres Herzens zutiefst verabscheute.

»Dann vermiese ich dir die nächsten Tage alles, was du isst«, drohte sie.

»Ha! Wie willst du das denn machen?«

»Na, ganz einfach«, sagte Mira. »Ich sorge dafür, dass Bohnen nach ausgedrückten Schnecken schmecken und deine geliebte Lasagne nach Popelbällchen mit Hamsterhaaren.«

Lucy wurde blass. »Das kannst du nicht. Ich lass dich nämlich gar nicht an mein Essen ran.«

»Ist auch gar nicht nötig«, erwiderte Mira und tat so cool wie möglich, damit Lucy ihrem Schwindel auch tatsächlich aufsaß. »Ich kann das Verwandeln mittlerweile auch aus der Ferne.« Sie reckte triumphierend ihr Kinn in die Höhe. »Ist gar kein Problem.«

»Du würdest mich also eiskalt verhungern lassen«, knurrte Lucy.

»Keine Frage.«

Mira blieb hart und klopfte Lucy mit dieser Strategie schließlich weich. »Also gut«, gab sie nach. »Aber allerhöchstens eine Viertelstunde.«

Während Mira leise und mit angehaltenem Atem das Fenster öffnete, schloss Lucy die Zimmertür ab.

»Jetzt mach schon«, ermahnte sie ihre Schwester, die inzwischen auf der Fensterbank hockte und unschlüssig in die Tiefe starrte.

»Das sind mindestens zwei Meter«, sagte Mira.

»Quatsch«, erwiderte Lucy. »Denk einfach an Fee und wie sehr sie dich braucht.«

»Okay«, seufzte Mira und sprang.

Sie landete zwischen der stacheligen Weißdornhecke und den Sonnenblumen und knickte sich dabei zu allem Überfluss auch noch den Fuß um. Stöhnend rappelte sie sich auf und humpelte geduckt ums Haus herum. Ihre Mutter war gerade im hinteren Teil des Gartens beschäftigt. Mira gelangte also problemlos auf den Bürgersteig und flitzte, so schnell es ihr umgeknickter Fuß zuließ, auf die andere Straßenseite.

Fee wohnte schräg gegenüber in einem schönen, weiß verputzten Haus mit dunkelroten Fensterläden. Mira öffnete die Pforte zum Vorgarten, da steckte Felicitas plötzlich ihren Kopf aus der Garage.

»Schsch, hier bin ich.«

Mira rannte zurück, weil sie unmöglich über das breite Beet springen konnte, das den Vorgartenrasen von der Auffahrt zur Garage trennte, und schlüpfte durch den Spalt, den Fee ihr aufhielt.

»Was ist los? Ich hab nicht viel Zeit«, begrüßte Mira sie.

Fee sah ziemlich blass aus. Außerdem schien es ihr irgendwie die Sprache verschlagen zu haben. Wortlos ergriff sie Miras Handgelenk und führte sie an dem dunkelblauen Xantia ihrer Eltern vorbei in den hinteren Teil der Garage, wo ihr Vater sein Werkzeug lagerte. Außerdem gab es dort ein Regal, das von unten bis oben mit Kartons vollgestopft war, in denen sich lauter Zeug befand, von dem sich Fees Eltern schon seit mehreren Jahren nicht trennen konnten.

Felicitas erklomm einen umgekippten Eimer, zog vorsichtig einen kleineren Karton mit Deckel heraus und drückte ihn

Mira in den Arm. Der Deckel war ziemlich durchlöchert und Miras Ungeduld nun nicht mehr zu bremsen. Mit kribbeligen Fingern zerrte sie ihn herunter und starrte auf ein winziges Kaninchen.

»Wo hast du das denn her?«

»Gefunden«, krächzte Fee.

Nachdem sie so lange nicht gesprochen hatte, musste sie ihre Stimme wohl erst mal ein wenig ölen.

»Wo?«

»Auf der Straße«, sagte Fee. »Genau vor unserer Gartenpforte. So als ob es sich extra für mich dort hingehockt hätte.« Mittlerweile war ihre Stimme wieder klar und fest. Es schien ungemein beruhigend für sie zu sein, dass sie endlich mit Mira sprechen konnte.

Das Kaninchen reckte seinen Kopf und hüpfte aufgeregt in dem Karton hin und her.

»Du meinst, du konntest es einfach so nehmen?«

Mira kam aus dem Staunen gar nicht mehr heraus.

Felicitas zuckte die Schultern. »Klar doch. Schließlich war es verletzt.«

»Verletzt? Du spinnst. Es ist doch völlig gesund.«

»Das ist es ja«, hauchte Fee. »Vor einer Stunde hatte es noch eine ziemlich große Wunde am Hinterlauf.«

Sie versuchte, das Tier zu schnappen, aber es flutschte ihr immer wieder durch die Hände.

»Das musst du mir erklären«, sagte Mira.

Felicitas holte einmal tief Luft und schloss die Augen, bevor sie mit ihrer Geschichte loslegte. Irgendwie konnte sie nicht mal ihrer besten Freundin dabei in die Augen schauen.

»Also. Ich sah sofort, dass das Kaninchen am Hinterbein blutete. Zuerst wollte ich ins Haus zurück und den Tierarzt anrufen. Aber das ging nicht. Irgendwas hielt mich fest und sagte mir, dass ich nur eine von den gelben Blumen aus Mamas Beet abpflücken und ein paar Minuten auf die Wunde drücken müsse.«

»Und das hast du getan?«

Fee öffnete ihre Augen und guckte auf den kleinen Hopser, den Mira immer noch im Karton auf dem Arm hielt.

»Ja, klar«, sagte sie. »Ich dachte, ein Versuch sei es wert. Und es war ja auch nicht eilig. Denn das Kaninchen war ja nicht lebensgefährlich verletzt.«

Mira nickte. »Und dann?«

»Als ich die Blume wieder wegnahm, hatte die Wunde aufgehört zu bluten und war schon viel kleiner geworden«, erzählte Fee weiter. »Ich beschloss, das Tier hier in der Garage zu verstecken. Und als ich eine halbe Stunde später nach ihm schaute, war von der Verletzung keine Spur mehr zu sehen. Ich bin fast in Ohnmacht gefallen vor Schreck.«

Das glaubte Mira gern. Ihr war es schließlich ganz ähnlich gegangen.

»Das Ganze kann natürlich auch ein blöder Zufall gewesen sein«, versuchte Felicitas ihre Hexenkünste gleich zu schmälern. »Vielleicht war die Wunde von Anfang an gar nicht so groß, wie ich dachte. Man bekommt ja einen ziemlichen Schreck, wenn man so ein verletztes Tier sieht …«

Doch Mira ließ sie gar nicht erst ausreden.

»Mach dir mal bloß nichts vor«, ermahnte sie ihre Freundin mit ernster Stimme. »Ich kann ganz eindeutig Geschmäcke verändern, und für Lucy ist es mittlerweile eine Kleinigkeit, sich unsichtbar zu machen.«

»Ja, aber ihr seid auch Schwestern«, wandte Fee ein. »Und außerdem ist euer Vater ein Zauberer.«

Etwa drei Sekunden lang dachte Mira darüber nach, ob sie Felicitas erzählen sollte, dass ihr Vater über die gleichen Fähigkeiten verfügte wie Lucy, entschied sich jedoch dagegen.

»Allerdings kein echter«, schwindelte sie schweren Herzens.

Denn gerne log sie ihre beste Freundin nicht an. Eine Art innere Stimme sagte ihr jedoch, dass es im Moment das Beste war. Ebenso empfand sie es als Ehrensache, dass sie Fees neu entdeckte Fähigkeiten so lange für sich behielt, bis ihre Freundin grünes Licht gab.

»Und jetzt zeig mir mal die Blüten, die du auf die Wunde gelegt hast«, forderte sie Fee auf.

»Die müssen da noch irgendwo liegen«, erwiderte die, beugte sich über den Karton und stupste das Kaninchen sachte an. Das Tier mümmelte hektisch und duckte sich in eine Ecke. Felicitas durchwühlte das Gras, mit dem sie den Karton ausgepolstert hatte, und zupfte schließlich ein paar feine, längliche, gelb-orangefarbene Blütenblätter heraus.

»Das sind doch die Ringelblumen, die vorne in eurem Garten wachsen?«, stellte Mira fest.

»Ja, wenn die so heißen.« Fee nickte. »Ich kenn mich damit nicht so aus.«

Mira guckte ihre Freundin erstaunt an. »Habt ihr denn keine Ringelblumensalbe in eurer Hausapotheke? Gegen Verletzungen und so?«

»Keine Ahnung.« Felicitas zuckte die Schultern. Dann checkte sie endlich, was Mira ihr damit sagen wollte. »Du meinst, diese Blumen, die meine Mutter zur Zierde eingesät hat, sind echte Heilpflanzen?« Ihre grünen Augen wurden immer größer. »Aber das hab ich doch gar nicht gewusst.«

»Eben«, sagte Mira, stülpte den Deckel wieder über den Karton und stieg auf den Eimer. »Du hast es gespürt. Oder vielleicht so eine Art Geheimwissen angezapft.« Sie schob den Karton ins Regal und lachte. »Du bist eine Kräuterhexe.«

Als endlich das erste Steinchen gegen die Scheibe flog, war Lucy vor Ungeduld schon fast explodiert. Mit wutrotem Kopf riss sie das Fenster auf und schnaubte: »Was denkst du eigentlich, wie lang eine Viertelstunde ist?«

»Tut mir leid«, sagte Mira und streckte ihrer Schwester die Hand entgegen, damit sie ihr ins Zimmer zurückhalf.

Doch natürlich bockte Lucy erst einmal.

»Eigentlich sollte ich dich die ganze Nacht da unten schmoren lassen«, grummelte sie.

Dabei war sie heilfroh, dass ihre Schwester endlich wieder da war.

»Jetzt komm, sei nicht beleidigt«, bettelte Mira, und als das nichts brachte, sagte sie grinsend: »Denk nur an die köstlichen Popelbällchen, die ich dir morgen dann leider zubereiten muss …«

»Hexe!«, knurrte Lucy und grinste ebenfalls.

Sie legte sich bäuchlings über die Fensterbank, ergriff die Hand ihrer Schwester und zog, so fest sie konnte. Mira stützte sich mit einem Fuß an der Hauswand ab und umfasste mit der freien Hand die Kante der Fensterbank.

»Das schaff ich nie«, stöhnte sie, aber nach drei Anläufen und mit Lucys Hilfe landete sie schließlich doch noch im Zimmer. »Morgen bin ich bestimmt mit tausend blauen Flecken übersät«, orakelte sie und begutachtete eine Schramme an ihrem Knie.

»Du wirst es überleben«, brummte Lucy.

»Ja, ja.« Erschöpft ließ Mira sich auf ihr Bett sinken. »In diesem Fall wäre es wirklich praktischer gewesen, wenn ich du wäre und mich einfach unsichtbar gemacht hätte.«

Lucy interessierten die ganzen Was-wäre-wenns im Augenblick allerdings nicht die Bohne. Sie wollte nicht einmal wissen, was es mit Fee so Dringendes gegeben hatte. Umso besser für Mira. Da musste sie wenigstens keine weitere Schwindelgeschichte auftischen.

»Stell dir vor …« Lucy baute sich vor ihrer Schwester auf und blickte mit Sensationsaugen auf sie hinunter. »Kaum warst du weg, da rief Charlie an.«

»Und?« Hat die etwa auch ein Kaninchen gefunden?, hätte Mira beinahe gefragt.

»Na ja. Erst mal hat sie rumgejault, was das für ein öder Sonntag sei, weil wir lernen müssen und Jojo zu ihren Großeltern gefahren ist. Außerdem musste sie sich mal wieder um Pummel kümmern, weil ihre Eltern sich für 'n Stündchen hinlegen wollten.«

»Und?«, bohrte Mira. Manchmal gingen ihr Lucys ausführliche Berichterstattungen ganz schön auf die Nerven. »Charlie hat also ihren kleinen Bruder gehütet …«

»Ja, und der hat sich natürlich wie immer über ihre Sachen hergemacht und alles durch die Gegend geschmissen«, fuhr ihre Schwester fort. »Charlie hat einen Tobsuchtsanfall bekommen. Aber dadurch wurde alles nur noch schlimmer.« Lucy hob ihren Zeigefinger. »Aber jetzt kommt's«, kündigte sie an. »Charlie sagte plötzlich gar nichts mehr, starrte Pummel einfach nur an und befahl ihm, aufzuhören. Nur in Gedanken, kapierst du?«

Mira nickte. »Ich wette, Pummel hat ihr gehorcht.«

Lucy schaute sie verblüfft an. »Wie kommst du darauf?«

»Na, du hättest mir das Ganze doch bestimmt nicht so haarklein beschrieben, wenn Charlies Gegucke nichts genützt hätte«, entgegnete Mira.

Außerdem erinnerte sie diese Geschichte an ihren Auftritt gestern Abend. Da hatte Charlie schließlich genauso geguckt, und sie, Mira, konnte auf einmal dieses unbekannte Lied spielen. Aber das erwähnte sie gegenüber Lucy jetzt nicht noch ein zweites Mal. Es würde sie nämlich nur unnötig zur Raserei treiben, wenn ihr klar wurde, dass Mira alles schon gewusst oder zumindest geahnt hatte.

»Charlie dachte am Anfang natürlich, dass es nur ein blöder Zufall sei«, erzählte Lucy unbeirrt weiter. »Aber um sich ganz sicher zu sein, machte sie einen Test. Sie befahl Pummel in Gedanken, sich ruhig in eine Ecke zu setzen und sich die Socken auszuziehen. Und was glaubst du, was er gemacht hat?«

»Er hat sich hingesetzt und die Dinger ausgezogen«, sagte Mira. Lucy starrte ihre Schwester an, als hätte sie ihr gerade verraten, was ihre Eltern ihr zu Weihnachten schenken wollten.

»Ist dir eigentlich klar, was das bedeutet?«, versuchte sie einen letzten Triumph.

Aber Mira blieb cool. Sie verschränkte die Arme unter dem Kopf und grinste. »Klar. Egal, ob wir die Hexenfähigkeiten von Papa geerbt haben oder nicht, irgendwie gehören wir alle zusammen.«

An diesem Tag schafften es Lucy und Mira nicht, auch nur die einfachsten englischen Vokabeln im Kopf zu behalten. Sie waren viel zu aufgeregt.

»Wenn wir am Dienstag die Arbeit versieben, ist das Charlies Schuld«, meckerte Lucy.

»Da wird sie sich aber freuen«, brummte Mira, die ziemlich sicher war, dass es Charlotte und Fee im Augenblick auch nicht viel besser ging als ihnen. Nur Jojo war fein raus. Sie hatte ja nicht mal auch nur einen blassen Schimmer davon, wie sich die Dinge inzwischen entwickelt hatten.

Und tatsächlich staunte Johanna nicht schlecht, als sie am Montagmorgen vor dem Unterricht von Charlottes neuen Fähigkeiten erfuhr. Die fünf Mädchen hatten sich wieder etwas abseits des normalen Schultrubels auf dem Weg zur Turnhalle zusammengefunden. Felicitas, die an diesem Tag erst zur dritten Stunde hatte, war ebenfalls dabei.

Ihr Herz bollerte wie wild gegen ihr Brustbein, und sie traute sich kaum, Charlotte anzusehen. Allmählich wuchs ihr die ganze Geschichte über den Kopf, und sie wünschte nichts sehnlicher, als endlich aus diesem Albtraum zu erwachen. Heute Morgen war sie extra eine halbe Stunde früher aufgestanden als sonst und hatte das inzwischen völlig gesunde Kaninchen in seine Freiheit entlassen. Und nun wünschte sich Fee, dass ihr so etwas nie wieder passieren würde.

Jojo dagegen nahm Charlies neu entdeckte Zauberkräfte ganz praktisch auf. »Na wunderbar!«, rief sie. »Dann können wir uns ja diese blöde Lernerei für Englisch sparen. Charlie befiehlt Frau Gerlach einfach, uns allen eine Zwei zu geben, und der Fall ist erledigt.«

»Sag mal, hast du sie eigentlich noch alle?«, fauchte Mira. »So einfach funktioniert das nicht.«

»Und wieso nicht?«, fauchte Johanna zurück.

»Weil wir uns die Welt nicht einfach so einrichten können, wie wir wollen«, brummte Mira. »Kein Mensch kann das.«

»Hmh«, schnaubte Jojo. »Mit Ausnahme von Charlie. Und überhaupt, wenn wir recht haben ...«

Charlotte schaute Jojo aus ihren großen braunen Augen ernst an. »Wenn du, ohne dafür zu lernen, eine Zwei in Englisch bekommst, wo du normalerweise froh sein kannst, wenn du eine glatte Vier schreibst, dann hat das ja wohl überhaupt nichts mit Rechthaben zu tun«, sagte sie scharf.

Johanna schluckte und schwieg. »Okay«, sagte sie schließlich. »Dann bring aber wenigstens Roman dazu, mich endlich ernst zu nehmen und meine Artikel in die Schülerzeitung aufzunehmen. Denn das wäre ja wirklich mehr als gerecht.«

»Sie kapiert's nicht«, murmelte Lucy. Sie hörte gar nicht mehr auf, den Kopf zu schütteln. »Ich fass es einfach nicht.«

Jojo warf Lucy einen giftigen Blick zu. Doch bevor sie etwas sagen konnte, hatte Charlotte sie bereits an den Schultern gepackt.

»Jetzt hör mir mal zu, ja? Weißt du eigentlich, wie das für mich war, als ich Pummel gestern dazu gebracht habe, seine Socken auszuziehen?«

Johanna riss sich los und lachte. »Sag bloß, du hattest ein schlechtes Gewissen?«

»Auch«, gab Charlotte zu. »Vor allem aber hatte ich Kopfschmerzen. Nicht zum Aushalten waren die. Erst als ich sozusagen zum Ausgleich mit Pummel gespielt habe, waren sie wieder weg.«

Lucy nickte und starrte nachdenklich vor sich hin.

»Wenn man diese Zauberkraft für sich selbst benutzt, muss man also immer eine Gegenleistung erbringen«, murmelte sie.

»Das kann nicht sein«, entgegnete Mira. »Ich habe bisher nur für unsere eigenen Zwecke gezaubert und hatte noch nie Kopfschmerzen oder so was.«

»Vielleicht ist es ja bei jedem anders«, meinte Felicitas.

»Oder es kommt auf die Auswirkungen an, die so ein Zauber hat«, spekulierte Charlotte. »Limo in Cola zu verwandeln ist ja nichts Schlimmes, oder?«

»Aber wenn man zum Beispiel aus Wein Schnaps macht, damit derjenige, der es trinkt, besoffen wird, dann ist das bestimmt nicht mehr okay«, erwiderte Fee.

»Es sei denn, es ist unbedingt notwendig«, sagte Lucy.

Felicitas und Mira zuckten die Schultern. Sie konnten sich einen solchen Fall absolut nicht vorstellen.

»Denkt doch nur mal dran, als Mira sich den Scherz mit dem Sekt und dem Orangensaft erlaubt hat und Jojo prompt betrunken war«, wandte Charlotte ein. »Das war überhaupt nicht notwendig, sondern einfach bloß ein Scherz. Und trotzdem hatte es keine Konsequenzen für Mira.«

Johanna fing an zu lachen. »Ihr seid also auch drauf reingefallen«, gluckste sie. »Ich war kein bisschen besoffen. Ich hab doch nur so getan, um Frau Lombsky zu schocken.«

Lucys Blick verfinsterte sich. Das war mal wieder typisch Jojo. Die hatte doch wirklich nur Mist im Kopf.

Charlotte sah Mira fragend an. »Bedeutet das etwa, dass du Sekt ohne Alkohol hergestellt hast?«

»Keine Ahnung.« Mira schloss die Augen. In ihrem Kopf drehte sich alles. Das Ganze war ihr einfach zu kompliziert. Im Prinzip wusste sie mittlerweile überhaupt nicht mehr, was sie konnte und was nicht. Und vor allem, warum.

Lucy, Fee und Charlie fühlten sich mit der Geschichte ebenfalls überfordert. Eine ganze Weile sagte keine mehr etwas. Auch Johanna nicht. Sie fand, die Freundinnen sollten sich nicht so anstellen. Wenn sie wie Charlotte die Fähigkeit besäße, Leute und damit auch Ereignisse nach ihrem Willen zu beeinflussen, dann würde sie nicht lange fackeln und davon Gebrauch machen. Wenn es am Ende üble Konsequenzen hatte, dann konnte sie ihre Strategie ja immer noch ändern. Aber blöderweise hatte ausgerechnet sie nicht den Funken einer übersinnlichen Fähigkeit. Himmelschreiend ungerecht war das!

Charlotte war die Erste, die wieder anfing zu reden.

»Ich glaube, eigentlich ist es ganz simpel«, sagte sie. »Eigentlich braucht man nur ein gutes Gespür dafür, was in Ordnung ist und was nicht. Dann gibt's beim Hexen auch keine Probleme.«

»Nur?«, brummte Mira und linste zu Jojo hinüber. Was für ein Glück, dass die noch nicht zaubern konnte. Der Himmel mochte dafür sorgen, dass das auch so blieb!

Lucy schaute Charlie an und seufzte. »Du hast bestimmt recht«, erwiderte sie. »Aber einfach finde ich das nicht.«

»Wieso?«, entgegnete Fee. »Wir …« Sie stockte. »Ich meine, ihr … also, wenn ihr euch immer gut überlegt, was ihr tut …«

»Na, komm«, sagte Lucy. »Schließlich bist du mit von der Partie.«

Felicitas zuckte zusammen. Hatte sie sich mit ihrem klitzekleinen Versprecher schon verraten? Oder hatte Mira mit Lucy über die Sache mit dem Kaninchen geredet?

Ein kurzer Blickaustausch mit Mira genügte, und Felicitas war sich sicher. Ihre beste Freundin hatte nichts erzählt. Und mit Lucys nächsten Worten wurde auch ziemlich schnell klar, was sie gemeint hatte.

»Du gehörst genauso zu uns wie Jojo«, erklärte Lucy. »Ob jemand besondere Fähigkeiten hat oder nicht, spielt bei uns doch keine Rolle. Und wenn es für uns was zu tun gibt, dann sitzen wir alle in einem Boot.«

»Und zu tun gibt es schließlich einiges«, sagte Charlotte leise und starrte vor sich hin. »Wir sollten uns endlich um die Jungs aus der Fünften kümmern.«

»Und um diesen Liebesbrief aus Karstens Jackentasche«, ergänzte Lucy. »Wir müssen herausfinden, ob er ihn geschrieben hat.«

»Wie das denn?«, fragte Felicitas.

»Och, Lucy macht das schon«, sagte Charlotte und klopfte

ihr auf den Rücken. »Nicht wahr … Du schleichst dich einfach in die 12c und guckst, ob Karstens Schrift mit der des Briefes übereinstimmt.«

»Und ich«, sagte Johanna, »ich könnte ja für alle Fälle Tim noch mal interviewen.«

Charlie lachte los. »Pah! Das bringt uns keinen Schritt weiter und endet allerhöchstens in Geknutsche.«

»Und wenn schon.« Jojo reckte ihre Nase in die Luft. »Richtige Spioninnen setzen schließlich auch ihre weiblichen Reize ein.«

»Und ich dachte, du willst mal eine seriöse Journalistin werden«, entgegnete Lucy.

»Jetzt hört doch mal auf mit dem Quatsch«, sagte Mira ungewohnt streng. »Meinetwegen kann Jojo Tim so viel küssen, wie sie will.«

Sie linste auf ihre Armbanduhr.

»Das Suchen und Befragen der Jungs aus der Fünften müssen wir leider auf die Pause verschieben. Es klingelt nämlich jeden Moment.«

»Okay.« Felicitas drückte Mira einen Kuss auf die Backe und seufzte. »Dann wünsch ich euch viel Glück.«

Das Netz zieht sich zu

Lucy wartete eine gute halbe Stunde, bis sie Herrn Löwens, ihren Erdkundelehrer, fragte, ob sie zur Toilette durfte.

»Wenn du es partout nicht mehr bis zur Pause aushältst«, erwiderte der und ließ sie widerwillig gehen.

Lucy hastete den Gang entlang bis zur Treppe, die in den zweiten Stock führte.

Bereits auf dem Weg nach oben verringerte Lucy ihre Dichte, und als sie vor der Klassenraumtür der 12c ankam, glitt sie so leicht hindurch, als hätte sie ihr Leben lang nichts anderes getan. Lucy hatte Glück. Die 12c hatte Gemeinschaftsunterricht.

Karsten und der Kraushaarige hockten ganz hinten und brüteten wie alle anderen über einem Text. Ihre Lehrerin, die Lucy nur vom Sehen kannte, saß ebenfalls an ihrem Pult und machte sich Notizen.

Lucy schwebte zu Karsten hinüber und inspizierte die Sachen auf seinem Tisch. Die Federtasche war geöffnet, aber das Schreibheft leider zugeklappt. Sie starrte auf seine Stirn und schnappte ein paar seiner Gedanken auf. Doch die schienen sich tatsächlich mit dem Text zu befassen.

Lucy fluchte leise und überlegte, was sie tun sollte. Eigentlich gab es nur eine einzige Möglichkeit. – Ja! Kurz entschlossen stupste sie das Schreibheft vom Tisch, sodass es klatschend zu Boden fiel. Sofort drehte Karstens Vordermann sich um. Karsten zeigte auf das Heft, doch in dem Moment, als sein Klassenkamerad es aufheben wollte, stieß Lucy es weiter nach vorne zwischen die Füße eines Mädchens.

»He, was soll das?«, zischte Karsten seinen Klassenkameraden an, aber der zuckte bloß die Achseln.

Lucy schwebte zu dem Mädchen, und als es sich nach dem Schreibheft bückte, schubste Lucy es wieder eine Reihe weiter nach vorne.

»Da macht sich jemand 'n Scherz«, sagte das Mädchen. »Das Ding hängt garantiert an einem Faden oder so.«

Inzwischen war auch die Lehrerin aufmerksam geworden. Sie reckte ihren Hals und schaute sich in der Klasse um.

»Sind Sie alle fertig mit Ihren Texten?«

Die Schüler sahen zu ihr hinüber, schüttelten die Köpfe, einige kicherten, und alle quasselten durcheinander. Lucy nutzte die Gelegenheit, gab Karstens Heft einen kräftigen Stoß und katapultierte es bis an die äußerste Ecke der ersten Reihe. Von dort aus waren es nur noch zwei Schritte bis zur Wand.

»Mein Heft«, rief Karsten. »Jemand hat mir mein Heft vom Tisch gezogen.«

Die Lehrerin ging kopfschüttelnd auf ihn zu.

»Sind Sie mittlerweile nicht ein bisschen zu alt dafür?«, fragte sie.

»Finden Sie?« – »Logisch.« – »Wer macht denn so was?« – »Karsten, du spinnst doch.« – »Aber jemand hat das Heft weggezogen, als ich es aufheben wollte.«

Das waren die Wortfetzen, die aus dem allgemeinen Tumult an Lucys unsichtbare Ohren drangen.

Die Schüler schauten allesamt nach hinten zu Karsten und der Lehrerin. Der Junge, der an der äußersten Ecke der ersten Bank saß, hatte das Heft am Boden noch nicht bemerkt. Und in dem Augenblick, als in der Klasse die Frage aufkam, wo es inzwischen wohl geblieben war, hatte Lucy es längst geschnappt und war damit durch die Wand auf den Gang hinaus verschwunden.

In der Pause rannten die vier Mädchen sofort zu ihrem Stammplatz vor der Sporthalle. Dort erzählte Lucy ihnen von ihrer Aktion mit Karstens Schreibheft. Charlotte und Jojo kringelten sich vor Vergnügen.

»Da wäre ich schrecklich gerne dabei gewesen«, kicherte Charlie.

»Na, du hast gut reden«, sagte Lucy. »Ich hab jedenfalls Blut und Wasser geschwitzt.«

»Kann man das überhaupt, wenn man unsichtbar ist?«, entgegnete Johanna prustend.

Nur Mira verzog keine Miene. Sie dachte an ihren Vater und an seine dringende Ermahnung, bloß vorsichtig zu sein. Mira war wirklich heilfroh, dass alles gut gegangen war.

Inzwischen hatte Lucy den Brief an Sarah hervorgekramt. Sie öffnete das Schreibheft und legte den Brief zum Vergleich hinein. Die vier Mädchen sahen sich an. – Es gab nicht den geringsten Zweifel. Karsten war der Verfasser des Liebesbriefes.

»Okay«, sagte Charlotte. »Und was bedeutet das jetzt?«

»Dass Karsten gar kein Bösewicht ist«, brach es aus Lucy hervor, »sondern Roman.«

Sie sah Johanna triumphierend an und erwartete eigentlich, dass ihr die Freundin jede Sekunde jubelnd um den Hals fiel. Jojos größter Feind in der Redaktion der Schülerzeitung hatte Dreck am Stecken, womöglich war er sogar der Kopf der Diebesbande.

Doch Johanna zog die Mundwinkel skeptisch nach unten.

»Glaub ich nicht. Roman hat den Gerechtigkeitssinn zwar nicht gerade in Eimern geschluckt, aber ich kann mir auch nicht vorstellen, dass er irgendwelche krummen Dinger dreht.« Sie hob seufzend die Schultern. »Irgendwie ist er dafür doch wieder zu korrekt.«

»Außerdem ist Karsten damit noch lange nicht aus dem Schneider«, wandte Mira ein. »Immerhin hat er Tim bedroht. Und er hat mit seinem Kumpel verschwörerisch getuschelt.«

Johanna kreuzte die Arme über der Brust.

»Ich hätte Tim eben doch noch mal löchern sollen.«

»Ach, Quatsch.« Charlotte schüttelte den Kopf. »Der sagt doch sowieso nichts. Nee, nee, wir sollten uns jetzt lieber an die Jungs aus der Fünften halten.«

Johanna lachte auf.

»Und du denkst, die plaudern freiwillig. Besonders mit Mädchen.«

»Jojo hat recht«, erwiderte Lucy. »Entweder müssen wir ihnen auch drohen …«

»Mit dem Direx, oder was?«, fiel Charlotte ihr ins Wort.

»Nein«, sagte Lucy. »Wir machen es anders.« Ihr Blick blieb an Mira hängen. »Du, Schwesterherz, machst denen ein cooles Getränk …«

Mira tippte sich an die Stirn.

»Cooles Getränk! Du spinnst ja! Was soll denn da drin sein? Wahrheitsserum? Oder wie hast du dir das vorgestellt?«

»Nein.« Lucy stöhnte. »Es muss cool aussehen und super schmecken. Und während wir es ihnen einflößen, stellen wir ganz beiläufig ein paar Fragen.«

»Erst mal müssen wir sie finden«, sagte Jojo.

»Bin schon unterwegs«, sagte Lucy und – plopp! – war sie verschwunden.

Während Lucy in Höchstgeschwindigkeit den Schulhof absuchte, liefen Mira, Charlie und Johanna zum Getränkeautomaten.

»Wie viele Flaschen brauchen wir?«, fragte Mira.

»Es waren doch drei Jungs, oder?«, überlegte Charlotte. »Hat Lucy nicht drei gesagt?«

Johanna nickte.

»Drei Jungs, drei Flaschen«, bestimmte sie. »Wir brauchen also einen Euro zwanzig.«

Charlotte und Mira kramten ihre Portemonnaies aus den Hosentaschen und zählten ein paar Münzen in Jojos Hand.

»Was nehmen wir?«, fragte die.

»Coke«, sagte Charlotte. »Da stehen die Kleinen drauf.«

Jojo zog drei Flaschen, Charlie öffnete sie und drückte sie anschließend Mira in die Hand.

»So, jetzt bist du dran.«

»Hier?«, fragte sie. »Zwischen all den Leuten?«

Johanna schüttelte den Kopf.

»Verzieh dich lieber auf die Toilette.«

»Okay.« Mira rannte los. Sie verbarrikadierte sich in der hintersten Kabine, hockte sich auf den Deckel, umfasste die erste Flasche mit beiden Händen und schloss die Augen. Ihr Herz bollerte zum Gotterbarmen.

»Mensch, beruhig dich«, flüsterte sie. »Es kann doch eigentlich gar nichts schiefgehen.«

Zuerst veränderte sie die Farbe in ein tiefes Violett, in dem kleine pinkfarbene Blitze und gold glitzernde Sternchen aufflammten. Wow! Wenn das nicht verlockend war! Anschließend machte sie den Geschmack noch etwas fruchtiger, himbeeriger, und nahm sich dann die beiden anderen Flaschen vor.

Dann wartete sie, bis es ruhig in der Toilette geworden war, und flitzte wieder nach draußen, wo sie bereits von Lucy, Charlotte und Johanna erwartet wurde.

»Ich hab sie gefunden«, sagte Lucy. »Dahinten beim Fußballfeld.«

»Hoffentlich spielen sie nicht«, stöhnte Mira.

»Nein, sie schauen bloß zu.«

Die Mädchen verbargen die Flaschen, die von allen dreien mächtig bewundert wurden, unter ihren Achseln und marschierten zum Fußballfeld hinüber. Lucy steuerte geradewegs auf eine Dreiergruppe Jungen zu und postierte sich mit der Flasche in der Hand demonstrativ neben ihnen. »Wie steht's?«, fragte sie lässig.

»Was interessiert dich da…?« Der sommersprossige Typ stockte und starrte auf die Flasche. »Was ist das denn?«

»'ne neue Colasorte. Pinky Star«, erwiderte Lucy. »Sag bloß, die kennt ihr nicht?«

Die Jungen warfen sich einen Blick zu, sagten aber nichts.

»Und? Wie schmeckt das Zeug?«, wollte der kleine Dunkelhaarige wissen.

»Klasse«, sagte Charlotte. »Probier doch mal.«

Sie hielt ihm die Flasche entgegen, die er ihr allerdings nur zögernd aus der Hand nahm.

»Hast du schon draus getrunken?«

»Nein, keine Panik, die Desinfizierung kannst du dir sparen«, erwiderte Johanna. »Unsere Flaschen sind noch völlig unbeleckt.«

Die Jungen liefen gleichzeitig knallrot an, so als ob sie eine Tomatenplantage eröffnen wollten. Lucy verdrehte die Augen. Das war typisch Jojo mit ihrem ach so berühmten journalistischen Fingerspitzengefühl. Hoffentlich hatte sie jetzt nicht alles vermurkst. Aber die Faszination, die von den Flaschen ausging, erfüllte ihren Zweck. Jeder der drei Jungen nahm eine und betrachtete sie.

»Cool«, sagte der Sommersprossige. »Wie die das mit den Sternen und Blitzen wohl gemacht haben …?«

»Ist bestimmt total ungesund«, entgegnete der Dunkelhaarige. »Aber egal.« Er setzte die Flasche an und trank einen Schluck. »Hm, schmeckt echt geil«, stellte er mit glänzenden Augen fest.

»Nicht so auffällig«, mahnte Mira. »Sonst wollen hier gleich alle noch was.«

Die Mädchen warteten geduldig, bis die Jungen die Flaschen bis zur Hälfte geleert hatten, dann fragte Lucy möglichst beiläufig: »Sagt mal, diese Diebstähle, die gehen mir ja irgendwie nicht aus dem Kopf. Ist euch auch schon was geklaut worden?«

Der kleine Dicke, der bisher noch gar nichts gesagt hatte, schüttelte den Kopf. »Nee, wir passen optimal auf unser Zeug auf. Außerdem kann uns auch gar ...« Prompt bekam er von dem Sommersprossigen einen Stoß in die Rippen.

»Was denn?«, hakte Charlotte nach.

»Ach, nix«, murmelte der Dicke und trank noch einen Schluck.

Lucy beschloss, aufs Ganze zu gehen.

»Ich hab da nämlich was läuten gehört«, bluffte sie.

Der Sommersprossige sprang sofort darauf an. Er machte einen Schritt auf sie zu und fragte: »Und was, wenn ich fragen darf?«

»Eigentlich nicht«, erwiderte Lucy. »Aber wenn du mir von meiner Pinky Star noch was übrig lässt ...« Sie nahm ihm die Flasche aus der Hand.

»Ja, ja ... schon gut«, brummte er.

»Also, ich hab gehört, dass ein Typ namens Karsten ziemlichen Druck machen soll. Es wird sogar gemunkelt, dass er der Kopf der Bande ist.«

Die Jungen guckten sich an. Sie sahen richtig erschrocken aus. Lucy war gespannt bis in die Zehenmuskulatur, wie sie jetzt wohl reagieren würden. Sie bemerkte, wie der Sommersprossige eine unauffällige, beschwichtigende Handbewegung machte. Dann lachte er plötzlich los.

»Ihr habt null Ahnung«, platzte er heraus. »Wir, zum Beispiel, haben nämlich eine ganz andere Vermutung.«

»Ihr?«, rief Charlotte gespielt ungläubig.

»Ja, wir«, entgegnete der Sommersprossige triumphierend. »Wir denken, es ist Roman Böttger.«

»Was?«, erwiderte Johanna. »Du meinst doch nicht etwa den Chefredakteur der Schülerzeitung?«

»Bingo«, sagte der Dunkelhaarige. »Also, bevor ihr schräge Gerüchte ausstreut, solltet ihr vielleicht mal diesen Roman fragen.« Mit zusammengekniffenen Augen fixierte er Johanna. »Machst du da nicht auch mit?«

»Ja, schon«, erwiderte sie und schaute ihre Freundinnen unschlüssig an. Irgendwie war klar, dass alle vier sofort das Gleiche dachten. Doch so viel Zeit hatten sie nun nicht mehr. Den Besuch in der Redaktion der Schülerzeitung mussten sie also verschieben.

»Was ist denn das für ein Auflauf?«, wurden Lucy, Johanna, Mira und Charlotte von Roman begrüßt. »Teambesprechung ist doch erst wieder am nächsten Montag.«

Der hoch aufgeschossene Junge mit den glasklaren grauen Augen und dem dunkelblonden Pferdeschwanz hockte hinter seinem Schreibtisch am PC, als die Mädchen ins Büro stürmten. Außer Roman befand sich nur noch Sarah, eine hübsche Rothaarige mit riesigen blauen Augen, in der Redaktion. Auch sie war in ihre Arbeit vertieft.

»Ich weiß«, erwiderte Johanna. »Es geht um etwas anderes.«

Roman legte seinen Kopf schief und grinste.

»Schon klar«, sagte er. »Du hast mal wieder was Sensationelles aufgedeckt und möchtest unbedingt einen Artikel darüber schreiben. Und damit der böse Roman nicht schon wieder Nein sagt, hast du dir Verstärkung mitgebracht, stimmt's?«

Sein Tonfall war spöttisch, dabei aber nicht unsympathisch, fand Lucy. Jojo war allerdings kurz davor zu explodieren. Doch sie riss sich zusammen und versuchte, ruhig zu bleiben.

»Nicht ganz«, erwiderte sie. »Um dich geht es allerdings schon.«

Sarah blickte auf, und Roman stützte seinen Ellenbogen auf den Tisch und schaute Johanna erwartungsvoll an.

»Es gibt jemanden, der behauptet, dass du für die Diebstähle an unserer Schule verantwortlich bist.«

Roman fing an zu lachen. »Und das glaubst du?« Er schüttelte den Kopf. »Ich kann ja verstehen, dass du manchmal ziemlich sauer auf mich bist und mir vielleicht gerne eins auswischen würdest, aber das kannst du doch nicht wirklich im Ernst von mir denken …«

Tat sie ja auch nicht. Aber das in diesem Moment zuzugeben, hielt Johanna für unklug. Stattdessen sagte sie: »Dann hast du doch bestimmt nichts dagegen, wenn wir die Redaktion durchsuchen, einschließlich«, Jojo hob die Stimme etwas an, »deines Privatspinds.«

»Natürlich nicht«, sagte Roman. »Wenn, dann hätte ich das Zeug doch sowieso zu Hause.«

Lucy schnaubte leise. Wie gerne würde sie sich mal kurz unsichtbar machen und diesem Typen zwischen die Gehirnwindungen gucken! Andererseits hielt sie Roman wirklich nicht für den Dieb. Mira und Charlotte ging es genauso. Aber jetzt waren sie nun einmal hier, und da konnten sie sich auch umsehen. Es schadete ja nichts.

Johanna ging zielstrebig auf einen grauen Metallspind in der Ecke zu und öffnete ihn. Sie fing in den oberen Fächern an und arbeitete sich langsam bis nach unten durch. Sie hob sämtliche Unterlagen hoch, spähte in alle Kartons, öffnete sogar den alten Karteikasten, von dem sie wusste, dass sich darin nur die alten Kamellen von fast zwanzig Jahren Schulgeschichte befanden – und erstarrte.

»Das gibt's doch gar nicht«, sagte sie tonlos. »Roman, ich hab ja auch nicht gedacht, dass du … aber jetzt …« Sie drehte sich um und hielt ihm einen Stapel kleiner Euronoten entgegen. »Außerdem sind hier noch zwei Brieftaschen, ein paar Armbanduhren, ein Gameboy, Spiele …«

Sarah sprang auf.

»Also doch!«, sagte sie mit zitternder Stimme und begann sofort damit, ihre Schreibtischschubladen zu durchsuchen. Schon wenige Sekunden später hielt sie ein Silberkettchen und ein Armband in die Höhe. Ihre großen Augen waren plötzlich so schmal wie Türschlitze. »Du mieses Schwein! Dann war dieser komische Brief doch keine Verarschung.«

»Moment mal …«, sagte Roman und stand von seinem Stuhl auf.

»Was für ein Brief?«, fragte Lucy.

»Das geht dich nichts an!«, fauchte Sarah. »Das war ein ganz privater Brief, in dem mich jemand davor warnen wollte, von Roman in ein krummes Ding hineingezogen zu werden.« Noch einmal hielt sie das Kettchen hoch und schüttelte fassungslos den Kopf. »Dass du zu so etwas fähig bist …«

»Ich habe das Zeug nicht in deine Schublade getan«, sagte Roman. »Und auch nicht in meinen Spind.«

Er tippte sich gegen die Stirn.

»Für wie bekloppt hältst du mich eigentlich? Nee, nee, da will mir jemand was anhängen. Keine Ahnung, wieso, aber ...«

»Ich glaube dir«, sagte Johanna. »Lucy, Mira, Charlie und ich haben auch schon eine Spur.«

Roman lachte.

»Spielt ihr etwa Detektive, oder was?«

»Du solltest endlich damit aufhören, dich ständig über mich lustig zu machen«, zischte Johanna. »Wir können auch gleich zum Direx gehen und ...«

Roman wiegelte ab. »Nein, nein, am besten, du sagst mir, was du weißt ...«

Jojo schüttelte den Kopf.

»Keine Spur. Das überlässt du uns. Und wenn wir, sagen wir mal, in spätestens ...«

»... zwei Tagen«, fiel ihr Sarah ins Wort. »Wenn ihr in zwei Tagen keinen anderen Dieb liefert, dann gehe ich zu Direktor Wagner.«

Die Hexen schlagen zu

Mira und Lucy stopften sich die Pfannkuchen so hastig in den Mund, dass sie sich fast die Lippen daran verbrannten.

»Was habt ihr denn so Interessantes vor?«, fragte ihre Mutter. »Etwa wieder für die Englischarbeit lernen?«

»Nein, heute nicht«, stöhnte Lucy. »Wir haben am Wochenende genug getan. Heute haben wir nicht mal Hausaufgaben auf.«

Das stimmte zwar nicht ganz, aber dass sie die paar Matheaufgaben später mit der Taschenlampe unter der Bettdecke machen würden, war längst beschlossene Sache.

»Wir müssen zu Fee rüber«, erklärte Mira. »Jojo und Charlie warten ab halb zwei unten am Fluss auf uns.«

»Das klingt wirklich sehr wichtig«, sagte Herr Lombsky. »Da würde sogar ich das Essen runterschlingen, an dem meine Eltern stundenlang geköchelt haben.«

»Stundenlang gekocht«, höhnte Lucy. »An Pfannkuchen, klar.«

Ihr Vater verzog keine Miene, aber ihre Mutter lächelte.

»Na, dann haut schon ab. Aber bringt bitte noch euer Geschirr in die Küche«, sagte sie.

»Hätte ich fast vergessen«, brummte Lucy. Sie stand von ihrem Stuhl auf und griff nach dem leeren Teller ihres Vaters. »Bist du auch fertig?«

Dabei schaute sie ihn an – und erschrak.

Noch nie war sein Blick so ernst, ja fast ein bisschen panisch gewesen.

»Lass nur, ich mach das selbst. Ich muss sowieso noch ...«

Er nahm seinen Teller und folgte den beiden Mädchen.

»Was musst du denn noch, mein Schatz?«, fragte Regine Lombsky hinter ihrem Mann her.

Sie bekam allerdings keine Antwort, weil Lucy, Mira und ihr Vater längst in der Küche waren.

Frank Lombsky drückte die Tür hinter sich zu und lehnte sich dagegen.

»Ihr macht doch keinen Blödsinn, oder?«

Seine Stimme war leise, aber messerscharf. Lucy zuckte zusammen, und Mira ließ fast ihren Teller fallen.

»Nein, natürlich nicht«, sagte Lucy, die sich als Erste wieder im Griff hatte. »Wie kommst du darauf?«

»Ihr seid aufgedreht. Richtig fiebrig«, erwiderte Frank Lombsky. Er seufzte. »Es tut mir leid, wenn ich euch erschreckt habe, aber euer Verhalten erinnert mich einfach so sehr an mich selbst. Als ich damals entdeckt habe, dass ich mich unsichtbar machen kann, bin ich mehr als Geist herumgelaufen als als Mensch. Ich war geradezu süchtig nach diesem Zustand, weil er mir das Gefühl gab, alles erreichen zu können und unverletzbar zu sein.«

»Aber das ist bei mir nicht so«, warf Lucy ein. »Papa, ehrlich nicht.«

Frank Lombsky schaute seine Tochter eindringlich an. Fast hatte sie das Gefühl, er sauge ihr sämtliche Gedanken aus dem Kopf. Schließlich nickte er und sagte:

»Ich habe damals einen schweren Fehler gemacht, der sogar jetzt noch euch gefährden kann, wenn ihr nicht aufpasst.« Er legte Lucy und Mira jeweils eine Hand auf die Schulter und rüttelte die beiden sanft, aber mit Nachdruck hin und her. »Bitte versprecht mir: Niemand darf etwas davon mitbekommen, wenn Lucy sich unsichtbar macht. Vor allem aber dürft ihr eure Fähigkeiten niemals missbrauchen.«

Die vier Mädchen lauschten Miras Worten schweigend. Seit einer knappen Viertelstunde saßen sie zusammen auf der Flusswiese unter der großen Birke und hielten Kriegsrat. Zuerst hatten sie Felicitas über die Ereignisse in der Schule unterrichtet. Danach erzählte Mira, dass ihr Vater sich ebenfalls unsichtbar machen konnte und was er zu Lucy und ihr gesagt hatte.

»Hab ich doch gleich gewusst«, tönte Johanna. »Dass ihr das von ihm geerbt habt.« Sie zupfte ein paar Halme aus und warf sie vor sich ins Gras. »Ist doch logisch, dass wir vorsichtig sind. Natürlich darf niemand mitbekommen, was wir können.«

Das war mal wieder typisch, dachte Mira. Jojo, die ohnehin und zum Glück keine Hexengaben hatte, riss ihren Mund als Erste auf.

»Na ja, und missbrauchen tun wir es auch nicht. Da sind wir uns doch sowieso schon lange einig.« Charlies Blick wanderte in den blauen Himmel. »Es ist eben ein ganz besonderes Gefühl ...« Sie hob einen Arm und rieb die Finger aneinander, als ob sie eine Art Sternenstaub verteilen wollte. »So ein Prickeln oder Twinkeln, keine Ahnung, wie ich euch das erklären soll. Jedenfalls weiß ich dann hier innen drin ganz genau, was ich tun soll.« Mit der Hand auf ihrer Brust blickte Charlie zwischen Lucy, Mira, Fee und Johanna hin und her. »Es ist wie ein Auftrag.«

»Du spinnst doch!« Jojo richtete sich auf und bedachte ihre Freundinnen mit wilden Blicken. »Merkt ihr es denn gar nicht? Charlie fängt schon an durchzudrehen.« Sie ließ sich wieder ins Gras zurückfallen und stöhnte: »Du lieber Himmel, sie ist doch kein Engel, den der liebe Gott auf die Erde geschickt hat, um Gutes zu tun.«

Felicitas schluckte. Plötzlich wusste sie, dass Johanna, natürlich ohne es zu wollen, etwas ziemlich Entscheidendes gesagt hatte. Ganz egal, ob Charlie ein gut getarnter Engel, ein Mensch oder ein Alien war, und ebenso schnurz, ob es einen Gott gab oder nicht, dieses Gefühl, etwas Bestimmtes tun zu müssen, kam irgendwie von oben. Genau so war es nämlich auch mit dem Kaninchen gewesen.

Felicitas war das alles noch immer total unheimlich. Denn trotz dieses Gefühls, das Charlie eben beschrieben hatte, war Fee sich gar nicht sicher, ob sie sich wirklich niemals irren würde.

»Was machen wir denn jetzt?«, fragte sie etwas hilflos. »Ich meine, wegen der Diebstähle an eurer Schule.«

»Ich werde recherchieren«, sagte Johanna. »Das ist ja wohl klar. Wenn ich Roman den Hals rette, wird er mir ewig dankbar sein. Und ich kann endlich die Artikel schreiben, die ich schon immer in der Schülerzeitung sehen wollte.«

»Meine Güte, Jojo.« Charlotte schüttelte den Kopf. »Eben wärst du mir fast aufs Dach gestiegen, weil du dachtest, ich sei größenwahnsinnig. Dabei ist deine Art zu denken und Dinge zu tun ziemlich nah an der Grenze zum Missbrauch.«

Johanna tippte sich an die Stirn. »Du tust ja gerade so, als täte ich das nur für mich. Natürlich will ich hauptsächlich den wahren Dieb finden. Aber was spricht denn schon dagegen, wenn ich ganz nebenbei auch noch etwas davon habe?«

Mira verdrehte die Augen. Jojo war wirklich Meisterin im Dinge-so-Verdrehen, dass sie für sie gut passten. Und deshalb war es auch absolut sinnlos, mit ihr darüber zu diskutieren.

»Wer ist denn überhaupt der wahre Dieb?«, murmelte Lucy vor sich hin. »Karsten?« Plötzlich sprang sie auf. »Na klar!«, rief sie. »Jetzt hab ich's!«

»Rück raus damit!«, sagte Charlotte. »Sofort.«

»Der Brief an Sarah stammt von ihm. Das ist schon mal sicher«, erklärte Lucy. »Er hat ihn sogar noch mal geschrieben, nachdem er den ersten verloren hatte. Denn dieser Brief ist Teil seines Plans, Roman die Diebstähle in die Schuhe zu schieben.«

»Aber wieso?«, fragte Felicitas.

»Weil er wirklich in Sarah verliebt ist«, erwiderte Lucy. »Sie ist ihm schon durch den Kopf gegeistert, als ich ihn das erste Mal verfolgt habe. Da hab ich bloß noch nicht getickt, dass das alles miteinander zusammenhängt.«

Johanna nickte. »Klingt alles ziemlich einleuchtend. Die Sache hat nur einen Haken: Wir können es nicht beweisen.«

»Vielleicht sind ja noch Sachen bei Karsten zu Hause«, sagte Charlotte hoffnungsvoll.

»Und wenn nicht?«, entgegnete Mira.

»Dann müssen wir uns Tim noch mal zur Brust nehmen«, sagte Lucy mit einem Seitenblick auf Jojo. »Wir alle. Und zwar richtig.«

Felicitas starrte vor sich hin. »Das geht nicht«, meinte sie. »Wir können nicht einfach zu Karsten nach Hause gehen.«

»Stimmt«, sagte Charlotte. »Wir nicht. Aber Lucy.«

»Nein, das ist viel zu gefährlich«, erwiderte Fee. »Denkt dran, was Herr Lombsky gesagt hat.«

»Moment.« Lucy hob den Zeigefinger in die Luft. »Er hat nur gesagt, dass wir vorsichtig sein sollen. Aber nach seiner Zaubervorstellung hat er auch gesagt, dass es eine besondere Aufgabe ist. Wir dürfen jetzt nicht kneifen. Und wenn wir aufpassen, wird uns auch nichts passieren.«

Das Haus mit der Nummer 62 in der Hüttenstraße war ein hellgrün gestrichener, vierstöckiger Altbau. So, wie die Klingelschilder angebracht waren, schien Karsten Wörritz in der dritten Etage zu wohnen. Die Mädchen hatten von der nächstbesten Telefonzelle aus Frau Lienen angerufen, die manchmal auch noch nachmittags in der Schule arbeitete. Johanna hatte sich als Sarah ausgegeben und nach dem Nachnamen von Karsten aus der 12c gefragt, den die tüchtige Sekretärin natürlich gleich parat hatte. Nur die Adresse wusste sie leider nicht. Doch hier konnte ihnen dann zum Glück die Komfortauskunft weiterhelfen.

Charlotte drückte auf den Klingelknopf. Es dauerte nur ein

paar Sekunden, dann knackte es in der Gegensprechanlage, und eine Stimme fragte: »Ja, bitte?«

»Bingo!«, flüsterte Lucy. »Das ist Karsten. Seine Stimme würde ich mittlerweile unter Tausenden wiedererkennen.«

»Wer ist denn da?« Die Stimme aus dem Lautsprecher klang nun wesentlich ungeduldiger.

»Und jetzt?«, wisperte Mira.

Lucy atmete ein paarmal tief durch.

»Ich geh jetzt da hoch«, flüsterte sie, während sie auf den Lautsprecher der Gegensprechanlage klopfte, damit Karsten nicht verstand, was sie miteinander redeten.

Die Stimme fluchte etwas Unverständliches, und dann knackte es ein zweites Mal in der Sprechanlage. Karsten hatte aufgelegt.

Felicitas war blass geworden.

»Also, ich weiß ja nicht, was ihr denkt, aber mir ist überhaupt nicht wohl bei dem Gedanken, dass Lucy da oben womöglich allein mit Karsten in der Wohnung ist«, sagte sie. »Unsichtbar oder nicht.«

Mira nickte. »Vielleicht sollten wir ihn vorher rauslocken.«

»Gute Idee«, meinte Charlotte. »Aber wie?«

»Na, ist doch ganz einfach«, erwiderte Johanna. »Frau Lienen hat mir die Sarah schließlich auch abgenommen.«

»Puh«, sagte Lucy. »Karsten kennt Sarahs Stimme aber garantiert besser als unsere Sekretärin. Immerhin ist er in sie verliebt.«

»Eben«, entgegnete Jojo. »Liebe macht nämlich blind.«

»Na, du musst es ja wissen«, sagte Charlie. »In diesem Fall wäre es mir allerdings lieber, sie würde taub machen.«

»Jetzt hört auf zu quatschen«, brummte Lucy. »Jojo soll es halt versuchen. Und wenn er was merkt, dann muss ich eben so rein.«

Noch einmal drückte Johanna auf den Klingelknopf. Diesmal dauerte es eine Weile, bis die Stimme sich meldete.

»Wer ist denn da?« Karsten hörte sich ziemlich sauer an.

»Ich«, piepste Johanna. »Sarah.«

»Oh …«, sagte Karsten und verstummte.

Jojo räusperte sich leise. »Es ist wegen dem Brief, den du mir geschrieben hast. Ich habe Romans Spind durchsucht. Und in meinem Schreibtisch war auch was. Dieses Schwein wollte mir tatsächlich was anhängen. Aber natürlich hat er alles abgestritten.«

»Natürlich«, brummte Karsten. »Aber bestimmt liegt bei ihm zu Hause auch noch jede Menge Zeugs rum. Und dann haben wir ihn. Ich bin nämlich gerade dabei, mir seinen Schlüssel zu organisieren.«

Die Mädchen sahen sich an.

»Tim«, flüsterte Lucy. Sollte der etwa den Schlüssel besorgen? Mithilfe von Romans kleinem Bruder Sascha?

»Du bist ja ein richtiger Tausendsassa«, flötete Johanna.

Lucy, Mira, Fee und Charlie gickerten lautlos in sich hinein.

»Aber ich glaube, Roman hat auch was vor«, fuhr Jojo fort. »Du solltest dich lieber um ihn kümmern.«

»Kommst du mit?«, fragte Karsten rau.

»Es ist besser, wenn man uns noch nicht zusammen sieht«, erwiderte Jojo. »Ich warte um fünf an der U-Bahn-Station im Hauptbahnhof auf dich.«

»Okay, bis gleich«, sagte Karsten und unterbrach die Verbindung. Die Mädchen schnappten sich blitzschnell ihre Fahrräder und parkten sie um die Ecke. Dann drückten sie sich in den Eingang des Nachbarhauses und warteten, bis Karsten herauskam und in Richtung Straßenbahnhaltestelle verschwand.

»Trotzdem sollten wir ein Zeichen vereinbaren«, sagte Mira. »Vorsichtshalber.«

»Was denn für ein Zeichen?«, fragte Johanna.

»Für den Fall, dass Karsten zurückkommt, wenn Roman nicht zu Hause ist.«

»Hm«, machte Lucy. »Er kann mich ja sowieso nicht sehen. Aber gut, wenn er tatsächlich wiederauftaucht, während ich noch da oben bin, dann klingelt ihr einfach dreimal, und ich weiß Bescheid, okay?«

»Okay.« Die vier anderen nickten.

»Und wenn ich spätestens in einer halben Stunde nicht wieder bei euch bin, ruft ihr die Polizei«, sagte Lucy.

»Gut.« Über diesen Vorschlag war Mira unendlich erleichtert.

Lucy zwinkerte ihrer Schwester und ihren Freundinnen noch einmal zu, dann verringerte sie ihre Dichte und verschwand durch die geschlossene Tür ins Treppenhaus. In wenigen Sekunden gelangte sie in den dritten Stock und trat dort in Karsten Wörritz' kleine Wohnung. Es war ziemlich ungewöhnlich für einen Oberstufenschüler, dass er bereits alleine wohnte. Entweder hatte Karsten großzügige Eltern, dachte Lucy, oder er klaute schon länger.

Der Flur war lang und schmal. An der Garderobe hingen

drei Jacken ordentlich nebeneinander. Genau darunter waren fein säuberlich zwei Paar Schuhe abgestellt. Lucy zählte fünf Türen, die in weitere Zimmer führten. Auf den ersten Blick war alles supersauber und aufgeräumt. Karsten schien ein richtiger Pingel zu sein.

Lucy begann mit dem Schlafzimmer, durchsuchte alle Fächer des Kleiderschranks und sämtliche Kommodenschubladen. Sie inspizierte den Nachttisch und schaute sogar unter der Matratze nach. Nichts. Genauso verfuhr sie mit dem Arbeitszimmer, dem Wohnraum, der Küche und dem Bad. Aber sie konnte einfach nichts finden. Wenn er tatsächlich geklaute Sachen in dieser Wohnung verwahrte, dann hatte Karsten sie gut versteckt. Lucy fiel ein, dass der sommersprossige Fünftklässler an einen dunklen Raum gedacht hatte. Damit konnte aber auch Romans Spind gemeint gewesen sein. Oder etwas in der Art.

Erneut lief Lucy ins Arbeitszimmer hinüber. Vielleicht sollte sie noch einmal genau nachsehen. Zumindest schien es ihr am wahrscheinlichsten, dass hier etwas zu finden war.

Plötzlich schrillte die Klingel. Einmal … zweimal und ein drittes Mal. Karsten Wörritz kam also tatsächlich zurück. Lucy wollte sich gerade aus dem Staub machen, da schoss ihr durch den Kopf, dass es womöglich sogar ihr Glück war, dass er wiederauftauchte. Vielleicht brachte er sie jetzt endlich auf die richtige Spur.

Sie ließ sich in den ledernen Bürostuhl fallen und drehte sich darin erwartungsvoll der Tür entgegen. Lucy hörte, wie der Schlüssel im Türschloss umgedreht wurde. Es ertönten verschiedene Geräusche, ein Bügel wurde von der Garderobe genommen und kurz darauf wieder aufgehängt. Dann vernahm sie Schritte. Karsten erschien in der Tür des Arbeitszimmers und glotzte sie an.

Lucy zuckte zusammen. War sie etwa gar nicht unsichtbar?

Jedenfalls ließ Karsten sie nicht aus den Augen und kam jetzt auch noch mit verkniffenem Gesicht auf sie zu. Entsetzt hielt Lucy die Luft an. Ihr Herz schlug hart und schnell gegen ihr Brustbein. Plötzlich blieb er stehen. Noch immer waren seine trüben blauen Augen auf sie geheftet. Er öffnete den Mund und murmelte: »Das gibt's doch gar nicht. Ich hätte schwören können, dass ich den Sessel …«

Er schüttelte den Kopf, trat einen Schritt zur Seite und legte seine Hand auf die Rücklehne. Dabei berührten seine Fingerspitzen Lucys Schulter. Nein! Sie glitten einfach in sie hinein. Es war ein ekliges Gefühl. Lucy wollte sofort aufspringen, aber Karsten war schneller. Er ließ sich auf den Stuhl fallen und saß nun wie ein großer, schwerer Stein in Lucys unsichtbarem Körper.

Er drehte sich dem Schreibtisch zu und begann darauf herumzukramen. Lucys Blick fiel auf seine Armbanduhr, und plötzlich wurde ihr bewusst, wie wenig Zeit sie nur noch hatte. Mira, Charlie, Jojo und Fee würden nicht lange fackeln und die Polizei alarmieren, wenn sie nicht bald bei ihnen auftauchte. Womöglich hatten sie bis dahin überhaupt nichts gegen Karsten in der Hand, und er käme ungeschoren davon. Lucy musste sich beeilen.

Sie versuchte, ihn aufzuschrecken, und zwickte ihn in die Arme, den Nacken und am Rücken. Er fluchte und schlug sich auf die Stellen. Offensichtlich schien er zu glauben, dass er es mit einem Insekt zu tun hatte. Schließlich sprang er auf und schlug wie wild um sich.

Lucy war frei. Sie brachte sich in sichere Entfernung, und nachdem Karsten sich wieder beruhigt hatte, klinkte sie sich in seine Gedanken ein. Tatsächlich beschäftigten sie sich mit Geldscheinen, einer Kiste, einem Schlüssel und Tim. Allerdings sauste alles so kreuz und quer durch sein Gehirn, dass Lucy keine klare Linie erkennen konnte.

»Jetzt verrat mir endlich, wo du das Zeug aufbewahrst«, flüsterte sie. »Deine krausen Gedanken alleine genügen leider nicht, um dich zu überführen.«

Nervös schielte sie auf ihre Armbanduhr. Mittlerweile waren seit Karstens Auftauchen fast zehn Minuten vergangen, und wie Lucy ihre Schwester und ihre Freundinnen kannte, war die Polizei bereits unterwegs.

Wie recht sie hatte, wurde ihr klar, als es kurz darauf klingelte. Grummelnd zockelte Karsten zur Tür und drückte den Knopf der Gegensprechanlage. »Ja, bitte?«

»Machen Sie auf. Hier ist die Polizei.«

»Was?«, rief Karsten und fuhr sich nervös durch die Haare. Schließlich fügte er etwas ruhiger hinzu: »Und was wollen Sie von mir?«

»Wir möchten das Mädchen abholen, das bei Ihnen zu Besuch ist.«

Karsten schüttelte den Kopf. »Das muss ein Irrtum sein. Hier ist kein Mädchen.«

»Jetzt öffnen Sie bitte.« Die Stimme des Polizisten klang ziemlich ungeduldig.

»Einen Moment.«

Lucy beobachtete, wie Karstens Zeigefinger sich langsam auf den Türdrücker zubewegte. Und sie sah auch, wie die Gedanken in seinem Gehirn Karussell fuhren. Natürlich konnte er sich die Sache mit dem Mädchen nicht erklären. Sarah konnte doch unmöglich damit gemeint sein. Nein, nein, entweder spannen die Bullen, oder es war nur ein Vorwand. Auf der anderen Seite konnte er sich aber auch nicht erklären, wie sie ihm auf die Schliche gekommen waren. Immer wieder wanderten seine Gehirnströme in Richtung Schlafzimmerschrank. Nein, da würden sie sicher niemals drauf kommen.

Karsten öffnete die Wohnungstür. Im Treppenhaus waren bereits energische Schritte zu hören. Unterdessen flitzte Lucy ins Schlafzimmer, schlüpfte in den Kleiderschrank, spazierte durch Karstens Klamotten und stellte fest, dass der Teil mit den Fächern nicht so tief war wie der Rest des Schrankes. War es vielleicht möglich, dass sich dahinter so etwas wie ein Geheimfach befand?

Kein Problem für Lucy. Sie ging einfach hindurch und staunte nicht schlecht. Hinter Karstens T-Shirts und Socken gab es tatsächlich einen Hohlraum. Und darin wiederum befand sich eine geräumige Holzkiste voller Computerspiele, Gameboys, Musik-CDs und Schmuckstücke. Außerdem entdeckte Lucy noch zwei kleinere Kartons voller Fünf- und Zehneuroscheine. Mittlerweile waren in der Wohnung aufgeregte Stimmen zu hören. Lucy steckte ihren Kopf durch die Schranktür, um einen Blick ins Zimmer zu werfen. Noch war niemand da. Also griff sie sich rasch einen der Kartons und wünschte sich auf der Straße wieder sichtbar.

Charlie, Jojo, Fee und Mira standen mit wachsbleichen Gesichtern vor der geöffneten Haustür.

»Hoffentlich hat er ihr nichts getan«, murmelte Mira.

»Hat er nicht«, sagte Lucy.

»Was?« Charlotte fuhr herum.

Eine Sekunde später fiel sie Lucy um den Hals.

»Meine Güte!«, stöhnte Mira erleichtert. »Ich hab vielleicht Angst um dich gehabt.«

»Deshalb bin ich ja hier«, sagte Lucy grinsend. »Um dich zu beruhigen, Schwesterchen. Und jetzt muss ich noch mal da rauf. Ohne meine Hilfe werden die Polizisten nämlich nicht viel finden.« Sie hob den Deckel des Kartons ein wenig an und ließ die Mädchen hineinschauen.

Charlotte pfiff durch die Zähne.

»Wow! Das ist ja jede Menge Holz.«

»Und das ist noch lange nicht alles«, triumphierte Lucy. »Da oben lagern noch tausend andere Sachen.«

»Na und«, sagte Johanna. »Karsten wird behaupten, dass er das Zeug bei Roman im Spind gefunden hat und es morgen Direktor Wagner übergeben wollte. Das Gegenteil müsste man ihm erst mal beweisen.«

»Könnte sein«, seufzte Lucy. »Da hab ich überhaupt nicht dran gedacht.«

»Aber wir«, sagte Felicitas. »Charlotte hat nämlich Tim herbestellt.«

Lucy riss die Augen auf. »Etwa mit Gedankenkraft?«

»Na ja«, druckste Charlie. »Nicht direkt. Ich hab angerufen, gleich nachdem wir die Polizei alarmiert hatten. Mit verstellter Stimme hab ich ihm gesagt, dass er sofort zu Karsten kommen und den Schlüssel mitbringen soll, sonst würde alles auffliegen. Und dann hab ich bloß noch ein paar Gedanken hinterhergeschickt.«

»Was denn auffliegen?«, fragte Lucy. »Außerdem weißt du doch gar nicht, ob er den Schlüssel von Romans Bruder bekommen hat.«

»Natürlich nicht«, sagte Charlotte. »Es war ein Versuch. Das mit dem Auffliegen natürlich auch. Keine Ahnung, ob's klappt. Aber wenn, dann wissen wir zumindest, dass Tim ganz dick mit drinhängt.«

»Tut er«, flüsterte Mira, die die ganze Zeit den Bürgersteig und die Straße im Auge behalten hatte.

Tim stutzte, als er die Mädchen erblickte.

»Was macht ihr denn hier?«, fragte er unsicher. »Ich wusste gar nicht, dass ihr auch zum Team gehört.«

»Tja, was meinst du wohl, warum ich dir letztens so viele Fragen gestellt habe?«, entgegnete Johanna. »Einzig und allein, um dich zu testen, ob du im Falle eines Falles auch dichthältst.«

Lucy grinste. Im Falle eines Falles? Johanna meinte doch wohl nicht ihre weiblichen Reize. Aber wie auch immer. Es war jedenfalls ganz schön gewitzt von ihr, die Sache jetzt so hinzudrehen.

»Jetzt quatscht nicht rum.« Charlotte zog Lucy am T-Shirt. »Lasst uns endlich nach oben gehen. Karsten wartet.«

Die fünf Mädchen und Tim rannten die Treppe hinauf in den dritten Stock und klingelten an Karstens Wohnungstür. Es dauerte einen Moment, dann öffnete ihnen ein Polizist.

»Ihr solltet doch unten warten«, zischte er, als er die Mädchen sah.

»Wir haben einen Zeugen mitgebracht«, sagte Johanna.

»Und Indizien«, fügte Charlotte hinzu und tippte auf den Karton, den Lucy unter ihrem Arm hielt.

Der Polizist starrte sie an. »Bist du etwa das entführte Mädchen?«

»Entführt?« Lucy runzelte die Stirn. »Nein, nein. Ich war bloß ein bisschen verschwunden.«

Sie setzte eine Unschuldsmiene auf und marschierte an dem Beamten vorbei ins Arbeitszimmer, das gerade in Karstens Anwesenheit von einem weiteren Polizisten durchsucht wurde.

Tim, der für einen Moment völlig erstarrt war, flitzte ihr hinterher. »Was soll das?«, rief er. »Ihr habt mich reingelegt.«

»Reingelegt?«, entgegnete Johanna, die ihm mit den anderen gefolgt war. »Wieso? Du hast den Schlüssel doch mitgebracht, oder?«

»Von was für einem Schlüssel sprichst du?«, fragte einer der Polizisten.

Karsten, der die ganze Zeit über wie hypnotisiert auf den Karton unter Lucys Arm starrte, schrie Tim an: »Halt bloß deine Klappe!«

Die Polizisten horchten auf.

»Es gibt also doch etwas, das Sie zu verbergen versuchen«, sagte der schmale Dunkelhaarige.

»Quatsch!«, erwiderte Karsten scharf.

Der blonde Beamte hob eine Augenbraue und wandte sich Tim zu: »Jetzt rück schon raus mit der Sprache. Was hat es mit diesem ominösen Schlüssel auf sich?«

Tim sah Karsten unschlüssig an. Schließlich versenkte er seine Hand in der Hosentasche, zog ein Schlüsselbund hervor und reichte es dem Polizisten.

Karsten stöhnte auf und ließ sich in seinen Drehstuhl fallen. Und Johanna erklärte den Beamten, dass der Schlüssel dazu dienen sollte, einem gewissen Roman Böttger das Diebesgut unterzuschieben.

Karsten lachte auf.

»So einen verdammten Mist hab ich ja noch nie gehört.«

»Mist? Ach ja?«, entgegnete Lucy. Sie hob den Deckel vom Karton und präsentierte den Inhalt. »Und was ist das hier? Etwa auch Mist? Und das ganze Zeug in deinem Schlafzimmerschrank? Dafür, dass das alles bloß Mist ist, hast du dir aber ziemlich viel Mühe mit dem Verstecken gegeben.«

»Moment«, sagte der schmale Polizist. »Wovon redest du?«

»Von dem Geheimfach hinter seinen T-Shirts im Schlafzimmerschrank.«

Karsten wurde so weiß wie die Wand seines Arbeitszimmers. »Woher …?«, stammelte er. »Ich meine, wieso …? Das kannst du doch gar nicht wissen!«

Lucy grinste. »Tja«, sagte sie. »Ich hab eben auch so meine Geheimnisse.«

»Meine Güte!« Felicitas war immer noch ein wenig zittrig zumute. »Der hat ja vielleicht rumgeschrien. Mir klingeln jetzt noch die Ohren.«

Karsten Wörritz' Festnahme war jetzt über zwei Stunden her, und die fünf Mädchen hockten mittlerweile wieder auf ihrem Stammplatz unter der Birke am Flussufer.

»Hat versucht, alles Tim in die Schuhe zu schieben, dieser Idiot«, sagte Johanna.

Natürlich hatten die Polizisten den Schlafzimmerschrank sofort aufgebrochen und festgestellt, dass dort jede Menge Diebesgut lagerte. Und zwar nicht nur aus der Dietrich-Bonhoeffer-Schule, sondern auch aus privaten Wohnungen und Geschäften. Woher das ganze Geld kam, hatten sie nicht so schnell nachvollziehen können. Aber Tim, dessen erster Schreck allmählich in Erleichterung umschlug, hatte zu Karstens Entsetzen schließlich gesungen wie ein Vögelchen.

Charlotte stieß eine Portion Luft aus.

»Unglaublich eigentlich. Da hat dieser Karsten Jungs beim Klauen erwischt und sie dann erpresst, für ihn zu arbeiten.«

»Er hat sie nicht erwischt«, schnaubte Lucy. »Wie Tim das erzählt hat, hat er ihnen geradezu aufgelauert.«

»Ja, und dann hat er ihnen damit gedroht, es dem Kaufhausdirektor und ihren Eltern zu sagen«, fügte Mira hinzu. »Die hatten erst mal alle so einen Schiss, dass sie alles für Karsten gemacht haben. Sogar ihre besten Freunde und ihre Eltern betrogen und bestohlen. Und als ihnen endlich dämmerte, was sie da taten, saßen sie schon viel zu tief drin.«

Charlotte lehnte sich gegen den Birkenstamm und umschlang ihre Knie. »Dann hat Karsten sich in Sarah verknallt, die allerdings nur Augen für Roman hatte«, sagte sie. »Und von da an lief alles so, wie wir vermutet haben.«

»Ein Glück, dass Tim den Schlüssel gleich rausgerückt hat, vor allem, dass er alles so schnell zugegeben hat«, erwiderte Johanna und ließ ihren Blick verträumt in den Himmel schweifen. »Ich bin ja mal gespannt, ob er wirklich kommt.«

»Tut er«, sagte Charlotte und deutete zum Weg hinüber, auf dem gerade Tims schlaksige Gestalt aufgetaucht war.

»Bestraft werden muss er aber trotzdem«, meinte Felicitas.

»Logo.« Lucy grinste. »Wieso eigentlich nicht gleich?«

Und schon war sie verschwunden.

»Lucy!«, zischte Mira. »Bist du verrückt? Denk dran, was Papa uns gesagt hat. Komm sofort wieder.«

Aber das ging leider nicht mehr, denn Tim war nur noch wenige Schritte von ihnen entfernt.

»Hallo«, begrüßte er sie und blickte sich in alle Richtungen um. »War Lucy nicht gerade auch noch hier?«

Charlie schüttelte den Kopf. »Lucy? Nein. Auf die warten wir noch.«

»Hm«, machte Tim, kratzte sich am Kopf und hockte sich neben Mira ins Gras. »Also, ich hätte schwören können ...«

So, so, hättest du?, dachte Lucy, die inzwischen genau hinter ihm stand. Sie kicherte in sich hinein, griff nach seinem Ohrläppchen und zog kräftig daran. Eine Sekunde später wünschte sie sich wieder sichtbar.

»Schau mal an, da bin ich«, rief sie lachend. »Ich hatte mich nur ein kleines bisschen versteckt.«

Tim blickte sie ungläubig an. Und leider war er nicht der Einzige. Entsetzt stellte Mira fest, dass oben auf dem Weg inzwischen eine Frau aufgetaucht war, die zu ihnen herüberstarrte. Womöglich hatte sie gesehen, dass Lucy einfach aus dem Nichts aufgetaucht war. Und außerdem hatte Mira das Gefühl, diese Frau schon einmal gesehen zu haben. In der letzten Woche nämlich, als Lucy hier auf der Flusswiese so eifrig Wieder-sichtbar-Werden geübt hatte ...

HeXGirLs

Hexgirls auf Klassenfahrt

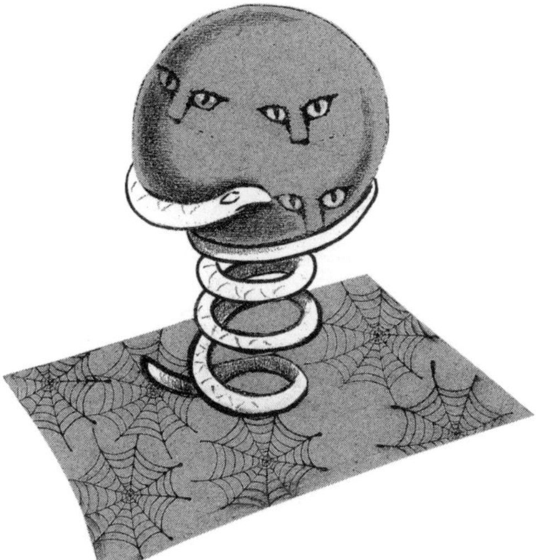

Vanilleschaum und andere Scherze

Als Mira erwachte, tanzte die Morgensonne auf ihrer Nase. Sie rieb sich die Augen, gähnte herzhaft und rekelte sich gründlich durch.

»Jetzt dauert es nur noch eine halbe Woche bis zur Klassenreise«, sagte sie.

Von Lucy kam keine Antwort. Mira setzte sich auf und sah zum Bett ihrer Zwillingsschwester, das an der gegenüberliegenden Wand stand. Es war leer.

»Frechheit!«, murmelte Mira.

Das hatte es ja noch nie gegeben, dass Lucy einfach aufstand, ohne sie zu wecken. Aber vielleicht war die Schwester ja auch bloß mal schnell zum Klo. Trotzdem war Mira ein bisschen sauer. Sie schlug die Bettdecke zurück und wollte gerade in ihre Puschen schlüpfen, da hörte sie hinter sich ein Kichern.

Sie fuhr herum und starrte in Lucys lachendes Gesicht. So als wäre sie nie verschwunden gewesen, lag die Schwester unter Miras Bettdecke und hatte die Arme gemütlich unter ihrem Kopf verschränkt.

»Duhu …!«, brummte Mira und hob die Arme, um sich auf Lucy zu stürzen. Doch die war schneller. Sie schnappte sich Miras Handgelenke und hielt sie fest.

»Jetzt sei nicht gleich sauer. Ich muss doch ein bisschen üben, damit ich nicht einroste.«

»Ts«, machte Mira. Sie riss sich los und verschränkte die Arme über der Brust. »Aber doch nicht mit mir.«

»Mit wem denn sonst?«, erwiderte Lucy. »Etwa mit Papa? Du weißt doch genau, wie er darüber denkt.«

Mira seufzte. Seitdem sie und Lucy ihre Hexenkräfte entdeckt hatten, war das Leben ziemlich aufregend geworden. Vor allem mussten sie jetzt viel wachsamer sein als früher. Besonders Lucy, die sich sogar unsichtbar machen und an jedem x-beliebigen Ort wiederauftauchen konnte. Wenn das mal einer mitbekam!

Ihr Vater, der dieses Geheimnis kannte, hatte ihnen jedenfalls eingeschärft, die Hexenkräfte niemals für ihre Zwecke zu missbrauchen, sondern einzig und allein zum Wohle anderer einzusetzen. Und bisher war ihnen das auch ganz gut gelungen.

»Eigentlich sieht er's viel zu eng, finde ich«, sagte Lucy und schob sich an ihrer Schwester vorbei aus dem Bett.

»Du meinst doch nicht etwa Papa?«, fragte Mira.

»Doch. Genau den.«

Lucy raffte ihre Klamotten zusammen und steuerte auf die Tür zu.

»Ich könnte mich jetzt zum Beispiel direkt unter die warme Dusche wünschen und mir den ganzen Weg durch den Flur sparen …«

Mira verdrehte die Augen. »Die drei Meter!«

Lucy zuckte die Achseln. »Und? Was wär denn schon dabei? Es würde doch niemandem schaden.«

»Allerhöchstens deinem Pyjama«, entgegnete Mira grinsend. »Oder kannst du dir den etwa im unsichtbaren Zustand ausziehen?«

Lucy stöhnte auf. Manchmal war ihre Schwester wirklich groß im Korinthenkacken. Als ob es in diesem Fall auf einen nassen Pyjama ankäme! Der war bis zum Abend garantiert wieder trocken.

»Darum geht es doch gar nicht«, versuchte sie Mira zu erklären. »Sondern darum, sich das Leben so angenehm wie möglich zu machen.«

»Du redest schon so wie Jojo«, sagte Mira, die mittlerweile ebenfalls dabei war, ihre Sachen zusammenzusuchen.

»Das ist doch kompletter Blödsinn«, erwiderte Lucy. »Jojo würde ihre magischen Fähigkeiten glatt dazu einsetzen, anderen eins auszuwischen. Ich versuche einfach nur Spaß zu haben.«

Mira seufzte. Ihre Schwester hatte ja recht. Sie hatten mit ihren drei Freundinnen Johanna, Charlotte und Felicitas mittlerweile auch schon oft genug darüber diskutiert. Und das Ergebnis war ziemlich eindeutig ausgefallen:

Sie mussten ihre Hexenkräfte einsetzen, um anderen zu helfen. Aber sie durften sie auch für sich benutzen, solange kein anderer darunter litt.

Johanna war die Einzige, die das ein bisschen anders sah.

»Wir können jedem, der uns schräg kommt, einen ziemlich originellen oder total mysteriösen Denkzettel verpassen«, versuchte sie ihre Freundinnen immer wieder zu überzeugen. Und deshalb war es gut, dass ausgerechnet sie keine außergewöhnlichen Fähigkeiten besaß.

Lucy drückte die Klinke herunter. »Dann lass uns wenigstens zusammen duschen, okay?«

Mira zauberte ein verführerisches Lächeln in ihr Gesicht. »Oder baden, hm? Vielleicht in Himbeersuppe mit Vanilleschaum?«

»Endlich mal 'ne gute Idee!«, freute sich Lucy. »Und wir haben ja auch noch ein bisschen Zeit.«

Außerdem war sie froh, dass ihre Schwester allmählich anfing, die ganze Hexerei ein bisschen lockerer zu sehen.

Kichernd schlüpften die beiden Mädchen ins Bad. Lucy pfefferte ihre Klamotten auf die Waschmaschine und drehte den Wasserhahn auf. Und während die Wanne allmählich volllief, putzten sie sich schon mal die Zähne.

Mira warf einen Blick in den Spiegel. Lucy stand genau neben ihr und grinste so breit, dass es weiß auf ihren Pyjama tropfte. Doch plötzlich verschwand sie einfach mit einem leisen Plopp! im Nichts.

»Komm sofort wieder her!«, knurrte Mira.

Auch sie bekleckerte sich mit Zahnpastaschaum, der ihr aus dem Mund quoll. Lucy begann es auf die Spitze zu treiben. Doch was nützte es, sich aufzuregen. Das würde ihre Schwester bloß noch mehr anstacheln. Nein, Mira hatte eine andere Idee. Eine viel bessere.

Sie schloss die Augen und konzentrierte sich auf den Schaum in ihrem Mund. Sie wusste genau, was sie wollte, und stellte es sich in den schillerndsten Farben vor. Im nächsten

Moment schoss der Lichtblitz durch sie hindurch. Obwohl Mira das mittlerweile kannte, war sie doch immer noch ein wenig erschrocken. Sie fasste sich aber schnell und öffnete zuerst die Augen und dann ganz, ganz langsam ihren Mund.

Bunte Seifenballons quollen heraus. Sie schwebten zur Decke, wo sie zerplatzten und als blinkender, sternchenförmiger Staub auf Mira heruntersegelten. Mit einem Plopp! war Lucy wieder da.

»Das will ich auch, das ist unfair«, knurrte sie.

»Im Gegenteil«, erwiderte Mira. »Wenn du mit deinen Hexenkünsten machst, was du willst, dann tu ich das mit meinen eben auch.« Lucy schüttelte den Kopf.

»Wir sollten uns nicht gegenseitig damit ärgern«, sagte sie. »Wir sollten lieber gemeinsam unseren Spaß damit haben.«

Doch so schnell wollte Mira nicht nachgeben. »Wer hat denn angefangen?«

»Ich«, gab Lucy sofort zu und hob die Hände in die Luft. »Ich sehe es ein und bereue alles.« Sie guckte ihre Schwester mit einem verschmitzten Lächeln an. Und Mira konnte nicht anders. Sie musste Lucy verzeihen. Obwohl sie immer noch ein wenig sauer war. Vor allem deshalb, weil Lucy immer ihren Willen bekam. Irgendwie kriegte sie es jedes Mal hin, dass Mira ihr nicht mehr böse sein konnte. Und genauso verfuhr sie mit den Eltern und mit den gemeinsamen Freundinnen. Nur Fee war dagegen immun. Zum Glück.

Felicitas war und blieb Miras ganz spezielle Spezialfreundin. Lucy hatte sie schon immer zu brav gefunden. Mira dagegen wusste es besser. Denn auf niemanden konnte sie sich so tausendprozentig verlassen wie auf Fee.

Unterdessen hatte Lucy das Wasser abgedreht und ihren Schlafanzug unter das Waschbecken gekickt.

»Jetzt mach schon!«, drängelte sie.

»Moment noch …« Mira tapste zur Tür und drehte den Schlüssel herum. »Sicher ist sicher.«

»Bist du verrückt!«, sagte Lucy. »So schöpfen die doch erst recht Verdacht.«

Das war ja mal wieder typisch. Mira schüttelte den Kopf.

»Du willst ja doch bloß deinen zusätzlichen Nervenkitzel«, brummte sie.

Lucy grinste. Ihre Schwester hatte sie durchschaut. Lucy liebte das Risiko.

»Wenn du Vanilleschaum willst, dann entscheide ich, ob die Tür verriegelt wird oder nicht«, sagte Mira entschieden.

Lucy, die bereits der Länge nach in der Wanne lag, machte eine beschwichtigende Handbewegung.

»Okay, okay. Ganz wie du willst, Schwesterherz.«

Mira seufzte leise und schlüpfte ebenfalls aus dem Pyjama. Dann hielt sie die Hände ins Badewasser und schloss die Augen. Im nächsten Augenblick war der Lichtblitz da. Einen winzigen Moment dachte sie an Pfefferminz. Doch sie schob diesen Gedanken sofort wieder beiseite. Dann stieg der allerköstlichste Vanilleduft in ihre Nase. Für ein paar Sekunden war sie wie benebelt. Plötzlich schrie Lucy los:

»Stopp! Hör auf! Es quillt schon alles über!«

Erschrocken riss Mira die Augen auf. Das war ja eine schöne Bescherung: Feiner, hellgelber Badeschaum türmte sich bis über den Badewannenrand und glitt an den Kacheln entlang bis auf den Boden.

»Jetzt glotz nicht«, zischte Lucy. »Mach endlich was!«

Mira war allerdings so entsetzt, dass ihr nicht einfiel, wie sie das Vanilleschaum-Unheil überhaupt aufhalten könnte. Mittlerweile kroch es ihr schon über die Füße und bewegte sich langsam auf die Tür zu.

»Miraaaa!« Lucy griff ihrer Schwester an die Schulter. »Hör auf zu träumen!«

Mira zuckte zusammen und starrte Lucy an. Dann endlich schloss sie die Augen und überlegte angestrengt, wie sie den Schaum bändigen konnte.

Leider überlegte sie zu lange. Denn natürlich war ihren Eltern das Geschrei im Badezimmer nicht entgangen.

»Mira, Lucy, was ist los?«, rief ihre Mutter schon auf dem Weg zum Bad. Und als sie feststellte, dass die Badezimmertür verschlossen war, rüttelte sie an der Klinke herum und rief noch einmal:

»Was ist los, Kinder?«

»Nichts, Mama«, rief Lucy zurück. »Alles in Ordnung.«

Mit angehaltenem Atem starrte sie auf den Schaum, der in diesem Moment den Türspalt erreichte.

»Und warum habt ihr dann abgeschloss…?« Die Frage erstarb auf Regine Lombskys Lippen. »Wa-was ist das denn?«, schrie sie plötzlich.

»Der neue Badeschaum«, antwortete Lucy. »Mira hat wohl ein bisschen zu viel davon genommen.«

»Welcher neue Badeschaum?«, rief ihre Mutter zurück. »Ich habe überhaupt keinen neuen Badeschaum gekauft.«

»Aber wir!«, erwiderte Lucy. »Pfefferminz mit Vanille.«

Mira öffnete die Augen.

»Wieso denn Pfefferminz?«, stammelte sie.

Lucy zuckte die Schultern.

»Himbeere ist das jedenfalls nicht«, murmelte sie. »Und jetzt mach endlich was. Sonst sind wir geliefert.«

Eine Viertelstunde später war klar, dass sie tatsächlich geliefert waren. Zwar hatte Mira es geschafft, den Schaum zu stoppen, aber es war ihr nicht gelungen, das Ganze rückgängig zu machen. Und ihr Vater hatte so lange gegen die Badezimmertür gebollert, bis die Mädchen ihm geöffnet hatten.

Inzwischen war das Pfefferminzwasser abgelassen und der Vanilleschaum beseitigt. Die Mädchen hockten mit gesenkten Köpfen auf Miras Bettkante und warteten auf das Donnerwetter, das jeden Moment aus Frank Lombskys Kehle auf sie niederprasseln würde. – Doch nichts dergleichen geschah. Ihr Vater wanderte einige Male in ihrem Zimmer auf und ab. Dann blieb er plötzlich stehen und fing an zu lachen.

»Ich weiß noch genau, wie ich damals der ollen Posetzki das Wasser in der Waschmaschine verhext habe«, sagte Frank Lombsky, der von Beruf Zauberkünstler war. »Die hat immer so einen Aufstand gemacht wegen ihrer Wäsche. Wollte nicht, dass wir Fußball spielen, wenn sie draußen hing. Dabei war die Spielwiese mindestens hundert Meter von ihrer Leine entfernt.«

Lucy hob als Erste wieder den Kopf. »Die Posetzki«, fragte sie. »War das eure Nachbarin?«

Frank Lombsky nickte. »Na ja«, korrigierte er sich. »Eigentlich war sie eher ein Drachen. Ein richtiger Kinderschreck.«

»Und du?«, wollte Mira wissen. Zaghaft lugte sie zwischen

ihren schwarzen Locken hervor. »Wie alt warst du denn damals, als du das Waschwasser verzaubert hast?«

»Und was hast du überhaupt damit gemacht?«, bohrte Lucy bereits weiter, bevor ihr Vater Miras Frage beantworten konnte.

»Also, ich war ungefähr so alt wie ihr.« Er blickte von einer Tochter zur anderen. »Oder ein bisschen jünger vielleicht. So ungefähr neun. Ich habe die Posetzki mit dem Korb voller Dreckwäsche vor der Haustür gesehen. Sie erzählte meiner Mutter, dass sie ein neues Bleichmittel ausprobieren wollte, um einen besonders hartnäckigen Fleck zu entfernen.«

»Aha«, sagte Lucy.

Sie rutschte ungeduldig auf der Bettkante herum. Wie es so seine Art war, machte ihr Vater es mal wieder besonders spannend. Und das war überhaupt nichts für Lucys neugieriges Naturell.

»Und dann?«, fragte Mira, die allmählich ebenfalls die Geduld verlor.

»Na ja …«, sagte Frank Lombsky gedehnt. »Ich wartete natürlich so lange, bis sie die Wäsche über die Außentreppe in den Keller gebracht hatte und wieder im Haus verschwunden war. Dann bin ich über ihren Zaun geklettert und zur Kellertür geschlichen.«

»Warum hast du dich denn nicht einfach in Luft aufgelöst und im Keller wieder sichtbar gewünscht?«, erkundigte sich Lucy.

Ihr Vater hob eine Augenbraue und guckte sie durchdringend an. Doch dann entspannten sich seine Gesichtszüge wieder.

»Ganz einfach. Zu dem Zeitpunkt wusste ich noch gar nicht, dass ich das kann. Es war für mich ein echtes Problem, durch die geschlossene Tür zu kommen«, fuhr Frank Lombsky fort. »Ich wollte schon aufgeben. Aber dann hatte ich die rettende Idee!«

Gespannt richteten die Schwestern ihre Augen auf ihn.

Ihr Vater schmunzelte. »Tjaaaa«, sagte er gedehnt. »Die Idee verrate ich euch natürlich nicht.«

»Oooaah!«, machten die Zwillinge im Chor.

»Eigentlich könnt ihr ganz leicht selbst drauf kommen, und damit ihr ein bisschen was zum Knobeln habt, bleibt es mein Geheimnis.«

»Sagst du uns wenigstens, was du mit der Wäsche gemacht hast?«, bettelte Mira.

»Könnt ihr es euch nicht denken?«

»Nur so ungefähr«, sagte Lucy.

»Na, dann mal los«, ermunterte ihr Vater sie. »Was ungefähr hättest du getan?«

»Irgendwas mit Dreck ...«

»Oder Farbwasser!«, rief Mira. »Schwarzes Farbwasser.«

Frank Lombsky nickte. »Farbwasser ja, schwarz nein. Ich habe das Wasser in der Maschine orange gefärbt. Und der Fleck, den die olle Posetzki eigentlich rauswaschen wollte, der leuchtete hinterher sogar besonders intensiv.«

»Na ja«, sagte Lucy, »so 'ne Farbe kann man doch mit Entfärber wieder rauswaschen.«

»Dreck erst recht«, erwiderte Mira, und ihr Vater sagte: »Natürlich war die Farbe absolut kochfest und lichtecht. Die Posetzki musste alles wegschmeißen.«

»Cool!«, rief Lucy. »Dagegen war unser Vanilleschaumbad ja eine richtig harmlose Nummer.«

»Nee, nee.« Augenblicklich war Frank Lombskys Miene wieder ernst. »Wenn eure Mutter was gemerkt hätte ... Lieber Himmel, da darf ich gar nicht dran denken.«

Regine Lombsky war nämlich völlig ahnungslos. Sie wusste noch nicht einmal von den übersinnlichen Fähigkeiten ihres Mannes, geschweige denn von denen ihrer Töchter.

In ihren Augen war ihr Mann ein talentierter Zauberer, der fast genauso tolle Bühnenshows veranstaltete wie David Copperfield. Doch da sie sich nicht für Einzelheiten interessierte, war sie bisher auch noch nie stutzig geworden.

»Wirklich, Mädchen«, sagte Frank Lombsky. »Ich habe das Gefühl, ihr habt den Ernst der Lage noch nicht erkannt.«

Mira schluckte. Den Ernst der Lage? Das klang ja richtig bedrohlich.

»Niemand, nicht mal eure Mutter oder eure Freunde, dürfen etwas davon wissen«, mahnte ihr Vater sie weiter. »Natürlich könnt ihr euren Spaß haben, solange ihr niemandem schadet, aber eure besonderen Fähigkeiten gehören einfach nicht ans Licht der Öffentlichkeit.«

Ein paar Sekunden lang schaute er seine Töchter eindringlich an, dann entspannten sich seine Gesichtszüge wieder.

»So, und nun Beeilung. Sonst kommt ihr noch zu spät zur Schule.«

»Glaubst du, wir sollten ihm sagen, dass Charlie auch besondere Fähigkeiten hat?«, fragte Mira ihre Schwester, als sie auf dem Weg zur Bushaltestelle waren.

Lucy schüttelte den Kopf. »Bist du verrückt?«

»Wieso denn?«, erwiderte Mira. »Tatsache ist doch, dass nur er uns helfen kann, wenn wir mal in Schwierigkeiten stecken. Und je mehr er weiß …«

»Warum sollten wir denn in Schwierigkeiten stecken?«, unterbrach Lucy sie. »Wir wissen doch, was wir dürfen und was nicht. Und solange wir Charlie auf dem Laufenden halten, kann überhaupt nichts passieren.«

Mira schwieg. Sie dachte an ihre Freundin Fee, die ebenfalls Hexenkräfte besaß. Davon hatte allerdings nicht mal Lucy eine Ahnung. Felicitas wollte nicht, dass es an die große Glocke gehängt wurde, und hatte Mira das Versprechen abgerungen, bloß nicht darüber zu reden. Und zwar mit niemandem.

»Da kommt Charlie!«, rief Lucy plötzlich und fing wie wild an zu winken.

Charlotte stand auf der gegenüberliegenden Straßenseite und winkte zurück. Sie, Mira, Lucy und Johanna gingen in dieselbe Klasse. Felicitas besuchte die Realschule im benachbarten Stadtteil. Sie kannten einander nur, weil sie in der Nachbarschaft wohnte und mit Mira schon im Sandkasten gespielt hatte.

»Beeil dich!«, rief Lucy. »Dahinten kommt der Bus.«

»Das ist ja nichts Besonderes«, murmelte Mira.

In letzter Zeit kam Charlie fast immer auf den letzten Drücker, und auch diesmal erreichte sie gleichzeitig mit dem Bus die Haltestelle.

»Bloß, weil die Ampel so lange rot war«, erklärte sie schnaufend und folgte den Zwillingsschwestern auf die hinterste Bank.

Ihre dunklen Augen leuchteten vergnügt. Und auf ihren dunkelbraunen Wangen glänzte ein saftiges Rot.

»Mannomann«, sagte Lucy. »So schnell bist du doch gar nicht gelaufen.«

»Hast du eine Ahnung«, erwiderte Charlotte. »Von der Haustür bis zur Ampel in knapp vier Minuten. Das habe ich noch nie geschafft.«

Lucy stutzte. »Jetzt sag bloß nicht, du hast die Lauferei irgendwie manipuliert?«

Charlie grinste vielsagend. »Das kannst du wohl annehmen.«

»Etwa mit Gedankenkraft?«, fragte Mira ungläubig.

Auf diese Weise konnte Charlotte nämlich Dinge beeinflussen. Oder das, was die Leute taten. Wenn zum Beispiel ihr kleiner Bruder sie nervte, dann befahl sie ihm in Gedanken, in sein Zimmer zu gehen und dort friedlich mit seinen Bausteinen zu spielen. Das klappte vorzüglich.

Charlotte nickte. »Genau so habe ich es gemacht«, erzählte sie aufgeregt. »Ich habe mir einfach vorgestellt, dass ich immer schneller und schneller laufe. Meine Beine bestanden sozusagen nur noch aus Gedanken. Es war ein merkwürdiges Gefühl. Beinahe wäre ich bei Rot über die Straße gerannt, weil mein Kopf irgendwie nicht mehr richtig funktionierte.«

Mira starrte ihre Freundin entsetzt an. Wenn das kein handfester Hinweis darauf war, wie gefährlich ihre magischen Fähigkeiten ihnen werden konnten!

»Siehste«, presste sie hervor und fixierte ihre Schwester dabei. »Das hat Papa gemeint.«

Lucy tippte sich an die Stirn. »Quatsch! Er hat doch überhaupt keinen Schimmer davon, dass Charlie genauso magisch ist wie wir.«

Das durfte doch wohl nicht wahr sein! War Lucy wirklich so schwer von Begriff, oder tat sie nur so? Mira ballte die Fäuste. »Jetzt sei doch nicht so uneinsichtig«, fuhr sie ihre Schwester an. »Du weißt genau, was ich meine.«

»Ja, Frau Lehrerin«, erwiderte Lucy schnippisch. »Aber das heißt ja wohl noch lange nicht, dass ich der gleichen Meinung sein muss wie du.«

Mira starrte ihre Schwester an. Zwischen ihr und Lucy gab es immer mal wieder Zoff. Das war oft schmerzhaft, aber irgendwie auch okay. Aber das, was im Moment zwischen ihnen ablief, war ein offener Kampf. Es ging darum, wer recht hatte. Und zwar eisenhart. Lucy wollte ihren Dickschädel durchsetzen und sich nicht von Mira reinreden lassen. Und Mira wollte unbedingt verhindern, dass Lucy oder Charlie irgendwann aus lauter Übermut einen Fehler machten, der vielleicht in einer Katastrophe endete.

Zicke, zacke, Hexenzoff

An diesem Morgen war Frau Heinrich ungewöhnlich gut gelaunt.

»Unsere Klassenfahrt wird eine geografische Reise werden«, verkündete sie.

Jojo verdrehte die Augen. »Natürlich. Was sonst?«, murmelte sie.

»Bitte, Johanna«, sagte Frau Heinrich. Langsam kam sie auf Jojo, Charlotte, Lucy und Mira, die nebeneinandersaßen, zu. »Irre ich mich, oder hast du gerade etwas gesagt?«

»Sie irren sich«, sagte Jojo und richtete sich kerzengerade auf. »Äh, das heißt, ich habe bloß wiederholt, was Sie gesagt haben. Eine geografische Reise. Das finde ich sehr interessant.«

Charlotte und Lucy konnten nicht anders. Sie fingen an zu kichern.

»Natürlich werden wir auch ein bisschen Spaß haben«, sagte Frau Heinrich gespielt streng. »Aber in erster Linie gilt es, Aufgaben zu erfüllen.«

»Was denn für Aufgaben?«, fragte Johanna.

Erschrocken schlug sie sich die Hand vor den Mund. Eigentlich wollte sie sich erst mal zurückhalten, bis Frau Heinrich ihre Aufmerksamkeit anderen Dingen zugewendet hatte. Aber jetzt saß sie in der Falle.

»Zum Beispiel einen Artikel für die Schülerzeitung verfassen«, entgegnete ihre Lehrerin. »Ich habe bereits mit dem Chefredakteur gesprochen. Roman Böttger ist ganz begeistert von der Idee.« Sie lächelte Jojo an. »Und da du ebenfalls Mitglied der Redaktion bist, wird diese Aufgabe auf dich fallen.«

»Grrrr!«, machte Johanna leise, verzog ihren Mund aber gleich anschließend zu einem breiten Grinsen und nickte.

»So«, sagte Frau Heinrich und klatschte in die Hände. »Jetzt lasst uns aber endlich über das Programm unserer Klassenfahrt sprechen.«

Tims Finger schnellte nach oben, und die Klassenlehrerin nickte ihm aufmunternd zu.

»Werden wir eine Wattwanderung machen?«, fragte er.

Frau Heinrich nickte. »Aber natürlich. Außerdem werden wir ein paar Museen abklappern. Zum Beispiel das Schifffahrtsmuseum in Husum.«

»Schiffe?«, stöhnte Melanie entsetzt, und Saskia, die immer aufmerksam war und unbedingt Frau Heinrichs Lieblingsschülerin sein wollte, presste ein »Wie interessant!« hervor.

»Schiffe sind doch cool«, meinte Kemal. »Ich wollte schon immer mal einen echten Krabbenkutter sehen.«

»Brrr!« Nurdil schüttelte sich, dass ihr die kinnlangen schwarzen Haar um den Kopf flogen. »Ich hasse diese komischen Fischdinger. Die stinken immer so. Machen wir denn auch was, das wirklich Spaß bringt?«, wollte sie wissen.

»Aber sicher«, sagte Frau Heinrich. »Gleich neben dem Schullandheim gibt es zum Beispiel einen Ponyhof.«

»Toll«, freute Mira sich. »Vielleicht lerne ich dann endlich mal reiten.«

Lucy stöhnte. Der Tierfimmel ihrer Schwester ging ihr ganz schön auf die Nerven. Wie gut, dass Felicitas nicht in ihrer Klasse war. Wenn die mitfahren würde, wäre mit Mira garantiert nicht mehr viel anzufangen.

Frau Heinrich ging zum Lehrertisch, holte eine blaue Mappe aus ihrer Tasche und gab sie Bastian, der in der ersten Reihe saß.

»Hier sind Fotos vom Schullandheim und seiner direkten Umgebung«, sagte die Lehrerin. »Lasst die Mappe einfach herumgehen, während wir an der Tafel eine Liste der Dinge machen, die ihr auf jeden Fall dabeihaben beziehungsweise unbedingt zu Hause lassen solltet.«

Bastian und sein Banknachbar Kemal steckten ihre Köpfe zusammen und blätterten in dem Schnellhefter.

»Cool«, sagte Kemal. »Da ist ja gleich das Meer.«

»Ja«, sagte Frau Heinrich. »Das Gelände liegt direkt hinter dem Deich. Was dürft ihr also auf keinen Fall vergessen?«

Saskia meldete sich wie verrückt.

»Wenn die so weitermacht, reißt ihr noch mal der Arm aus der Schulter und klatscht gegen die Decke«, brummte Charlotte.

Natürlich nahm Frau Heinrich Saskia dran.

»Schwimmzeug!«, trompetete die Streberin gleich los. »Ich hab einen neuen Bikini. Und ein ganz tolles Badelaken hat Mama mir auch gekauft.«

»Kuh!«, knurrte Lucy leise, und Charlotte flüsterte: »So eine Angeberin. Die ist imstande und killt uns den ganzen Spaß.«

Mira seufzte. Natürlich würde Saskia das tun. Sie würde sich ständig wichtig machen und garantiert jeden Streich sofort an die Lehrer verpetzen.

»Wer fährt denn überhaupt noch mit?«, fragte Mira. »Ich meine, von den Lehrern.«

»Es steht noch nicht genau fest«, sagte Frau Heinrich. »Aber wahrscheinlich Herr Löwens.«

»Och nö«, entflutschte es Jojo. »Dann machen wir ja wirklich nur ödes Zeug.«

Herr Löwens war nämlich ihr Erdkundelehrer und passte leider ziemlich gut in das geografische Programm.

»Wie bitte?«

Die Klassenlehrerin hob die Augenbrauen. Und Charlie stupste Johanna mit dem Ellenbogen in die Rippen. Aber entflutscht war nun mal entflutscht und somit nicht mehr zu ändern. Jojo senkte den Kopf und murmelte: »Es war ja nicht so gemeint. Aber …«

Frau Heinrich schüttelte den Kopf.

»Nichts aber«, sagte sie. »Eine Klassenfahrt ist kein Freizeitvergnügen. Jedenfalls nicht nur. Immerhin ersetzt sie einen Teil des Unterrichts. Und im Allgemeinen betrifft das nun einmal die Bereiche Geografie, Biologie und Geschichte.«

»Mannomann«, sagte Lucy, als die vier Mädchen in der großen Pause über den Schulhof spazierten. »Jojo hat ja ihr Fett heute für einen ganzen Monat weggekriegt.«

»Ach.« Charlotte winkte ab. »Das vergisst die Heinrich auch wieder.«

Johanna seufzte. »Aber den Artikel muss ich auf jeden Fall schreiben.«

»Und wenn schon«, erwiderte Mira. »Immerhin willst du mal eine ernsthafte Journalistin werden. Meinst du denn, du kannst dir später immer aussuchen, worüber du schreibst?«

Eigentlich hatte Johanna sich das so gedacht. Natürlich würde sie eine gute Journalistin werden. Eine, die sich was traute, der die Wahrheit am Herzen lag und die kein Blatt vor den Mund nahm. Dafür würde sie berühmt sein. Dann würden sich alle Zeitungen um sie reißen, und sie konnte sich ihre Themen selbst aussuchen.

Johanna fuhr sich durch die kurzen roten Haare. Aber bis es so weit war, musste sie noch ein paar Schuljahre hinter sich bringen. Und wahrscheinlich war es wirklich kein Fehler, wenn sie sich ab und zu mal mit trockeneren Themen beschäftigte.

Leider war der Artikel, den ihr Frau Heinrich aufgebrummt hatte, im Moment nicht Jojos größtes Problem. Nein, das- oder besser derjenige, der ihr zurzeit am meisten zu schaffen machte, war ihr Klassenkamerad Tim.

Im Unterricht musste sie dauernd zu ihm hingucken. Wenn sie über den Schulhof liefen, war sie nur zufrieden, wenn er irgendwo in der Nähe war und sie ihn aus den Augenwinkeln beobachten konnte, und wenn sie nicht in der Schule war, dann musste sie ständig an ihn denken. Sie sah seine blitzenden braunen Augen vor sich oder wie er sich durch das wuschelige Blondhaar strich und grinste.

Natürlich war das ihren Freundinnen nicht entgangen. Sie ließen kaum eine Gelegenheit aus, Johanna deswegen aufzuziehen. Auch jetzt bemerkten sie ihre suchenden Blicke.

»Wo ist denn dein Süßer?«, feixte Charlotte. »Hast du ihn etwa schon wieder aus den Augen verloren?«

Jojo knuffte ihre dunkelhäutige Freundin kräftig in die Seite.

»Jetzt hör endlich auf«, schnappte sie. »Du machst mich noch ganz verrückt.«

»Ich?« Charlie lachte. »Tim. Der macht dich verrückt.«

»Das stimmt nicht«, korrigierte Lucy. »Sie macht sich verrückt wegen ihm.«

»Dabei interessiert er sich leider überhaupt nicht für sie«, sagte Charlotte und seufzte total übertrieben.

»Blödi«, fauchte Johanna. Sie guckte ihre drei Freundinnen nacheinander wütend an. »Blödis alle zusammen.«

»Ach, komm schon«, sagte Lucy. »Wenn wir erst mal im Schullandheim sind und ihr Tag und Nacht miteinander verbringt …«

»Und Nacht!« Mira tippte sich an die Stirn.

»Du weißt schon, was ich meine«, sagte Lucy. »Jojo muss ihm einfach so oft vor die Füße laufen, dass er sie gar nicht mehr übersehen kann.«

»Ach, das ist doch Schwachsinn«, entgegnete Charlotte. »Tim interessiert sich nicht die Bohne für Mädchen.«

»Vielleicht könnte Mira ihm einen Liebestrank mixen«, schlug Lucy vor.

»Quatsch!«, erwiderte Johanna. »Erstens macht sie das sowieso nicht …«

»Wieso das denn nicht?«, fiel Lucy ihr ins Wort, während Mira einmal tief durchatmete, um ihren aufsteigenden Zorn zu dämpfen.

»Wieso nicht?«, wiederholte Johanna. »Jetzt tu mal nicht so blöd. Du weißt doch selber, dass deine Schwester für so was viel zu anständig ist.«

»Jetzt hör aber auf, ja!« Wütend trat Lucy auf Jojo zu. »Mira ist schließlich nicht Fee. Sie weiß einfach bloß genau, was okay ist und …«

Mira hatte genug gehört. Sie warf den Kopf in den Nacken und stürmte auf das Schulgebäude zu. Wenn es sein musste, würde sie sich für den Rest der Pause auf dem Klo einschließen. Sie war es leid, ständig über den Sinn und Unsinn ihrer Hexenkünste zu diskutieren. Noch mehr aber nervte es sie, dass Lucy keine Gelegenheit ausließ, Felicitas schlechtzumachen. Auch wenn es bloß so indirekt war wie eben.

Den Rest des Schulvormittags strafte Mira ihre Schwester mit Nichtachtung. Sie vermied es, Lucy anzugucken, und redete demonstrativ nur mit Jojo und Charlotte. Natürlich wurde Lucy immer wütender, und natürlich rächte sie sich dafür. Und zwar, indem sie sich auf dem Heimweg ununterbrochen unsichtbar und wieder sichtbar ploppte.

Das erste Mal verschwand sie, während sie zwischen Mira und Charlie auf die Straßenbahnhaltestelle zulief, und tauchte kurz darauf auf dem Dach eines parkenden Lieferwagens wieder auf. »Nicht hingucken!«, zischte Mira Charlotte zu.

»Was soll das?«, zischte Charlie zurück. »Willst du etwa einen Krieg vom Zaun brechen?«

»Quatsch!«, sagte Mira. »Aber sie muss doch endlich mal kapieren, dass ich mir nicht alles gefallen lasse.«

Charlie schüttelte den Kopf. »Das tut sie nicht. Jedenfalls nicht so«, tönte sie und stöhnte laut auf, als sie merkte, dass Mira nicht auf sie hören wollte. »Mann, du kennst sie doch. Wenn wir sie nicht beachten, wird es doch immer nur noch schlimmer.«

»Bingo«, sagte Lucy, genau in dem Augenblick, als die Mädchen den Bahnsteig betraten. Für einen Moment lief sie neben ihnen her, dann löste sie sich wieder in Luft auf.

Die Straßenbahn rollte heran. Mira und Charlie stiegen in den Anhänger und setzten sich auf einen Zweierplatz.

Zum Glück waren nicht viele Leute im Wagen. Ganz vorne saß eine Frau mit mehreren Einkaufstüten. Im Mittelbereich unterhielten sich zwei Männer über Computerprogramme, und etwas weiter hinten spielten ein paar jüngere Schüler Rennwagenquartett.

»Jetzt sei endlich vernünftig«, appellierte Charlotte an Miras Verstand. »Wenn etwas schiefgeht, machst du dir hinterher doch wieder die größten Vorwürfe.«

Mira seufzte. Damit hatte Charlie natürlich recht. Aber andererseits ging es ja wohl auch nicht an, dass Lucy ihren Willen auf diese Weise durchsetzte.

»Und du?«, knurrte Lucy, nachdem sie mit einem Plopp! in der Sitzreihe vor ihnen aufgetaucht war. »Was ist mit dir, he?« Natürlich hatte sie die Gedanken ihrer Schwester genau verfolgt. In unsichtbarem Zustand konnte sie nämlich in den Gehirnwindungen anderer Menschen lesen wie in einem Buch.

Eigentlich wollte Mira gar nicht reagieren, aber sie war so überrascht über Lucys plötzliches Erscheinen, dass ihr unversehens ein »Wieso ich?« entflutschte. Dann erst wurde sie richtig wütend. »Was fällt dir eigentlich ein, in meinen Gedanken rumzuspionieren!«, giftete sie ihre Schwester an.

Doch die zuckte nur mit den Schultern. »Wenn du sie hier in der Straßenbahn so frei herumfliegen lässt, dass sie mühelos jeder aufschnappen kann ...«

»Jetzt spiel dich nicht auf«, brummte Charlotte. »Außer dir kann das schließlich niemand.« Sie schaute von einer zur anderen. »Und jetzt tut mir den Gefallen und vertragt euch wieder.«

Doch Mira kreuzte die Arme über der Brust und starrte aus dem Fenster.

»Siehste«, sagte Lucy. »Sie will ja nicht. Sie macht das Theater, nicht ich.«

»Ach, ihr seid blöd.« Charlotte zog die Mundwinkel ein und blickte finster vor sich hin. »Wenn ihr so weitermacht, wird das ja eine schöne Klassenfahrt.«

»Wenn sie einfach in meine Gedanken guckt ...«, verteidigte sich Mira.

»Offensichtlich hat sie da ja was Interessantes aufgeschnappt«, entgegnete Charlotte. »Wenn ich das richtig verstehe, hast du deine Hexenfähigkeiten also auch schon mal missbraucht.«

»Quatsch«, sagte Mira. »Das war Notwehr. Weil sie mich nicht zu Fee lassen wollte. Dabei brauchte die dringend meine Hilfe.«

»Ach ja?«, giftete Lucy. Ihr fiel nämlich ein, dass Mira ihr damals gar nicht erzählt hatte, was überhaupt mit Felicitas los gewesen war. »Habt ihr etwa einem Wal das Leben gerettet?«

»Nein, einem Kaninchen«, sagte Mira.

Das entsprach genau genommen zwar auch nicht so ganz der Wahrheit, aber wenn man ein bis zwei Augen zudrückte, kam es ihr schon ziemlich nahe.

»Aha«, brummte Lucy. »Dann hast du dem armen Tier wohl einen Gesundheitstrunk gebraut, was?«

»So ähnlich«, erwiderte Mira. Mehr wollte sie nun wirklich nicht preisgeben. In Wahrheit war es nämlich Fee gewesen, die das verletzte Kaninchen geheilt hatte. Aber das war das Geheimnis, das Mira mit ihrer besten Freundin teilte. Und solange Fee kein grünes Licht gab, würde sie es weder Lucy noch Charlie oder Jojo auf die Nase binden.

»Ph«, schnappte Lucy. »Dann erzählst du's uns eben nicht. Mich interessiert es sowieso schon lange nicht mehr, was du mit Felicitas immer angeblich so Dolles zu besprechen hast.«

Natürlich stimmte das nicht. Im Gegenteil. Aber seitdem sie hexen konnte, hatte Lucy ja ihre Möglichkeiten, sich an Mira zu rächen. Und das tat sie dann auch. In Sekundenschnelle verringerte sie ihre Dichte und verschwand.

Charlotte verdrehte die Augen. »Nicht schon wieder!«, stöhnte sie. »Ich steig gleich aus und geh den Rest zu Fuß.«

»Ich auch«, sagte Mira, sprang auf und lief zur Mitteltür.

Da wurde Lucy mit einem leisen Plopp! ein paar Reihen weiter vorn auf der Rückenlehne einer leeren Zweierbank wieder sichtbar. Sie hielt eine Stange umschlungen und grinste. Ihre Schwester streckte ihr wütend die Zunge raus. Sofort löste Lucy sich wieder in Luft auf.

»Oh Gott!«, wisperte Charlotte, die ebenfalls aufgesprungen war, entsetzt.

»Was ist denn?« Mira blickte sich fragend um.

»Da vorne, die Frau. Ich glaub, die hat alles gesehen.«

Unauffällig linste Mira zwischen ihren schwarzen Kringellocken hindurch und erstarrte.

»Die hab ich schon mal gesehen«, flüsterte sie. »Am Fluss. Da hat sie auch schon so zu uns rübergeguckt.«

»Nee, ne?« Das war alles, was Charlotte hervorbrachte.

Mira allerdings vergaß augenblicklich ihren Streit mit der Zwillingsschwester und dachte konzentriert zu ihr hin:

Bitte unsichtbar bleiben. Wir werden beobachtet. Bitte unsichtbar bleiben. Wir werden beobachtet. Bitte unsichtbar bleiben. Wir werden beobachtet …

Sie wurde stocksteif vor Anstrengung. Ihr Herz klopfte wie verrückt, und sie konnte gar nichts anderes mehr denken. Wenn Lucy das jetzt nicht tickte, dann war ihr wirklich nicht mehr zu helfen.

Die Frau nickte den Mädchen zu. Sie hatte glasklare, hellblaue Augen und halblange graue Haare. So wahnsinnig alt schien sie jedoch noch nicht zu sein. Vielleicht Ende vierzig, schätzte Mira.

Sie und Charlie reagierten nicht auf ihr Nicken, sondern guckten nur angestrengt aus dem Fenster.

»Noch zwei Haltestellen«, raunte Mira der Freundin zu. »Hoffentlich bleibt sie sitzen.«

In dem Moment, als die Bahn hielt, versenkte Charlotte ihren Daumen im Signalknopf, und Mira betete, dass die Tür ausnahmsweise mal besonders schnell aufging. Das tat sie natürlich nicht. Aber als die beiden endlich draußen auf dem Bahnsteig standen, stellten sie fest, dass außer ihnen nur noch zwei Männer ausgestiegen waren.

»Puh!«, machte Charlie. »Was für ein Glück.«

»Erinnerst du dich denn gar nicht mehr an sie?«, fragte Mira aufgeregt. »Als die Frau am Fluss war, da hast du sie auch gesehen. Und Fee und Jojo.«

»Und ich auch«, sagte Lucy neben ihnen.

Mira zuckte zusammen. »Mannomann, hast du mich jetzt erschreckt.« Sie holte einmal tief Luft und verkündete dann: »Mir ist sie aber später noch mal aufgefallen.«

»Was?«, rief Charlotte. »Wann? Und wo?«

»Wieder am Fluss«, sagte Mira. »Als wir mit Tim dort saßen und uns über die Diebstähle in der Schule unterhielten. Und da hat sie auch gesehen, wie Lucy einfach so aus dem Nichts aufgetaucht ist.«

»Ob sie uns deshalb eben zugenickt hat?«, überlegte Charlotte. »Vielleicht wollte sie uns damit zeigen, dass sie es gemerkt hat und ...«

»Und was?«, schnaubte Lucy. »Es lustig findet, oder wie?«

»Na ja«, meinte Charlotte, »vielleicht hat sie ja auch einfach einen an der Waffel und findet es ganz normal, dass Mädchen ab und zu aus dem Nichts auftauchen.«

»Hoffentlich«, seufzte Mira. »Hoffentlich ist sie eine aus der Nervenklinik. Ich meine, eine von denen, die ab und zu frei rumlaufen dürfen, weil sie nicht ganz so gefährlich sind.«

Nachdem Lucy und Mira sich von Charlotte verabschiedet hatten, liefen sie eine Weile schweigend nebeneinanderher.

»Es sind doch nicht alle Klapsis gefährlich«, brummte Lucy schließlich.

»Hab ich doch gesagt«, brummte Mira zurück.

»Es gibt auch welche, die einfach bloß Angst haben und durchdrehen, weil sie sich verfolgt fühlen«, klärte Lucy ihre Schwester auf.

»So wie ich?«

»Quatsch«, sagte Lucy nun etwas sanfter. »So hab ich das doch nicht gemeint. Diese Frau ist mir ja auch unheimlich.«

Wie beruhigend, dachte Mira.

»Vielleicht sollten wir Papa von ihr erzählen«, schlug sie vor.

Lucy tippte sich mit beiden Zeigefingern gleichzeitig an die Stirn.

»Bist du verrückt! Der ist imstande und lässt uns nicht mehr aus dem Haus.«

»Jetzt hör aber auf«, erwiderte Mira. »Papa kann uns schließlich nicht für den Rest unseres Lebens einsperren.«

»Klar, nicht für den Rest«, sagte Lucy. »Aber lange genug, um sicher zu sein, dass die Frau uns vergessen hat.« Sie seufzte. »Zum Glück weiß sie nicht, wo wir wohnen.«

»Bist du dir da so sicher?«, fragte Mira.

Sie blieb stehen und hievte sich ihren Rucksack auf den Rücken. Eigentlich war das ultrababylike und supermegaout, aber sie hatten immer so viel Schulkrempel zu schleppen. Und Mira hatte inzwischen das Gefühl, dass ihre Arme bereits bis zum Boden hinunterhingen.

»Nein, bin ich nicht«, sagte Lucy nachdenklich. »Ich bin mir gar nicht sicher. Wegen überhaupt nichts mehr. Wenn ich es mir genau überlege, hat mich dieser Tag heute richtig fertiggemacht.«

»Wir sollten eben nicht so viel streiten.«

»Ich hab doch nicht angefangen«, entgegnete Lucy empört.

Sie ließ sich nicht gerne was vorwerfen. Schon gar nicht von ihrer vernünftigen Zwillingsschwester.

Mira sah das natürlich anders. Zwar wusste sie mittlerweile selbst nicht mehr, wieso sich die Sache zwischen ihnen so zugespitzt hatte, aber in einem Punkt war sie sich absolut sicher: Sie hätte niemals grundlos einen Streit mit Lucy vom Zaun gebrochen. Trotzdem war sie bereit, jetzt nachzugeben. Sonst würde sich das erhitzte Gemüt ihrer Schwester heute womöglich überhaupt nicht mehr abkühlen.

»Also gut«, sagte Mira beschwichtigend. »Ich bin ja einverstanden, dass wir Papa nichts von der Frau erzählen.«

Lucy atmete erleichtert auf.

»Erst mal jedenfalls«, fügte Mira einschränkend hinzu. »Und nur, weil wir auf Klassenfahrt gehen. Wenn die Frau danach nicht wiederauftaucht, ist das Thema gegessen. Okay?«

Sie hielt Lucy ihre Hand hin.

»Okay«, sagte die zögernd und schlug schließlich ein.

Klamottenfrage mit Komplikationen

Die nächsten Tage vergingen völlig ohne Hexerei. Natürlich hatte Mira Fee von der Sache mit der Frau in der Straßenbahn erzählt, und natürlich war Felicitas total erschrocken gewesen.

»Oh Gott!«, hatte sie gesagt und sich die vordere Strähne ihrer langen blonden Haare in den Mund geschoben und darauf herumgekaut. »Das war doch nicht etwa die vom Fluss?«

»Doch, genau die«, hatte Mira gesagt.

Und daraufhin war Fee noch entsetzter gewesen. »Wie schrecklich!«, hatte sie gejammert. »Und ausgerechnet jetzt fahrt ihr alle weg. Und ich bleib ganz alleine hier.«

»Aber das ist doch nicht so schlimm«, hatte Mira erwidert und tröstend einen Arm um Fee geschlungen. »Ich meine, es ist natürlich schade, dass du nicht mitkommst. Aber wegen dieser Frau brauchst du dir doch keine Gedanken zu machen. Wenn überhaupt, dann hat sie Lucy im Visier.«

Das fand Felicitas zwar ziemlich einleuchtend, aber beruhigt hatte es sie trotzdem nicht.

»Ich schwöre dir«, hatte sie mit erhobener Hand gesagt, »ich setze die ganze Zeit keinen Zeh vor die Tür. Bis ihr wieder da seid.«

»Das ist doch kompletter Blödsinn«, hatte Mira entgegnet. »Du musst schließlich in die Schule.«

Felicitas hatte genickt und geseufzt und der Freundin hoffnungsvoll in die Augen geblickt. »Vielleicht werde ich ja krank.«

»Das ist mal wieder typisch Fee«, brummte Lucy.

Sie stand vor einem überwältigenden Klamottenberg, den sie mitten im Zimmer auf dem Fußboden aufgetürmt hatte.

»Wenn man Spaß haben will, verdirbt sie einem alles mit ihrer Vernunft. Aber wenn sie Schiss hat, dreht sie immer gleich total durch.«

»Jetzt übertreib mal nicht«, erwiderte Mira.

Ein leiser Zorn breitete sich in ihrer Brust aus, aber sie wollte nicht schon wieder mit der Schwester streiten. Außerdem hatte Lucy ja recht. Zumindest ein bisschen. Und deshalb verkniff sie sich jeden weiteren Kommentar.

»Anstatt sie immer in Schutz zu nehmen, solltest du mir lieber mal verraten, wie ich das ganze Zeug hier in diese winzige Reisetasche kriege«, sagte Lucy.

Mira fragte sich, was das eine mit dem anderen zu tun hatte, und starrte schulterzuckend auf Lucys Berg.

»Weiß ich auch nicht«, murmelte sie. »Ich hab noch Platz.«

»Oh, das ist ja wunderbar!«, freute sich ihre Schwester, riss die Schublade, in der sich ihre Unterwäsche befand, aus der Kommode und kippte den gesamten Inhalt in Miras Tasche.

»Spinnst du!«, schrie die gleich los. »Was soll das denn? Ich muss doch noch Bücher mitnehmen und Schreibzeug und …«

»Quatsch«, sagte Lucy. »Wir brauchen keine Bücher. Wir fahren in Urlaub.«

Unglaublich! Mira stemmte die Fäuste in die Hüften und starrte Lucy fassungslos an. Die schien doch glatt vergessen zu haben, was Frau Heinrich ihnen in Bezug auf die Klassenfahrt eingetrichtert hatte.

»Das ist kein Urlaub, sondern eine geografische Reise«, stellte sie klar. »Und ich wette, Herr Löwens macht sie zum Thema der nächsten Erdkundearbeit.«

»Und? Wo ist das Problem?«, brummte Lucy. »Jojo muss doch sowieso diesen Artikel schreiben. Dann kann sie uns einfach alles kopieren.«

»Findest du das nicht ein bisschen ungerecht?«, empörte Mira sich.

»Ja«, sagte Lucy. »Das finde ich. Aber dass du deine ganzen Klamotten in eine Tasche kriegst und ich nicht, finde ich auch ungerecht.«

»Das sind nicht meine ganzen Klamotten«, fauchte Mira. »Sondern bloß die, die ich brauche.«

»Dann kannst du neuerdings also auch noch hellsehen«, erwiderte Lucy.

Mira verstand die Welt nicht mehr. Und ihre Schwester schon gar nicht. »Wieso das denn?«, schnaubte sie.

»Na ja«, sagte Lucy. »Ich weiß nicht, welche Klamotten ich die nächsten sechs Tage brauche und welche nicht.«

»Na ja«, meinte Mira trocken. »Du hast ja noch zwei Tage Zeit, dir darüber Gedanken zu machen.«

Entschlossen fasste sie mit beiden Händen in ihre Reisetasche und schaufelte Lucy ihre gesamte Unterwäsche vor die Füße.

Doch als endlich der Sonntagabend nahte, war Lucy mit ihrem Gepäck immer noch kein Stück weiter. Mittlerweile hatte sie sämtliche Variationen (Jeans unten, T-Shirts und Pullis darüber und Unterwäsche oben oder T-Shirts unten, Jeans oben und Unterwäsche irgendwie dazwischen oder oder oder ...) mehrmals durch und sah nur noch eine einzige Lösung.

»Du musst mir die Tasche größer hexen«, verlangte sie von ihrer Schwester.

Mira lachte. »Dann wäre die so groß wie der halbe Kleiderschrank, und wir bräuchten einen Kran, um sie zum Bus zu bringen. Ich glaube nicht, dass Papa das bezahlt.«

Lucy streckte ihr die Zunge heraus. Die Streitereien der Schwestern waren in den letzten beiden Tagen nicht abgerissen, allerdings hatten sie inzwischen eine Ebene erreicht, die mehr Gekabbel war als handfester Krach. Plötzlich öffnete sich die Tür, und Regine Lombsky steckte den Kopf ins Zimmer. »Lucy, Telefon.«

»Wer denn?«

»Charlotte. Sie sagt, es ist wichtig.«

Lucy verdrehte die Augen. Im Augenblick hatte sie gar nicht die Nerven, Charlies Probleme zu wälzen. Schließlich hatte sie selbst mit ihren Klamotten genug am Hals.

»Und?«, fragte ihre Mutter, nachdem Lucy in Richtung Wohnzimmer verschwunden war. »Seid ihr bald fertig?«

»Ich schon«, sagte Mira und stöhnte. »Aber ich fürchte,

Lucy muss hierbleiben. Sie will nämlich unbedingt das da alles mitnehmen.«

Regine Lombsky schaute nachdenklich auf den Kleiderberg, der sich in der Zimmermitte türmte. Und dann, mit einem Schlag, hellte sich ihre Miene auf.

»Hoffentlich hat Charlotte ein kompliziertes Problem«, sagte sie.

Und dann ging alles blitzschnell. Zwei Hosen, drei Pullis, fünf T-Shirts, eine Bluse, eine Jacke, Pyjama, Hausschlappen, Sandalen und Unterwäsche für sechs Tage. Den Rest stopfte sie in den Kleiderschrank zurück, schloss ab und steckte den Schlüssel in ihre Hosentasche.

»So, jetzt wird Lucy mich zwar umbringen«, sagte Regine Lombsky. »Aber das werde ich überleben.«

»Was war denn?«, wollte Mira natürlich sofort wissen, als Lucy zehn Minuten später zurückkam.

Doch die brach beim Anblick des aufgeräumten Zimmers sofort in Panik aus. »Wo sind meine Sachen?«, kreischte sie los.

»Im Schrank«, sagte Mira. »Mama war so nett und hat dir alles, was du brauchst, in die Tasche gepackt.«

»Nett?«, schrie Lucy. »Das nennst du nett?«

Sie sprang zum Kleiderschank und rüttelte daran herum.

»Mama hat abgeschlossen und den Schlüssel verschluckt. Aber bis wir zurück sind, ist er bestimmt wieder draußen.«

»Waaaas?«

Lucy drohte vor Wut zu explodieren. Wie ein Irrwisch raste sie auf die Zimmertür zu. Na warte! Jetzt konnte Mama aber was erleben! Doch in dem Augenblick, als ihre Hand auf der Klinke lag, besann sie sich eines Besseren. Wozu hatte sie denn ihre Hexenfähigkeiten? Im Ernstfall – und dies hier war einer, aber hundertpro! – war sie doch jedem normalen Menschen haushoch überlegen. Sie drehte sich um und veränderte blitzschnell ihre Dichte. Unsichtbar schlüpfte sie in den Kleiderschrank, raffte ein paar ihrer Klamotten zusammen und versuchte, sie durch die geschlossene Schranktür ins Zimmer zu zerren.

Doch sosehr Lucy sich mühte, fluchte und schrie, es klappte nicht. Die Klamotten wollten einfach nicht durch die Tür. Vor Anstrengung wurde ihr ganz schwummrig im Kopf. Plötzlich spürte sie einen stechenden Schmerz hinter der Stirn, und dann fühlte sie gar nichts mehr.

Natürlich hatte Mira mitbekommen, dass Lucy sich in Luft aufgelöst hatte. Und sie konnte sich auch denken, was die Schwester plante. Völlig entnervt ließ sie sich auf ihr Bett sinken und beobachtete den Kleiderschrank. Sie war ziemlich sicher, dass Lucy sich darin befand. Aber es passierte nichts. Minutenlang. Eine ganze Viertelstunde hockte Mira auf der Bettkante und behielt den Schrank im Auge. Dann kam ihr das Ganze nicht mehr geheuer vor. Sie erhob sich und ging langsam auf den Schrank zu.

»Lucy?«

Nichts.

»Lucy, bist du da drin?«

Mira legte ihr Ohr an die Tür. Aber sie hörte nicht das klitzekleinste Geräusch. Panik stieg in ihr hoch. Wenn Lucy nun etwas zugestoßen war? Zwar hatte Mira keine Vorstellung davon, was das sein konnte, aber sie hatte noch sehr gut in Erinnerung, wie schlecht es Lucy gegangen war, als sie es damals in der Schule mit dem Unsichtbarwerden übertrieben hatte. Am liebsten hätte Mira den Schlüssel wieder herbeigeschafft. Vielleicht lag die Schwester ja ohnmächtig im Schrank. Doch wie sollte sie das Mama erklären?

Mira zermarterte sich das Gehirn, aber sie war viel zu aufgeregt, um sich eine wirklich gute Ausrede einfallen zu lassen. Wenn die Mutter misstrauisch würde ... Nein, das durfte auf keinen Fall passieren! Es half also nichts, Mira musste mit ihrem Vater sprechen. Sie atmete einmal tief durch und spazierte möglichst ruhigen Schrittes ins Wohnzimmer. Doch da war bloß Regine Lombsky, die gerade die Blumen goss.

»Alles klar?«, fragte sie ihre Tochter. »Ich hoffe, Lucy hat keinen Herzinfarkt bekommen.«

»Nein, nein«, sagte Mira. »Ich habe ihr übrigens gesagt, du hättest den Schlüssel verschluckt.«

»Was?« Regine Lombsky fiel fast die Gießkanne aus der Hand. Dann lachte sie los. »Du lieber Himmel! Und ich dachte, nur Lucy hätte so verrückte Ideen.«

Mira zuckte mit den Schultern. Ihr war überhaupt nicht nach Lachen zumute. »Wo ist denn Papa?«, fragte sie.

»Ich glaube, im Garten. Er hat irgendwas von Blumen sprengen gesagt«, erwiderte ihre Mutter und bekam prompt einen weiteren Lachanfall. »Hoffentlich ist nachher noch was von ihnen übrig«, prustete sie.

Mira schüttelte verständnislos den Kopf. Erst auf dem Weg in den Garten wurde ihr klar, dass ihre Mutter den Begriff sprengen wohl allzu wörtlich genommen hatte.

Sie fand ihren Vater im hinteren Teil des Gartens, wo sich ein kleiner Geräteschuppen befand. Er war gerade dabei, die Schlauchrolle abzuwickeln.

»Papa!«

Frank Lombsky blickte auf. Als er Miras angsterfüllten Gesichtsausdruck sah, wusste er sofort, dass irgendwas passiert sein musste. Er ließ den Schlauch fallen und lief ihr entgegen.

»Was ist los?«

»Lucy«, stammelte Mira und fing an zu weinen. »Sie ist verschwunden.«

»Verschwunden?« Frank Lombsky packte seine Tochter am Arm und rannte mit ihr auf die Hinterseite des Hauses zu. Dort befand sich ein Treppenabgang, der zur äußeren Kellertür führte. »Was heißt das – verschwunden?«

Während sie die Waschküche und den Fahrradkeller durchquerten, erzählte Mira stockend, was mit Lucy, ihrem Gepäck und dem Kleiderschrankschlüssel passiert war.

»Ich wusste es«, murmelte ihr Vater und zog sie die Kellertreppe hinauf in den Flur. »Es wäre ein reines Wunder gewesen, wenn Lucy ihre Kräfte nicht zu ihren Gunsten eingesetzt hätte.«

»Darf man das denn nicht?«, fragte Mira erstaunt.

Natürlich war sie nicht wirklich verwundert. Sie tat nur so, weil sie hoffte, ihrem Vater auf diese Weise noch ein paar Einzelheiten über ihre Hexenfähigkeiten zu entlocken. Doch Frank Lombsky antwortete nicht. Er rannte in Lucys und Miras Zimmer, umklammerte den Knauf der Kleiderschranktür und rüttelte daran.

»Lucy? – Luuuucyyy!«

»Aber Papa«, sagte Mira. »Was glaubst du denn? Das habe ich auch schon versucht.«

Von einem echten Hexenmeister hatte sie wirklich mehr erwartet. Aber ihr Vater schien alles andere als bereit zu sein, seine Kräfte einzusetzen. Na ja, vielleicht durfte er das nicht, weil Lucy ihre Fähigkeiten schon für sich benutzt hatte. Womöglich wurde dann alles nur noch schlimmer.

»Okay«, sagte Frank Lombsky schließlich. »Wir dürfen jetzt nicht die Nerven verlieren.« Er atmete einige Male tief ein und aus und legte Mira eine Hand auf die Schulter. »Ich werde deine Mutter jetzt unter irgendeinem Vorwand nach dem Schlüssel fragen …« Er zögerte. »Nein, am besten ist es wohl, wenn du das machst.«

Mira seufzte. »Und was ist, wenn sie misstrauisch wird?«

Ihr Vater guckte ganz ernst. »Das gilt es mit allen Mitteln zu verhindern.« Energisch schob er Mira auf die Zimmertür zu. »Na los! Du machst das schon.«

Da war sie sich alles andere als sicher. Aber gut. Wenn Papa sich nicht in den Schrank zaubern konnte oder wollte, dann blieb ihr jetzt wohl nichts anderes übrig. Sie trat in den Flur, wo sie beinahe mit ihrer Mutter zusammenprallte.

»Mira!«, rief Regine Lombsky erschrocken. »Ich dachte, du bist draußen.«

»Hab Papa schon gefunden«, erwiderte Mira. »Jetzt … äh … jetzt brauche ich den Schlüssel für den Schrank noch mal. Da ist nämlich noch mein neuer Pferderoman drin.«

»Im Kleiderschrank?« Ihre Mutter hob verwundert eine Augenbraue.

»Ja, weil Lucy ihn unbedingt zuerst lesen wollte …«

»Einen Pferderoman?«

Regine Lombsky kam aus dem Staunen gar nicht mehr heraus. Wenn Lucy überhaupt mal etwas las, dann war das bestimmt kein Pferderoman. Bis jetzt jedenfalls. Andererseits wusste man nie, was mit den Kindern geschah, wenn sie in die Pubertät kamen. Da gehörte das plötzliche Interesse für Pferderomane wahrscheinlich noch zu den am wenigsten beunruhigenden Phänomenen.

»Also gut«, seufzte sie. »Aber wenn das Theater mit den Klamotten wieder von vorne losgeht, dann werde ich euren Vater ein Machtwort sprechen lassen.«

»Kein Problem«, sagte Mira und folgte ihrer Mutter ins Schlafzimmer.

Regine Lombsky öffnete ihre Nachttischschublade und nahm eine kleine Metallkassette heraus, die sich durch ein Nummernschloss verriegeln ließ. Sie öffnete sie so schnell, dass Mira die Zahlenkombination nicht erkennen konnte, nahm den Schlüssel heraus und reichte ihn ihrer Tochter.

Mira schloss ihn in ihrer Faust ein, rannte in ihr Zimmer zurück und verbarrikadierte sofort die Tür.

»Hast du ihn?«, fragte ihr Vater, doch Mira war bereits auf den Kleiderschrank zugestürzt und schloss nun mit zitternden Fingern auf.

Ein paar Pullis purzelten ihr direkt vor die Füße, aber von Lucy war nichts zu sehen.

»Papa«, hauchte Mira. »Sie ist weg.«

»Lass mich mal«, sagte Frank Lombsky. Er schob Mira ein wenig unsanft zur Seite und stieg in den Kleiderschrank.

»So, und jetzt schließ bitte zu. Sobald wir zurück sind, klopfe ich.«

Wie bitte? Was faselte er da? Von woher sollten sie denn zurückkommen? Und wo wollte er Lucy überhaupt suchen?

Tausend Fragen wirbelten Mira durch den Kopf. Aber ihr Vater schien im Moment nicht bereit zu sein, sie zu beantworten.

»Jetzt mach schon«, drängte er. »Wir dürfen keine Zeit mehr verlieren.«

Wie in Trance klappte Mira die Schranktür zu. Sie drehte den Schlüssel um, zog ihn ab und steckte ihn in ihre Hosentasche. Danach ging sie zu ihrem Schreibtisch hinüber, ließ sich auf den Stuhl sinken und starrte auf den Kleiderschrank, als wollte sie ihn hypnotisieren. Ihr Herz klopfte noch immer wie verrückt, und vor Angst zitterte sie am ganzen Körper.

Plötzlich vernahm sie ein zartes Klopfen, das allmählich immer energischer wurde. Mira sprang auf und rannte auf den Schrank zu.

Das ging ja schnell, dachte sie erleichtert. Aber dann stellte sie fest, dass das Klopfen gar nicht aus dem Schrank, sondern von der Zimmertür her kam.

»Mira? Lucy?«, hörte sie ihre Mutter rufen.

»Alles in Ordnung!«, rief Mira zurück.

»Und warum habt ihr euch eingeschlossen?«, fragte Regine Lombsky. »Etwa, um heimlich Pferdebücher zu lesen?«

»Oh«, sagte Mira. »Äh … Das war, äh …« Jetzt musste eine Antwort her, und zwar dalli. »… wohl ein Versehen.«

»Gut, dann könnt ihr ja wieder aufschließen«, erwiderte ihre Mutter.

»Ja, natürlich«, sagte Mira, blieb allerdings wie festgemeißelt vor dem Kleiderschrank stehen.

»Und wieso macht ihr es dann nicht?«, erkundigte sich Regine Lombsky ungefähr dreißig Sekunden später.

»Geht gerade nicht«, rief Mira. Sie versenkte die Daumen in ihren Fäusten und drückte sie fast platt. »Lucy, Papa, bitte, bitte, kommt wieder«, wisperte sie. Wenn nicht ziemlich bald etwas geschah, würde sie tot umfallen, garantiert.

»Ist Lucy überhaupt bei dir?«, fragte ihre Mutter.

Schon wieder so eine dämliche Frage. Am liebsten hätte Mira überhaupt nicht mehr geantwortet, aber sie kannte ihre Mutter. Wenn die erst einmal Lunte gerochen hatte, dann war sie nicht mehr zu halten. In diesem Fall wäre sie bestimmt imstande, die Tür eigenhändig aufzubrechen.

»Natürlich«, sagte Mira also und drückte weiter kräftig die Daumen.

»Dann kann Lucy doch auch mal was sagen«, erwiderte Regine Lombsky.

»Klar kann sie das«, sagte Mira.

Schweigen hinter der Tür.

»Und?«, meldete sich ihre Mutter schließlich wieder.

»Was, und?«

»Ich hör nix.«

»Sagt ja auch keiner was«, entgegnete Mira.

Wenn sie Glück hatte, war diese Antwort frech genug, dass ihre Mutter die vielleicht für Lucys hielt. Aber leider hatte sie kein Glück.

Regine Lombskys Geduld befand sich inzwischen in einem höchst angespannten Zustand.

»Ich möchte jetzt endlich wissen, wo Lucy ist!«, knurrte sie. »Und euer Vater.«

»Sie sind beide hier«, antwortete Mira. Sie war vor Angst und Sorge um ihre Schwester und ihren Vater schon so gut wie gelähmt. »Sie üben für einen Zaubertrick.«

Was streng genommen nicht mal gelogen war.

»Für einen Zaubertrick?«, vergewisserte sich ihre Mutter.

»Ja«, sagte Mira. »Und deswegen können sie gerade nichts sagen.«

»Aha.« Regine Lombsky hielt nicht besonders viel davon, dass ihr Mann die Zwillinge hin und wieder in seine Show einbezog. Während seiner letzten Vorstellung hatte er Lucy und Mira auf die Bühne gerufen und seinem Publikum präsentiert. Danach hatte sich Regine Lombsky sehr ernsthaft mit ihm darüber unterhalten, und letztendlich waren sie darin übereingekommen, dass die beiden Mädchen auf der Bühne nichts zu suchen hatten. Und nun so etwas!

Plötzlich fing es im Kleiderschrank an zu rumoren. Mira zuckte zusammen.

»Papa?«, flüsterte sie.

Keine Antwort. Das Rumoren ließ allerdings nach, und Mira legte vorsichtig ihr Ohr an die Schranktür.

»Lucy?«

Sie lauschte angestrengt. Aber da war nichts. Wo blieb bloß das Klopfen, das ihr Vater angekündigt hatte?

Mit zitternden Fingern griff Mira nach dem Schlüssel in ihrer Hosentasche. Was würde geschehen, wenn sie einfach aufschloss? Oder – noch viel entscheidender! – was geschah, wenn sie es nicht tat?

»Mira?«, rief ihre Mutter. »Miraaaa, verdammt noch mal!«

Mira ignorierte das Rufen. Sie hielt die Luft an und drehte den Schlüssel herum. Langsam und absolut lautlos. Die Tür gab mit einem leisen, unheimlichen Knarzen nach. Eine Blümchenunterhose fiel auf den Boden. Dann hörte Mira ein Stöhnen. Sie fasste sich ein Herz und riss die Tür ganz auf.

Ihr Vater hockte auf dem Klamottenhaufen und hielt sich den Kopf. Lucy lag in seinen Armen. Sie war ohnmächtig. Genau wie damals in der Schule. Und genau wie Mira ihrer Schwester dort geholfen hatte, könnte sie es auch jetzt tun. Wenn ihr Vater nicht wäre. Der wusste nämlich nichts davon, dass Mira ebenfalls hexen konnte. Außerdem konnte er wohl selber auf seine Weise dafür sorgen, dass Lucy wieder auf die Beine kam. Doch Frank Lombsky tat nichts dergleichen. Stöhnend rappelte er sich auf, torkelte auf Lucys Bett zu und legte seine bewusstlose Tochter unter die Decke.

Mira schaute ihn mit großen Augen an. »Und jetzt?«, fragte sie. »Was passiert jetzt?«

»Nichts«, erwiderte ihr Vater, senkte den Kopf und rieb sich über die müden Augen. »Im Augenblick kann ich überhaupt nichts mehr tun. Ich bin total erschöpft.«

»Aber ... aber Lucy ...«, stammelte Mira.

»Spätestens morgen wird sie wieder zu sich kommen.«

»Aber das geht nicht!«, zischte Mira leise. »Mama steht draußen vor der Tür. Bei ihr leuchten schon sämtliche Alarmlampen. Ich habe ihr gesagt, dass du gerade einen Zaubertrick mit Lucy ausprobierst.«

»Oh nein, Mira!« Frank Lombsky schüttelte den Kopf. »Das war keine gute Idee.«

»Was sollte ich denn tun?«, stieß seine Tochter hervor.

»Frank?«, rief Regine Lombsky auf dem Flur. »Seid ihr fertig?«

Ihr Mann blickte zur Tür hinüber.

»Noch nicht ganz«, erwiderte er.

»Aber wir hatten doch abgemacht …«

Frank Lombsky ließ seine Frau nicht ausreden. »Ich weiß«, sagte er. »Es ist auch nichts Offizielles. Nichts für die Bühne. Eher eine Familiengeschichte. Eine kleine Überraschung sozusagen. Und völlig harmlos.«

Mira riss die Augen auf. Wie konnte er nur? Dann zuckte ein winziges Lächeln um ihre Mundwinkel. »Du meinst Mamas Geburtstag, nicht?«

Ihr Vater nickte. Regine Lombsky wurde nämlich übernächste Woche zweiundvierzig Jahre alt. Grund genug, einen kleinen familieninternen Zaubertrick einzustudieren. Und ihre Mutter schien sich damit nun zum Glück auch endlich zufriedenzugeben und folgte nach einem kurzen Zögern dem Tipp ihres Mannes, sich doch wieder den Blumen im Haus zu widmen.

Mira strich ihrer Schwester zärtlich über die Wange. »Trotzdem kann Lucy nicht bis morgen so bleiben.«

Die Streitereien der letzten Stunden waren vergessen. Im Moment wollte Mira nur noch eins: Lucy sollte aufwachen und wieder herumspringen wie ein munteres Kätzchen.

Also blieb ihr nichts anderes übrig, als ihrem Vater ihr Geheimnis preiszugeben. Wer weiß, vielleicht war es sogar besser so.

Entschlossen ging Mira zu ihrem Nachttisch hinüber und

nahm die halb leer getrunkene Wasserflasche zwischen ihre Hände. Sie schloss die Augen und verband sich innerlich mit dem Mittel, das Lucy wieder auf die Füße helfen würde. Der Lichtblitz kam diesmal grell und mächtig. So mächtig, dass Mira in die Knie ging und für ein paar Sekunden das Bewusstsein verlor. Als sie wieder zu sich kam, hatte ihr Vater die Flasche längst genommen und an Lucys Lippen gesetzt.

Lucy schluckte, hustete und schlug die Augen auf. In ihrem Blick stand die pure Panik.

»Nein, nein, nein«, flehte sie. »Lasst mich, lasst mich in Ruheeee!« Sie fing an zu wimmern. »Bitte, bitte, bitte!«

Sanft legte Frank Lombsky seine Hand über Lucys Mund.

»Schsch«, sagte er beruhigend. »Es ist ja alles gut. Du bist wieder zu Hause.«

Reisefieber

Lucy fiel in einen tiefen, unruhigen Schlaf. Sie wälzte sich herum und warf sich von einer Seite auf die andere. Dabei redete sie wirres, unverständliches Zeug.

Mira, die keine Sekunde von ihrer Bettkante wich, legte in den wenigen Momenten, in denen ihre Schwester mal unbeweglich dalag, ihr Ohr an Lucys Lippen und versuchte etwas aufzuschnappen, mit dem vielleicht was anzufangen war. Aber nichts. Es hörte sich an, als ob Lucy in einer völlig anderen Sprache redete.

Zwischen ihren Eltern herrschte unterdessen zum Schneiden dicke Luft. Regine Lombsky war geradezu explodiert, als sie das Ergebnis des Zaubertricks, den ihr Mann mit ihrer Tochter ausprobiert hatte, zu Gesicht bekam.

Von »Bist du wahnsinnig geworden?« über »Du machst die Kinder krank – und mich dazu!« bis »Ich lasse mich scheiden!« war alles in ihrem lautstarken Repertoire, das sie über ihren Mann ergoss. Frank Lombsky machte sich so klein, dass er ohne Weiteres mit seinem Zylinder unter den Wohnzimmerteppich gepasst hätte. Er kannte seine Frau genau und wusste, dass es völlig sinnlos war, wenn er in dieser Situation noch versuchen würde, sich zu rechtfertigen.

»Es tut mir leid«, sagte er. »Ich sehe ein, dass es ein Fehler war. Aber ich hätte nie gedacht, dass es Lucy so anstrengen würde.«

»Bestimmt war sie vorher schon krank«, mischte Mira sich ein. »Das, was Papa gemacht hat, war nämlich wirklich nicht schlimm.«

Danach senkte sie rasch den Kopf, damit ihre Mutter nicht sah, wie ihr bei dieser Lüge die Glut geradezu ins Gesicht geschossen war. »Ich möchte nicht, dass ihr euch scheiden lasst«, setzte sie noch leise hinzu.

Regine Lombsky schnaufte und schwieg. Mira konnte sich nicht erinnern, sie jemals in ihrem Leben so wütend gesehen zu haben. Irgendwie wurde sie das dumme Gefühl nicht los, dass ihre Mutter von all den Geheimnissen, die sie, Lucy und ihr Vater teilten, etwas ahnte und dass sie sich mit der angeblichen Geburtstagsüberraschung nicht mehr lange würde abspeisen lassen. Andererseits war es nicht so unwahrscheinlich, dass Lucy schon den ganzen Tag über etwas ausbrütete. Eine Grippe vielleicht oder eine Mandelentzündung. So wie die sich heute aufgeführt hatte!

Regine Lombsky seufzte, trat neben Mira ans Bett und legte Lucy sachte ihre Hand auf die Stirn.

»Sie hat Fieber«, stellte sie fest. »Sie kann unmöglich mit auf die Klassenfahrt.«

Mira konnte nicht schlafen. Sie lag in ihrem Bett, lauschte auf Lucys Atemzüge, die seit dem späten Abend endlich ruhiger geworden waren, und starrte an die Decke. Sie machte sich schreckliche Vorwürfe. Denn ohne Frage war sie mit schuld daran, dass Lucy dieses furchtbare Erlebnis gehabt hatte. Sie hätte niemals mit ihr streiten dürfen. Schließlich wusste sie doch, dass Lucy mit Vernunft nicht beizukommen war. Wie dumm war sie doch gewesen! Sie hatte Lucy völlig unnötig provoziert. Und bloß, weil sie selbst immer so ängstlich und gehorsam war und eine Menge darauf gab, was ihr Vater sagte. Bei Lucy war das schließlich schon immer anders gewesen. Aber das hatte Mira dummerweise nicht wahrhaben wollen.

Zornig auf sich selbst, schwor sie sich, Lucy in Zukunft einfach gewähren zu lassen. Dann musste sie eben ein bisschen mehr aufpassen. Auf sich selbst und auf Lucy. Ohne ihr ständig reinzureden.

»Bitte, bitte, lieber Gott, lass sie morgen wieder gesund sein«, betete Mira leise. »Lucy hat sich doch so auf die Klassenfahrt gefreut.«

Und nicht nur das. Was würden Charlie und Johanna wohl sagen, wenn Lucy nicht dabei wäre? Bestimmt würde die ganze Aktion ohne sie nur halb so viel Spaß machen. Außerdem wären sie dann zu dritt, und das war keine gute Zahl. Bei dreien war immer einer übrig. Vier war optimal, aber auch zu fünft kamen sie eigentlich ganz gut aus. Charlie, Jojo und Lucy passten von ihrem Temperament her gut zusammen, und Mira und Fee verstanden sich ohnehin prächtig. Da machte es nichts, wenn es in der Gruppe unterschiedliche Ansichten gab.

Sollte es allerdings zwischen Mira, Jojo und Charlotte Streit geben, dann war die ganze Klassenfahrt verdorben. Nein, das durfte nicht sein. Lucy musste einfach wieder gesund werden.

Und tatsächlich! Am nächsten Morgen schimmerten Lucys Wangen frisch und rosig. Ihre großen blauen Augen leuchteten, und sie sprang so frisch und quirlig aus dem Bett, als ob nie etwas gewesen wäre.

Gegen sie war ihre Schwester sogar der reinste Schlappschwanz. Mira gähnte und streckte sich und brauchte unendlich viel Zeit, um endlich aus den Federn zu steigen.

»Du lieber Himmel!«, stöhnte Lucy. »Was ist denn bloß los mit dir? Du wirst doch wohl jetzt hoffentlich nicht krank?«

»Ich?« Mira schüttelte den Kopf. »Du!«

»Ich?« Lucy tippte sich auf die Brust. »Keine Spur. Wieso sollte ich denn krank sein?«

Mira starrte ihre Zwillingsschwester ungläubig an. »Aber ...?«

Lucy beachtete sie nicht weiter, sondern wandte sich ihrer Reisetasche zu. Sie öffnete den Reißverschluss und prüfte den Inhalt. »Ich hab wirklich gut gepackt«, sprudelte es aus ihr heraus. »Alles drin, was mit soll, und völlig ohne Probleme.«

»Völlig ohne Probleme ...?«, wiederholte Mira tonlos und sank auf ihr Bett zurück. Das war doch nicht zu fassen! Träumte sie etwa? Um sicherzugehen, kniff sie sich in den Oberschenkel. – »Autsch!«

Lucy zog den Reißverschluss ihrer Reisetasche wieder zu und sah zu Mira hinüber. »Was ist denn jetzt schon wieder? Hat dich etwa ein Floh gebissen?«

Mira schüttelte den Kopf. »Kannst du dich wirklich an gar

nichts mehr erinnern?«, fragte sie leise. »Nicht mal an das klitzekleinste bisschen?«

Lucy stemmte die Hände in die Hüften und legte ihren Kopf schief. »An was denn, bitte schön?«

»An das Theater mit deinen Klamotten, die nicht in die Tasche passten. An unseren Streit. Daran, dass Mama deine Sachen in den Schrank gesperrt hat und du dich unsichtbar gemacht hast, um sie dort wieder rauszuholen ...«

»Hast du Fieber?«, fragte Lucy besorgt. Sie trat entschlossen auf Mira zu und befühlte ihre Wangen und ihre Stirn. »Hör bloß auf mit dem Mist«, grummelte sie. »Wenn du nicht mitfahren kannst, dreh ich garantiert durch.«

»Ich nicht mitfahren?«, stammelte Mira. Dann lachte sie los. »Du«, rief sie. »Mama ist überzeugt davon, dass du nicht auf Klassenfahrt gehst.«

»So ein Quatsch! Wieso das denn?«

»Na, weil du ohnmächtig warst. Und weil du Fieber hattest«, sagte Mira.

»Ich?« Lucy schüttelte den Kopf. »Nie im Leben. Ich bin absolut topfit.«

»Ja, das sehe ich«, erwiderte Mira. »Und du glaubst gar nicht, wie froh ich darüber bin. Ich dachte schon, sie hätten dich gekriegt.«

»Wer?«

»Na, irgendjemand von der anderen Seite. Dort, wo alle unsichtbar sind.«

»Du tickst wirklich nicht mehr richtig«, schnaubte Lucy. »Oder du willst mich bloß schocken, damit ich in Zukunft nicht mehr so UNVORSICHTIG bin.«

»Diesmal nicht.« Mira schüttelte den Kopf. »Diesmal warst du ganz bestimmt in riesengroßer Gefahr …«

Weiter kam sie nicht, weil die Tür geöffnet wurde und Frank Lombsky ins Zimmer trat. Als er Lucy sah, lächelte er. »Jetzt aber Beeilung, ihr zwei. In einer halben Stunde müssen wir an der Schule sein.«

Mira fiel die Kinnlade runter. Fassungslos schaute sie ihren Vater an. Das konnte doch wohl nicht wahr sein! Da tat er einfach so, als ob nichts geschehen wäre! Sie fasste ihre Schwester am Ärmel.

»Frag doch Papa«, sagte sie rau.

»Was denn, Mira?«, fragte Frank Lombsky und warf ihr einen scharfen Blick zu.

Erschrocken senkte Mira den Kopf. Was hatte das denn nun schon wieder zu bedeuten?

»Ach …« Lucy machte eine wegwerfende Handbewegung. »Sie behauptet, ich hätte Fieber gehabt und sei von irgendjemandem verfolgt worden. Von irgend so einem idiotischen Geist oder so.«

»Das hat sie wohl nicht so ernst gemeint«, entgegnete ihr Vater. »Und jetzt hopp, hopp. Eure Mutter wartet schon mit dem Frühstück.«

Mira kam aus dem Staunen gar nicht mehr heraus. Ihre Mutter schien nämlich ebenfalls völlig vergessen zu haben, dass Lucy gestern Abend noch ziemlich krank gewesen war. Als ob sie plötzlich unter Gedächtnisschwund litte! Unauffällig schaute Mira zu ihrem Vater hinüber, der gut gelaunt seine Honigschnitte vertilgte.

Regine Lombsky schmierte noch in aller Eile einen ganzen Stapel Proviantbrote »für die lange Fahrt«, und dann wurde es höchste Zeit, dass sie aufbrachen.

Lucy schleppte ihre Tasche zum Auto, ließ sie hinter der Kofferraumklappe fallen und setzte sich auf ihren Platz.

»Was ist los?«, flüsterte Mira, die ihrem Vater nicht mehr von der Seite wich. Sie musste jetzt endlich wissen, ob sie verrückt geworden war, träumte oder sich die Geschichte von gestern bloß eingebildet hatte.

Frank Lombsky öffnete den Kofferraumdeckel und hob das Gepäck ins Auto.

»Sie haben alles vergessen«, raunte er ihr zu und lächelte zu seiner Frau hinüber, die gerade die Haustür schloss und dann eilig zum Auto kam.

»Mama und Lucy?«, vergewisserte Mira sich.

Ihr Vater nickte. »Und du wirst deiner Schwester gegenüber kein Sterbenswörtchen mehr erwähnen. Ist das klar?«

»Okay.« Mira seufzte. Einerseits rauschte ihr bei dem mahnenden Tonfall in der Stimme ihres Vaters ein Gänsehautschauer über den Rücken. Andererseits war sie aber auch erleichtert. Eigentlich hätte sie da ja auch von alleine drauf kommen können. Denn damals, als sie diese unerfreuliche Begegnung mit dem Schirmmützenmann an ihrem Stammplatz auf der Uferwiese gehabt hatten, da hatte Fee nämlich auch irgendwie dafür gesorgt, dass er sich an nichts mehr erinnerte.

Fee! Du lieber Himmel! Schlimm genug, dass sie sich eine ganze Woche nicht sehen würden. Jetzt allerdings, nachdem das mit Lucy im Kleiderschrank passiert war und Frank Lombsky alle Fähigkeiten zu besitzen schien, die sich Lucy, Mira, Charlotte und Felicitas untereinander teilten, war es umso unerträglicher. Mit wem konnte Mira schon darüber reden? Mit Charlie vielleicht. Oder nein, besser doch nicht. Charlie war zwar ein feiner Kerl, aber auf der anderen Seite war sie schließlich auch Lucys beste Freundin.

Mannomann, Papa, dachte Mira und seufzte. Du weißt gar nicht, was du mir damit antust, dass du Lucy zum Vergessen und mich zum Schweigen verdonnert hast.

Seit einigen Minuten rollte der Wagen der Lombskys nun schon durch die Straßen. Während Lucy munter drauflosplapperte und erzählte, was sie auf der Klassenfahrt so alles unternehmen würden, schaute Mira nachdenklich aus dem Seitenfenster.

Gerade hielten sie an einer Ampel direkt neben dem alten Postgebäude, wo auch die Pakete fürs Ausland in Container verladen wurden.

Die große Glastür öffnete sich, und eine Frau mit halblangen grauen Haaren kam die Stufen herunter. Mira stockte der Atem.

»Papa ...!«, rief sie und biss sich sofort entsetzt auf die Unterlippe.

»Was ist denn, Mira?«, fragte Frank Lombsky und warf seiner Tochter ein Lächeln durch den Rückspiegel zu.

»Ach, nix«, murmelte Mira. »Ich dachte, ich hätte jemanden gesehen, den du kennst.«

Rasch wandte sie das Gesicht zur Seite und verbarg ihr Profil hinter den schwarzen Locken. Und trotzdem brannte der durchdringende Blick dieser Frau auf ihrer Schläfe. Es war, als wollte sie Miras Gehirn durchlöchern.

Die beiden Begegnungen unten am Fluss mochten ja noch Zufall gewesen sein. Und auch, dass dieselbe Frau neulich Mittag in der Straßenbahn gesessen hatte. Es kam ja immer mal vor, dass man denselben Leuten über den Weg lief.

Aber jetzt glaubte Mira nicht mehr an eine zufällige Begegnung. Die Frau da drüben vor dem Postgebäude, die wurde ihr allmählich richtig unheimlich.

»Wen meinst du denn?« Regine Lombsky wandte sich zu Mira um.

»Ach, bloß diesen … äh …« Eigentlich kannte Mira genug Leute, die mit ihren Eltern bekannt oder befreundet waren, aber jetzt, da sie dringend einen Namen ausspucken musste, benahm sich ihr Gedächtnis so, als ob es gerade frisch gereinigt worden wäre. »… äh … diesen Kellner aus der Nachtbar … äh …, wo Papa seine letzte Vorstellung hatte.«

Ihre Mutter verdrehte die Augen. Sie wurde nur ungern daran erinnert. Es war nämlich der Abend gewesen, an dem ihr Mann die Zwillinge auf die Bühne gerufen hatte.

»Ich glaube, an den kann ich mich gar nicht mehr erinnern«, sagte Frank Lombsky und legte den ersten Gang ein.

Die Ampel hatte auf Grün geschaltet. Mira linste durch ihre Locken nach draußen. Die Frau stand immer noch da und starrte sie an. Endlich setzte sich der Wagen vor ihnen in Bewegung, und Frank Lombsky konnte ebenfalls losfahren. Mira atmete auf. Aber so richtig erleichtert war sie nicht.

Charlotte und Johanna waren bereits da, als Mira und Lucy mit ihrem Gepäck auf den Bus zu eilten. »Na«, sagte Charlie grinsend. »Habt ihr euch wieder eingekriegt?«

»Wieso?«, fragte Lucy. »Was war denn?«

»Och«, meinte Johanna. »Bloß ein bisschen Streit.«

Lucy hob erstaunt die Augenbrauen. »Etwa zwischen uns?«

»Nee, zwischen euch«, erwiderte Jojo, und Charlotte brummte: »Jetzt hör doch auf mit dem Theater! Sonst kriegen wir uns gleich wirklich noch in die Wolle.«

Lucy starrte ihre Freundin verständnislos an. Was war denn auf einmal in die gefahren? Dies hier war seit Langem der schönste und aufregendste Tag in ihrem Leben, und Charlie hatte nichts Besseres zu tun, als Zoff heraufzubeschwören.

Mira tickte allerdings sofort, was los war. Ganz offensichtlich hatte ihr Vater nicht nur die Ereignisse, die mit Lucys Klamotten und dem Kleiderschrank zusammenhingen, aus ihrem Gedächtnis gelöscht, sondern auch noch einiges andere.

Ob mit Absicht oder aus Versehen, konnte sie ihn aber leider nicht mehr fragen. Denn er und ihre Mutter standen mit einigen Eltern und den beiden Lehrern Frau Heinrich und Herrn Löwens in einer Runde zusammen und unterhielten sich angeregt. Hoffentlich hat er nicht auch noch Englischvokabeln und Matheformeln gelöscht, dachte Mira und beschloss, Lucy die Tage im Schullandheim genauestens im Visier zu behalten.

Jetzt allerdings galt es erst einmal, die Wogen zwischen Charlie und Lucy zu glätten. Angestrengt überlegte Mira, wie sie das merkwürdige Verhalten ihrer Schwester erklären konnte, da fing Johanna plötzlich an zu kichern und lenkte die ganze Aufmerksamkeit auf sich.

»Was ist denn mit dir los?«, fragte Charlotte. »Drehst du jetzt auch noch ab?«

»Hä?«, erwiderte Johanna.

Sie verrenkte sich fast den Hals in Richtung Bus. Dann winkte sie plötzlich jemandem zu und lief dabei leicht rosa an.

»Wer ist denn da?«, erkundigte Lucy sich und wandte sich nun ebenfalls dem Bus zu.

»Ich glaube, sie meint Tim«, stöhnte Charlotte.

»Er hat mich gesehen!«, quietschte Johanna. »Ich glaube sogar, er hat zurückgewinkt.«

»Wieso auch nicht?«, entgegnete Lucy. »Schließlich geht er in unsere Klasse. Wir kennen ihn seit zwei Jahren, und wir haben ihm vor Kurzem erst den Hals gerettet.«

Mira nickte. Daran konnte ihre Schwester sich also noch erinnern. Für die Englischvokabeln und Matheformeln bestanden demnach gute Überlebenschancen.

»Vielleicht hat er auch gar nicht gewinkt«, brummte Charlotte etwas genervt. »Sondern Jojo hat es sich bloß eingebildet.«

»Quatsch«, schnappte Johanna. »Ihr seid ja bloß neidisch.«

»Neidisch?« Charlotte schüttelte den Kopf. »Wieso das denn? Weil dir ein Junge vielleicht zugewinkt hat, vielleicht aber auch nicht?«

»Nein, weil er sich in mich verknallt hat und nicht in euch.«

»In uns alle?«, fragte Charlie und prustete los.

»Wenn du nicht zufällig unsere Freundin wärst, dann würde ich dich jetzt glatt für eingebildet halten«, sagte Lucy.

»Ach, ihr seid doch bescheuert«, fauchte Johanna. »Ihr habt einfach keine Ahnung.«

Sie ergriff die Henkel ihrer Reisetasche und stapfte auf den Bus zu.

»Jetzt ist sie beleidigt«, murmelte Charlotte. »Typisch Jojo.«

Lucy zuckte die Schultern. »Ich weiß genau, was sie jetzt über uns denkt.«

Mira hob die Augenbrauen. »Kannst du mittlerweile etwa auch schon Gedanken lesen, wenn du nicht unsichtbar bist?«, fragte sie erstaunt.

»Nein, du Dösel.« Lucy lachte. »Ich meinte doch nur, dass ich mir denken kann, was sie …«

»Und was?«, fiel ihr Charlotte ins Wort.

»Na, ganz einfach!« Lucy klopfte sich mit beiden Händen auf die Brust. »Keine Titten, keine Ahnung.«

Mira zog die Mundwinkel ein. Damit hatte ihre Schwester wohl den Nagel auf den Kopf getroffen.

»Dabei ist es doch so«, fuhr Lucy fort: »viel Titte, wenig Hirn.«

»Ich hab übrigens welche«, verkündete Charlie. »Ich meine bloß, falls es dich interessiert. Auch wenn es nur Hubbel sind.«

»Dann ist es ja noch nicht so schlimm«, meinte Lucy, legte einen Arm um Charlottes Schultern und zog sie an sich. »Dann bist du ja noch einigermaßen bei Verstand.«

»Und du absolut superschlau, was?«, konterte Charlie.

»Fällt euch nichts Intelligenteres ein?«, brummte Mira. »Es reicht doch voll und ganz, wenn Jojo durchdreht.«

Sie schnappte sich ihr Gepäck und zockelte ebenfalls in Richtung Bus ab. Im Augenblick war ihr absolut nicht nach Blödeln zumute. Sie hatte wirklich andere Sorgen. Und leider, leider war sie die Einzige, die die ganze Last tragen musste.

Natürlich wollte sie ihrer Schwester und ihren Freundinnen den Spaß nicht verderben, aber von dieser seltsamen Frau würde sie ihnen schon erzählen müssen. Und zwar sobald sich die Gelegenheit dazu ergab.

»So, Kinder!« Herr Löwens klatschte in die Hände. »Jetzt heißt es Abschied nehmen. In fünf Minuten geht's los.«

Mira ging auf ihre Mutter zu und umarmte sie.

»Viel Spaß, mein Mädchen«, sagte Regine Lombsky zärtlich. »Ich fürchte, ihr werdet mir fehlen.«

Sehnsüchtig blickte sie zu Lucy hinüber und winkte sie heran. Auch die anderen Kinder verabschiedeten sich von ihren Eltern und stiegen nach und nach in den Bus.

Lucy ergatterte einen Fensterplatz und rief Charlotte zu sich. Mira zog einen Flunsch. Eigentlich hatte sie sich neben ihre Schwester setzen wollen, damit sie ihr endlich von der unheimlichen Frau erzählen konnte. Jojo konnte sie diesbezüglich nämlich vergessen. Die hatte im Moment nur Tim im Kopf, und außerdem witterte sie hinter allem immer gleich eine sensationelle Story, die sie an irgendeine Zeitung verkaufen konnte.

Aber wenigstens gelang es Mira, ebenfalls am Fenster zu sitzen. Sie musste nicht mal darum kämpfen. Denn Jojo stellte fest, dass es aus Gründen der Übersicht (Tim) viel besser war, sich neben dem Gang zu platzieren.

»Oh, ich freu mich so«, flötete Johanna ihr aufgeregt ins Ohr. »Eine ganze Woche mit Tim alleine.«

Hä? Mira schaute Jojo verblüfft an. Konnte es sein, dass sie ihren Empfänger falsch eingestellt hatte?

»Ich glaube, du übersiehst da eine Kleinigkeit«, entgegnete sie. »Es sind nämlich noch mindestens fünfundzwanzig Schüler dabei, Herr Löwens und Frau Heinrich und garantiert noch ein paar andere Klassen.«

»Ja, ja«, sagte Johanna genervt. »Du weißt genau, wie ich das meine.«

Na ja ... Immerhin war Mira so schlau, sich denken zu können, wie Jojo das meinte, obwohl Jungs und Verliebtsein und das ganze Drumherum absolutes Neuland für sie war.

Inzwischen war der Busfahrer mit dem Gepäckeinladen fertig. Er erklomm den Fahrersitz und startete den Motor. Die Eltern auf dem Schulhof hoben die Arme und winkten. Die Kinder im Bus sprangen auf und winkten zurück.

»Hinsetzen!«, rief Frau Heinrich von vorne.

Mira dachte an Fee und seufzte leise. Wie gerne hätte sie ihre beste Freundin dabeigehabt. Hoffentlich gab es in diesem Schullandheim wenigstens Vierbettzimmer!

Alleingänge

Leider gab es die nicht. Nach fast vier Stunden Fahrt mit einer kleinen Pause stellte Mira zu ihrem großen Bedauern fest, dass Jojo, Charlie, Lucy und sie sich das Zimmer mit Nurdil und Melanie teilen mussten. Ausgerechnet! Die beiden blieben nämlich immer übrig.

Nurdil war nach den Osterferien in ihre Klasse gekommen und eigentlich ganz nett. Allerdings redete sie nicht viel, stand aber bei jeder Gelegenheit überall dabei und suchte krampfhaft Anschluss.

Melanie war eine blöde, eingebildete Schnepfe, mit der keiner etwas zu tun haben wollte. Nicht einmal Nurdil. Und so ging das Theater im Schullandheim bereits beim Run auf die Betten los.

»Ich schlafe am Fenster!«, schrie Melanie, als sie merkte, dass Lucy und Charlotte genau dieses Stockbett besetzen wollten. »Ich brauche frische Luft, sonst kriege ich Erstickungsanfälle. Meine Mutter hat deswegen extra mit Frau Heinrich gesprochen.« Sie drängelte sich an Lucy vorbei und hievte ihren Hartschalenkoffer auf das obere Bett. »Außerdem muss ich oben schlafen. Unten ist es für mich zu eng. Zu Hause habe ich nämlich ein riesiges Schlafzimmer.«

»Ja, ja«, brummte Charlotte. »Und ein extra Fernsehzimmer, weil du die magnetischen Strahlen nicht verträgst, ich weiß.«

»Dann ist es ja gut«, erwiderte Melanie schnippisch.

»Okay, wir pennen in der Mitte«, sagte Lucy und nickte Charlie zu. »Und wir regeln das dann ganz gerecht, nicht wahr?« Sie zwinkerte ihrer Freundin zu. »Wir werfen eine Münze, wer oben liegen darf, nicht wahr?«

»Ich möchte auch eine Münze werfen«, sagte Nurdil, nachdem sie registriert hatte, dass Mira und Johanna das Stockbett an der Tür bereits in Beschlag genommen hatten. »Mir ist es unten nämlich auch zu eng.«

»Aber du bist bestimmt nicht so empfindlich wie ich«, entgegnete Melanie.

»Und zum Glück nicht so zickig«, zischte Johanna leise.

Trotzdem hatten es alle gehört. Mira, Lucy und Charlie grinsten. Nurdil zuckte zusammen und sah zu Jojo hinüber. Melanie tat allerdings so, als ob sie überhaupt nichts mitgekriegt hätte. Sie öffnete ihren Koffer und nahm einen Bettbezug aus glänzendem Satin heraus, der mit pinkfarbenen Rosen bedruckt war.

»Wow, wie edel!«, rief Charlotte und strich mit ihren Händen darüber. »Man merkt sogar an der Bettwäsche, dass du aus gutem Hause bist«, fügte sie mit gespielt bewunderndem Augenaufschlag hinzu.

»Pfoten weg!«, schnappte Melanie. »Du zerknitterst ihn ja total.«

»Oh!« Charlies Hände zuckten zurück. »Entschuldige, aber

ich war so geblendet von dem tollen Stoff. Da hab ich glatt vergessen, dass Falten in der Bettwäsche deine sensible Haut verletzen.« Sie ließ sich auf die Knie fallen und hob ihre Hände flehend empor. »Oh bitte, kannst du mir noch mal verzeihen? Nur dieses eine, einzige Mal? Ich weiß nämlich sonst nicht, wie ich weiterleben soll.«

Nurdil grinste von einem Ohr zum anderen, und Lucy und Jojo bekamen einen tierischen Lachkrampf. Sogar Mira fing an zu kichern und vergaß für einen Moment, dass sie eigentlich Sorgen hatte.

Melanie allerdings explodierte fast vor Wut. »Blöde Ziegen!«, brüllte sie. »Wenn ihr nicht sofort damit aufhört, rufe ich zu Hause an und lasse mich abholen.«

»Oje, das wär aber schade«, gluckste Johanna. Ihr liefen bereits die Tränen über die Backen. Völlig erschöpft vor Lachen ließ sie sich auf das Bett plumpsen. »Ich bleibe freiwillig hier unten«, quietschte sie. »Wenn ich dich gleich morgens nach dem Aufwachen sehen muss, lache ich mich noch tot.«

»Oh weh«, sagte Charlie. Sie bemühte sich, ein ernstes Gesicht zu machen. »Das ist in der Tat ein Problem. Wenn Jojo sich wirklich totlacht, ich glaube, dann kriegt Frau Heinrich mächtig Ärger mit ihren Eltern.«

»Mit wessen Eltern kriege ich Ärger?«, donnerte es plötzlich hinter ihnen los.

Die Mädchen fuhren herum. Vor lauter Lachen hatten sie überhaupt nicht gemerkt, dass ihre Klassenlehrerin die Zimmertür geöffnet hatte.

»Äh …«, sagte Charlotte.

Lucy war ein wenig geistesgegenwärtiger.

»Mit Melanies«, erklärte sie. »Wenn sie nicht oben schlafen darf.«

»So, so«, sagte Frau Heinrich. Sie stemmte ihre Hände in die Hüften, ging bis zum hinteren Bett am Fenster durch und sah Melanie scharf an. »Ich glaube nicht, dass das ein Grund wäre, Ärger mit irgendwelchen Eltern zu bekommen.«

»So hab ich das auch gar nicht gesagt.« Melanie pikste Charlotte ihren Zeigefinger zwischen die Rippen. »Das war die da.«

Frau Heinrichs Miene verfinsterte sich zusehends. »Die da heißt Charlotte Mbwase«, brummte sie. »Und wenn es Streit wegen des oberen Bettes gibt, dann biete ich zwei Lösungen: Erstens, ihr wechselt euch ab. Oder zweitens, ihr werft eine Münze.«

»Genau«, sagte Nurdil eifrig. »Das hab ich auch schon vorgeschlagen.«

»Vorgeschlagen?«, knurrte Melanie. »Pah! Außerdem kriege ich Erstickungsanfälle, wenn ich da unten liegen muss.«

»Ich kriege auch gleich einen Erstickungsanfall, wenn ich mir das noch länger anhören muss«, flüsterte Johanna Mira ins Ohr.

»Na ja«, sagte Frau Heinrich. »Das sehen wir dann.« Sie schaute die Mädchen der Reihe nach an. »Hat irgendjemand zufällig gerade ein Geldstück zur Hand?«

»Ich!«, rief Jojo sofort und reichte der Lehrerin eine Euromünze.

Die Lehrerin sah Melanie an. »Kopf oder Zahl?«

»Den Adler find ich hübscher«, sagte Melanie und lächelte zuckersüß.

»Tut mir leid, kein Adler«, erwiderte Frau Heinrich. »Das ist eine französische Münze.«

»Trotzdem«, sagte Melanie.

Die Klassenlehrerin warf das Geldstück in die Luft und fing es gekonnt auf ihrem Handrücken wieder auf. Jojo pfiff anerkennend durch die Zähne.

»Zahl«, sagte Frau Heinrich.

»Na also«, freute Melanie sich und schnappte sich das Kopfkissen vom oberen Bett, um den Satinbezug darüberzuziehen.

»He, du hattest doch Kopf«, beschwerte Nurdil sich.

Frau Heinrich nickte. »Das sehe ich auch so.«

»Nee, ich hatte Adler. Und weil es den nicht gab, hatte ich Zahl«, behauptete Melanie.

»Das gibt's ja wohl nicht!« Lucy hämmerte sich an die Stirnplatte. »Du spinnst doch total.«

»Auch das sehe ich genauso«, sagte Frau Heinrich sehr sachlich und sehr bestimmt. »Nurdil schläft oben.«

Lucy, Jojo und Charlotte applaudierten, und Melanie zog einen Flunsch.

»Also«, sagte Frau Heinrich. »Jetzt beeilt euch ein bisschen mit dem Einräumen.« Sie blickte auf ihre Armbanduhr. »Abendessen ist um sechs. Wir treffen uns gegen Viertel vor vier unten in der Eingangshalle zu einem kleinen Erkundungsmarsch in der näheren Umgebung.«

Sie wandte sich um und marschierte auf die Tür zu. Doch noch bevor sie das Zimmer verlassen hatte, schrie Melanie plötzlich auf. Frau Heinrich blieb wie angewurzelt stehen.

»Was war das denn jetzt schon wieder?«

»Jemand hat mich gezwickt«, jammerte Melanie und hielt sich die knallrote Backe.

»Wer von euch war das?«, fragte die Lehrerin drohend.

Mira, Charlotte und Johanna schüttelten die Köpfe. »Ich nicht«, riefen sie im Chor.

Frau Heinrich blickte sich suchend im Zimmer um. »Und wo ist Lucy?«

Tja, das hätte Mira auch gerne gewusst!

»Hier!«, rief plötzlich eine Stimme, und kurz darauf zog Lucy sich ächzend unter ihrem Bett hervor. »Sehen Sie mal, wen ich hier erwischt habe!« Sie öffnete ihre Hand und präsentierte der Lehrerin einen toten Ohrenkneifer. »Der hat die arme Melanie in die Backe gekniffen.«

Frau Heinrich hob die Augenbrauen bis weit unter ihren Pony, verkniff sich aber jeden weiteren Kommentar. Was sollte sie dazu auch noch sagen? Nur Mira, Charlie und Johanna wussten, wie die Sache sich in Wahrheit verhielt. Den Ohrenkneifer, da war Mira sich sicher, hatte Lucy nach dem Wieder-sichtbar-Werden wahrscheinlich ganz zufällig und glücklicherweise unter dem Bett gefunden.

Die erste halbe Stunde wurde wirklich stramm gelaufen. Herr Löwens marschierte vorneweg, während Frau Heinrich darauf achtete, dass im hinteren Teil der Gruppe niemand verloren ging. Zwischendurch blieben sie immer mal stehen, weil der Erdkundelehrer Landschaftsarten abfragte oder Einzelheiten über das Wattenmeer wissen wollte.

Die Schüler murrten. Aber es blieb ihnen keine andere Wahl. Denn erst wenn alle Fragen beantwortet waren, ging es weiter. Zum Glück kannte Nurdil sich recht gut aus, und so mussten die anderen ihre armen grauen Zellen nicht übermäßig strapazieren.

»Ich muss mit euch reden!«, raunte Mira Charlotte bei einer günstigen Gelegenheit ins Ohr.

Charlie guckte sie erstaunt an.

»Dringend!«, zischte Mira.

Jetzt sah Charlotte richtig alarmiert aus. »Was ist denn los?«, wisperte sie aufgeregt.

Doch Mira schüttelte den Kopf. »Später. Bitte sag Lucy Bescheid. Ich versuche, Jojo da loszueisen.« Genervt schaute sie zu Johanna hinüber, die stets darum bemüht war, sich möglichst nah bei Tim aufzuhalten.

»Ruhe!«, knurrte Saskia und stöhnte übertrieben laut auf. »Immer sind es die Gleichen, die stören.«

Natürlich lenkte sie damit Herrn Löwens Aufmerksamkeit auf Mira und Charlotte. Er schob die Hände in die Taschen seiner ausgebeulten graubeigen Cordhose und kam lässig auf die Mädchen zu.

»Na, ihr beiden«, meinte er fröhlich. »Wolltet ihr euren Klassenkameraden vielleicht noch ein bisschen über die Lebewesen des Wattenmeeres erzählen?«

»Äh … nein«, sagte Charlotte und bekam prompt von Mira einen Stoß in die Rippen.

»Äh … ja, äh …«, korrigierte sie sich.

Herr Löwens lächelte freundlich. Seine immerwährende gute Laune war offensichtlich durch nichts zu erschüttern. Der Erdkundelehrer mit der Stirnglatze, den flinken grauen Augen und den nach oben gebogenen Mundwinkeln wurde niemals laut oder wirklich wütend. Sogar wenn er eine Rüge ins Klassenbuch eintrug oder eine Fünf verteilte, guckte er fröhlich. Und zwar, ohne es böse zu meinen oder gar schadenfroh zu sein. Herr Löwens war einfach so.

»Bitte schön!« Ermunternd klopfte er Mira, die nicht so recht mit der Sprache herausrücken wollte, auf die Schulter.

»Äh …«, wiederholte sie.

Herr Löwens lächelte. »Nun gut«, sagte er. »Wir haben ja Zeit.« Er wandte sich ab und schlenderte wie ein Urlauber in Richtung Deich.

»Kotpillenwürmer«, zischte eine Stimme hinter Mira. »Sandklaffmuscheln, Schlickkrebse, gemeine Strandschnecken …«

Natürlich war es Nurdil. Und natürlich kriegten Melanie und Saskia es mit.

»Das sag ich Frau Heinrich«, zischelte Melanie Nurdil wie eine giftige Schlange an. »Dann schläfst du doch unten.«

»Ziege!«, knurrte Charlotte.

»Vorsagen gilt nicht!«, fauchte Saskia.

Frau Heinrichs Miene verfinsterte sich. »Jetzt reicht es aber«, sagte sie streng. Doch bevor sie eine Predigt darüber halten konnte, was sie von Rumquatschen und Vorsagen im Allgemeinen und von Petzen im Besonderen hielt, war Herr Löwens bereits wieder von seiner kleinen Wanderung zurückgekehrt.

»Na, dann hilf du uns doch mal weiter«, sagte er zwinkernd zu Saskia. »Letztendlich ist es ja egal, von wem wir lernen, nicht wahr?«

Was der so alles mitkriegt, dachte Mira bewundernd. Sogar wenn er sich abwendet und meterweit weg ist.

»Ja … äh …« Saskia trat von einem Bein auf das andere. »Kotpillenwürmer, Sandklaffmuscheln, Schlickkrebse …«

»Das sagte Nurdil schon«, unterbrach Herr Löwens sie freundlich. Der Erdkundelehrer fuhr sich über die blanke Stirn und blickte in die Runde. »Ich fürchte fast, die Busfahrt war zu anstrengend für euch.«

Ein paar Jungen nickten eifrig.

»Daher schlage ich vor, dass wir nun zurückgehen und ihr euch in Kleingruppen zusammenschließt und das Gelände, und zwar – ich betone – ausschließlich das Gelände des Schullandheims, erkundet.«

»Auch drinnen?«, fragte Kemal.

Herr Löwens zuckte die Schultern. »Wenn du der Meinung bist, dass die Busfahrt sauerstoffreich genug war …«

Kemal atmete geräuschvoll aus. »Ich wollte doch nur mal gucken, ob es hier auch Tischtennisplatten gibt oder so.«

Frau Heinrich nickte.

»Das ist schon in Ordnung. Schaut euch nur in Ruhe um, aber wie Herr Löwens schon sagte: Das Gelände wird nicht verlassen. Und nach dem Abendessen treffen wir uns vollzählig im Gemeinschaftsraum 2. Da könnt ihr dann erzählen, was ihr so alles bei eurem Rundgang entdeckt habt.«

»Hier bleiben!«, befahl Charlotte und hielt Johanna, die wie magnetisch angezogen hinter Tim her spazieren wollte, am T-Shirt fest. »Mira muss was mit uns besprechen.«

Jojo blieb nur widerwillig stehen. »Hat das nicht Zeit bis …«

»Wann?«, fragte Lucy. »Etwa, bis du deinen ersten Liebeskummer hinter dir hast?«

»Ich werde keinen Liebeskummer haben«, sagte Johanna spitz. »Tim und ich werden bestimmt ...« Sie kreuzte die Arme über der Brust. »Ach, ist ja auch egal.« Dann schaute sie Mira an. »Was gibt's denn so wahnsinnig Wichtiges?«

»Ich hab diese Frau wieder gesehen«, sagte Mira.

»Das gibt's nicht!« Charlotte riss die Augen auf. »Etwa die aus der Straßenbahn?«

»Aus welcher Straßenbahn?«, fragte Johanna.

»Das würde mich auch interessieren«, meinte Lucy.

Charlie guckte ihre Freundin verblüfft an. »Aber du warst doch dabei«, stammelte sie. »Du warst ja sozusagen die Hauptperson.«

»Ich?« Lucy setzte sich den Zeigefinger auf die Brust. »Wann?«

»Am letzten Schultag«, erwiderte Charlotte. Sie stöhnte. »Oh Mann, so was vergisst man doch nicht. Du und Mira, ihr habt euch die ganze Zeit gezofft. Und dann hast du dich dauernd unsichtbar gemacht und bist an den verrücktesten Stellen wiederaufgetaucht. Und das hat diese Frau gesehen. Garantiert!« Sie stupste Mira in die Seite. »Jetzt sag du doch auch mal was.«

»Ja, ja, genau«, murmelte Mira abwesend.

Daran konnte Lucy sich also auch nicht mehr erinnern. Wie's aussah, waren offensichtlich die letzten zwei bis drei Tage vor ihrem Verschwinden im Kleiderschrank aus ihrem Gedächtnis gelöscht.

»Meint ihr etwa die, die uns schon mal beobachtet hat?«, fragte Johanna, die sich nun endlich doch für die Sache zu interessieren schien.

»Hmm.« Mira nickte. »Sie kam aus der Hauptpost, als wir heute Morgen im Auto an der Ampel standen, und hat mich die ganze Zeit angestarrt.« Sie schüttelte sich. »Langsam ist die mir total unheimlich.«

»Beim nächsten Mal frag ich die einfach, was sie von uns will«, brummte Charlotte. »Manchmal ist Angriff nämlich die beste Verteidigung.«

»Ich weiß nicht, ob das so eine gute Idee ist«, wandte Mira ein. »Außerdem hoffe ich ja, dass wir sie nie wieder sehen.«

»Ich weiß nicht recht«, meinte Lucy und blickte ihre Schwester nachdenklich an. »Ich finde es schon äußerst merkwürdig, dass ich mich an unseren Zoff nicht mehr erinnern kann.«

»Du meinst doch wohl nicht etwa, dass das irgendwie mit dieser Frau zusammenhängt?«, wandte Johanna ein.

Lucy zuckte die Schultern, und Mira seufzte leise. Auf einmal hatte sie das dumme Gefühl, dass Jojo eine ganz entscheidende Frage gestellt hatte. Und plötzlich war sie überhaupt nicht mehr davon überzeugt, dass sie diese Frau nie mehr wieder sehen würden.

Als Felicitas mit den Hausaufgaben fertig war, ging sie zum Fenster und schaute in den Garten hinaus. Der Himmel war tiefblau, es wehte eine sanfte Brise, und es war wunderbar warm. Trotzdem befand sich ihre Laune auf dem Nullpunkt. Ohne Mira und die anderen war das Leben eben bloß halb so schön.

Fee warf einen Blick auf die Uhr. Die Zeiger standen auf drei Minuten nach fünf. Bestimmt waren die Freundinnen längst im Schullandheim angekommen. Zu blöd auch, dass

Felicitas in Mathe und Physik ein totaler Blindgänger war und deshalb auf die Realschule ging. Sonst könnte sie jetzt mit dabei sein.

Lustlos tappte sie zu ihrem Schreibtisch zurück, nahm die Bürste aus dem Regal und kämmte sich das lange blonde Haar zu einem Pferdeschwanz. Danach kontrollierte sie die kleine Sporttasche. Ja, die Ballettschuhe, die Leggins und die Knöchelwärmer hatte sie eingepackt. Nur der glänzende rosafarbene Body fehlte noch. Wahrscheinlich hatte Mama daran gedacht, ihn zu waschen.

»Hängt noch im Bad an der Leine«, sagte Felicitas' Mutter. »Ist aber bestimmt trocken.«

»Schade«, murmelte Fee. »Eigentlich habe ich gar keine Lust.«

Schließlich hatte sie sich geschworen, keinen Zeh auf die Straße zu setzen, solange die Freundinnen an der Nordsee waren. Andererseits würde ihr ein bisschen Ablenkung bestimmt guttun. Also stopfte sie den Body zu den anderen Sachen in die Sporttasche, drückte ihrer Mutter noch einen Kuss auf die Wange und flitzte dann in den Keller hinunter, um ihr Fahrrad zu holen.

Eine Viertelstunde später hielt sie vor der Ballettschule, in der sie zweimal wöchentlich trainierte. Frau Siranow, die seit knapp einem Monat ihre Ballettlehrerin war, hielt Felicitas für ein großes Talent. Sie versuchte, alles aus ihr herauszuholen, sodass Fee an den Trainingsabenden immer total erschöpft ins Bett fiel.

Die meisten Mädchen waren schon da, als Felicitas den Umkleideraum betrat.

»Beeil dich!«, rief Lea ihr zu. »Die Siranow hat heute eine ziemliche Stinklaune.«

Fee seufzte. Streng war sie ja immer. Richtig gute Ballettlehrerinnen mussten das wohl sein. Aber an diesem Abend schien ihr tatsächlich eine ganze Kompanie Läuse über die Leber gelaufen zu sein. Sie war mit nichts und niemandem zufrieden. Die Mädchen mussten jede Position an der Stange so lange wiederholen, bis sie perfekt saß. Pauline war vor Anstrengung schon ganz rot im Gesicht, und Karen standen nach einer halben Stunde die Tränen in den Augen.

»Ich kann einfach nicht mehr. Ich muss eine Pause machen«, schluchzte sie und steuerte auf den Klavierschemel zu.

»So weit kommt es noch!«, donnerte Frau Siranow. »Du gehst sofort an deinen Platz zurück.«

»Mir tut aber alles weh«, jammerte Karen.

Sie strich sich über die Oberschenkel und hielt sich den Rücken.

»Wenn es wehtut, ist es genau richtig«, sagte die Lehrerin streng. Um ihre Mundwinkel kräuselte sich ein spöttisches Lächeln.

»Grrrr!«, raunte Fee Birgit leise zu. »Meine Freundin Lucy würde sagen: nach dem Motto ›Nur die Harten komm' in' Garten‹.«

Birgit nickte. »Ich find's ganz schön gemein, dass sie Karen so quält«, wisperte sie. »Die Tanzerei soll doch Spaß machen, oder etwa nicht?«

»Find ich auch.«

»Ruhe!«, schmetterte Frau Siranow. »Konzentration, bitte.« Sie packte Karen am Handgelenk, zerrte sie vom Schemel und zog sie bis an die Haltestange zurück. »Und nun von vorn, bitte!«

Die Mädchen streckten ihr linkes Bein in die Höhe, umfassten es mit der Hand und zogen es an den Körper. Felicitas und Birgit hatten überhaupt keine Probleme damit. Sie konnten sich ihre Beine quasi hinter die Ohren klemmen. Frau Siranow ging die Reihe durch, korrigierte hier und da ein wenig und blieb schließlich mit finsterem Gesicht vor Karen stehen.

»Arabesque penchée!«, befahl sie.

Das war eine der schwierigsten Positionen an der Ballettstange, bei der der Oberkörper ganz waagerecht gehalten werden und das rechte Bein im Winkel von neunzig Grad nach oben gestreckt werden musste.

»Ich kann das nicht«, sagte Karen mit zitternder Stimme. »Ich hab doch gesagt, ich brauche eine Pause.«

»Und ich habe gesagt, dass das nicht infrage kommt«, erwiderte die Ballettlehrerin.

Sie drückte Karens Rücken nach unten, packte dann ihr Bein und schob es so weit nach oben, bis die Fußspitze zur Decke zeigte. Karen kniff die Augen zusammen und stöhnte leise.

»Na, siehst du«, sagte Frau Siranow. »Es geht doch.«

Sie verharrte in der Stellung, und plötzlich schrie Karen auf. »Aooouuuuuuh!« Und dann fing sie bitterlich an zu weinen.

Felicitas schossen ebenfalls die Tränen in die Augen. Sie baute sich vor der Lehrerin auf.

»Lassen Sie sie los!«

Fee bebte vor Wut. Sonst war sie viel zu schüchtern, um sich so vehement gegen den Willen einer Autoritätsperson zu stellen, aber Frau Siranow ging jetzt eindeutig zu weit. Felicitas hatte richtig Angst, dass sie Karen sämtliche Knochen brach.

»Halt du dich da raus«, knurrte die Ballettlehrerin. »Ich weiß schon, was ich tue.«

»Aouuuuah!«, jaulte Karen.

Und nun hatten auch die anderen Mädchen die Nase voll.

»Das macht ja keinen Spaß mehr«, brummte Lea und rannte auf den Umkleideraum zu.

»Allerdings«, stimmte Birgit zu. »Ich sage meiner Mutter, dass sie mich abmelden soll.« Und dann flitzte sie Lea hinterher.

»Genau!«, rief Maike. »Wir suchen uns eine andere Lehrerin.«

Frau Siranow wurde blass. »Aber …«, stammelte sie.

Sie ließ Karens Bein los, woraufhin das Mädchen wimmernd zu Boden rutschte und sich über den Oberschenkel strich.

Frau Siranow räusperte sich und bemühte sich um ihren gewohnten harschen Tonfall. »Das geht nicht. Die Beiträge gelten für ein Jahr und werden nicht zurückerstattet.«

»Na und?«, entgegnete Solveig. »Glauben Sie, das interessiert meine Eltern noch, wenn ich ihnen erzähle, wie Sie uns behandeln?«

»Wenn man eine erfolgreiche Tänzerin werden will, muss man eben hart …«, die Ballettlehrerin holte tief Luft, »sehr hart«, betonte sie, »an sich arbeiten.«

Doch keines der Mädchen, das noch im Saal war, kümmerte sich darum, was Frau Siranow sagte. Alle umringten Karen. Solveig fragte, wo genau es ihr wehtat, und Maike strich ihr tröstend über die Haare.

Felicitas starrte auf Karens Bein. Sie brauchte nicht lange zu fragen. Sie wusste genau, an welcher Stelle Karen die größten Schmerzen hatte und dass eine Sehne überdehnt war. Und sie wusste auch, was sie tun musste. Nämlich einfach bloß ihre Hände auf die besagte Stelle legen. Trotzdem zögerte Fee.

Die ganze Sache war ihr total unheimlich. Besonders jetzt, wo Mira nicht dabei war und Fee ihre Hexenkräfte ganz alleine, ohne den Schutz ihrer Freundin, anwenden sollte.

Hexenkräfte! – Ha! Und wenn sie sich das alles bloß einbildete? Na, wenn schon, sagte sie sich. Was hatte sie denn zu verlieren? Vielleicht konnte sie Karen ja wirklich helfen.

Felicitas atmete tief durch und legte dann ganz sanft ihre Hände auf Karens schmerzende Stelle. Sie spürte, wie ihre Handflächen kribbelten und wie dieses Kribbeln in Karens Bein überging. Es fühlte sich gut und warm und richtig an.

Karen hörte auf zu schluchzen. »Ich glaube, es geht wieder«, sagte sie verblüfft.

Maike und Solveig halfen ihr auf die Beine, und Karen machte zaghaft einen Schritt.

»Na, seht ihr!«, rief Frau Siranow. »Nichts ist passiert. Alles nur Theater. Ich hab doch gesagt, ich weiß, was ich tue.«

»Aber …«, erwiderte Karen. Dann stockte sie und blickte Fee an.

Was hast du mit meinem Bein gemacht?, schien sie stumm zu fragen.

Felicitas guckte mit großen, flehenden Augen zurück. Bitte nichts sagen. Bitte. Frau Siranow muss es nicht wissen. In ihren grünen Augen war ohnehin schon so ein merkwürdiges Flackern.

Und offenbar kapierte Karen.

»... ich werde trotzdem nicht mehr in Ihre Stunde kommen«, vollendete sie ihren Satz.

Die anderen Mädchen nickten. »Und wir auch nicht.«

Draußen wurde Felicitas sofort von allen Mädchen umringt.

»Wie hast du das gemacht?«, fragte Maike.

»Was meinst du?«, erwiderte Fee in einem möglichst beiläufigen Tonfall, der ihr natürlich nicht so recht gelang, weil sie eine viel zu ehrliche Haut war.

»Komm schon.« Solveig stupste sie in die Seite. »Wir haben doch Augen im Kopf. Du hast deine Hände auf Karens Bein gelegt, und schon war alles wieder okay.«

Karen nickte.

»Genau. Kurz bevor du mich berührt hast, tat es noch höllisch weh, aber dann war da so ein komisches Kribbeln. Und zehn Sekunden später hat sich das Bein wie neu angefühlt. – Hier ...«, demonstrativ winkelte sie das Knie an und bewegte ihr Bein in alle Richtungen, »ich spüre überhaupt nichts mehr.«

»Ach, das kommt doch bloß durch die Körperwärme«, wiegelte Fee ab. Sie beugte sich zu ihrem Fahrradschloss hinunter und stellte die richtige Zahlenkombination ein.

»Das ist doch Quatsch!« Birgit tippte sich gegen die Stirn. »Körperwärme! Dass ich nicht lache. Du hast irgendwelche besonderen Heilkräfte oder so.«

»Kann schon sein«, murmelte Felicitas.

Allmählich wurde es ihr zu anstrengend, so zu tun, als wäre nichts. »Meine Ururgroßmutter, die hat sich mit Kräutern ausgekannt und Leute geheilt. Vielleicht hab ich ja was von ihr geerbt.« Sie legte das Schloss um die Sattelstange, verriegelte es wieder und kippte den Fahrradständer nach oben. »Außerdem glaube ich, dass die Siranow Karens Bein wirklich bloß ein bisschen zu doll gestreckt hat. Das wäre ein paar Minuten später auch von ganz allein wieder okay gewesen.«

Dies war eine handfeste Lüge. Denn Fee wusste genau, dass Karens Bein von allein garantiert nicht so schnell wieder in Ordnung gekommen wäre. Aber was sollte sie sonst sagen? Etwa zugeben, dass sie magische Kräfte besaß? Dann würden die anderen Mädchen sie doch bloß für eine Angeberin halten. Vielleicht sogar neidisch werden oder es überall herumerzählen. Nein, das war viel zu riskant. Immerhin hatte Miras und Lucys Vater seine Töchter genau davor gewarnt.

Maike, Solveig, Birgit und die anderen guckten skeptisch.

»Ich glaube, Fee hat recht«, sagte Karen schließlich. »Frau Siranow ist doch nicht so verrückt und überdehnt mir das Bein. Die hätte sofort sämtliche Eltern auf dem Hals und wäre ihren Job los.«

Solveig nickte. »Trotzdem gehe ich da nicht mehr hin.«

»Ich auch nicht«, sagte Maike.

»Und ich höre ganz auf«, verkündete Karen. »Diese Tanzerei ist sowieso nichts für mich. Ich spiele lieber Volleyball.«

Die Mädchen unterhielten sich noch ein paar Minuten über alternative Sportarten. Dann verabschiedeten sie sich, und Felicitas radelte nach Hause.

Sie lehnte ihr Rad an die Hauswand und kramte ihren Schlüssel hervor. Sie war ziemlich aufgewühlt. Aber sie fühlte sich gut. Immerhin hatte sie Karen mit ihren Künsten helfen können. So wie dem kleinen Kaninchen, das vor einiger Zeit verletzt an der Bordsteinkante gehockt hatte.

Natürlich war ihr das Ganze immer noch etwas unheimlich. Im Kreise ihrer Freundinnen fühlte Fee sich einfach sicherer. Und so fasste sie einen Entschluss: Sobald Mira, Lucy, Jojo und Charlotte von ihrer Klassenfahrt zurück waren, wollte sie allen von ihrer Hexenkraft erzählen.

Fee drückte die Haustür auf und schob den kleinen Holzkeil darunter. Völlig in Gedanken ging sie auf ihr Fahrrad zu – und erstarrte.

Auf der gegenüberliegenden Straßenseite stand die Frau, die Lucy nun schon dreimal beim Unsichtbar- und Wiedersichtbar-Werden beobachtet hatte, und lächelte Felicitas an.

Nächtliche Gefahr

Mira wälzte sich von einer Seite auf die andere. In dieser Nacht würde sie kein Auge zukriegen. Die entsetzte Reaktion von Fee, als sie ihr am Telefon von der Frau an der Post erzählt hatte, steckte ihr noch immer in den Knochen.

»Nein!«, hatte Felicitas gerufen. Und dann hatte sie angefangen zu schluchzen. »Bei mir war sie auch.«

Natürlich hatte Mira nicht gleich verstanden. Aber so nach und nach hatte sie Fee die ganze Geschichte mit Frau Siranow und der unheimlichen Frau aus der Nase gepult.

»Das kann nicht sein«, hatte Mira immer wieder gesagt. »Die Frau war doch gar nicht in der Ballettschule. Sie kann überhaupt nicht mitgekriegt haben, was da passiert ist.«

Trotzdem hatte Felicitas schreckliche Angst. Und das konnte Mira nur zu gut verstehen.

»Ich muss den anderen jetzt endlich von deinen Heilkräften erzählen, das ist dir doch klar?«, hatte sie Fee gedrängt.

Zum Glück war die Freundin einverstanden gewesen, und so hatte Mira die drei Mädchen nach dem Abendessen beiseitegenommen und ihnen alles berichtet.

»Das ist ja super!«, hatte Charlotte gerufen. Die Begeisterung war ihr geradezu aus den Augen gesprungen. »Toll, dass Fee so was kann. Stellt euch mal vor, wenn eine von uns zum Beispiel 'ne Blinddarmentzündung hat, dann braucht sie nicht ins Krankenhaus, sondern Fee bringt es einfach so durch Handauflegen wieder in Ordnung.«

»Ts!« Johanna hatte sich fast ein Loch in die Stirnplatte getippt. »Das glaubst du ja wohl selber nicht. Das bildet die sich doch bloß ein.«

Mira war richtig wütend geworden. Natürlich hatte sie Fee verteidigt, aber daraufhin hatte Lucy sie gleich wieder mit finsteren Blicken fixiert, und so hatte sie schließlich ihren Mund gehalten.

Mira drehte sich um und schaute zu Melanie hinüber, die absolut friedlich und geräuschlos schlief. Kein Schimmer von Erstickungsanfällen weit und breit.

Plötzlich hörte sie eine Stimme.

»Nein, lassen Sie mich in Ruhe. Ich werde das nicht tun!«

Das war Lucy.

Hastig schlug Mira ihre Decke zurück und huschte an das Bett ihrer Schwester. Auf Lucys Stirn glitzerten tausend winzige Schweißtropfen.

»Nein!«, schrie sie und bäumte sich auf. »Ich komme nicht mit. Niemals!«

»Schsch.« Sanft drückte Mira ihre Schwester ins Kopfkissen zurück. Ihr Herz wummerte allerdings zum Zerspringen. Lucy träumte von der Zeit, als sie unsichtbar unterwegs war und ihr Vater sie zurückholen musste. Da war sich Mira ganz sicher. Und wenn sie ihre Schwester jetzt wach bekam, dann würde die sich vielleicht auch wieder erinnern. Mira beugte sich nah an Lucys Ohr. »Hey, wach auf«, flüsterte sie.

Doch Lucy schlug nur wild um sich. Mira musste sich sogar in Deckung bringen, sonst hätte die Schwester ihr noch eine Kopfnuss verpasst.

»Lucy!« Mira versuchte es noch einmal und rüttelte an ihrer Schulter. »Wach auf! Bitte, bitte, wach auf!«

Aber es war nichts zu machen. Lucy lag in einem merkwürdigen bleiernen Schlaf, aus dem sie offensichtlich nicht einmal eine Explosion wecken konnte. Aber vielleicht würde ja ein Schluck verzaubertes Wasser helfen.

Kurz entschlossen schlüpfte Mira in ihre Hauspuschen, kramte ihren Zahnputzbecher aus der Kulturtasche und schlich zur Tür.

Als Fee die Augen öffnete, war es noch mitten in der Nacht. Die Leuchtzeiger ihres Weckers standen auf Viertel vor drei. Die Holzjalousien schlugen geräuschvoll gegen den Fensterrahmen. War sie davon wach geworden? Felicitas setzte sich auf und starrte zum Fenster hinüber. Wieso schlugen die Jalousien? Sie hatte das Fenster doch extra geschlossen, bevor sie schlafen gegangen war.

Na ja, vielleicht hatte Mama es später wieder geöffnet. Das tat sie manchmal, weil sie der Meinung war, dass man nachts frische Luft brauchte. Fröstelnd tappte Fee zum Fenster, zog die Jalousie hoch und schaute auf die Straße hinaus.

Sie drückte das Fenster in den Rahmen – und schrie entsetzt auf. Denn auf einmal stand die grauhaarige Frau vor ihr. Mitten im Blumenbeet, nur wenige Zentimeter von der Scheibe entfernt. Hastig legte Fee den Griff um und ließ die Jalousie herunterfallen. Ihr Herz trommelte hart gegen ihr Brustbein. Was sollte sie jetzt tun? Wenn die Frau genau wie Lucy einfach so erscheinen konnte, dann stand sie womöglich jeden Augenblick in ihrem Zimmer.

Fee raste zur Tür und stürzte auf den Flur hinaus.

»Mama!«, schrie sie. »Papa! Hilfe!«

Sie kam sich vor wie ein kleines Kind, das sich vor dem Gewitter fürchtete, aber das war ihr egal. Schließlich hatte sie keine Ahnung, was die Frau von ihr wollte. Felicitas wusste nur eins: Etwas Gutes konnte es nicht sein.

Und dann öffnete sich die rettende Schlafzimmertür, und ihr Vater stand auf der Schwelle. »Was ist denn los?«, fragte er, blinzelte in das Flurlicht, das Fee inzwischen angemacht hatte, und strich sich durch das wuschelige Haar.

»Ich-ich-ich«, stammelte sie. »Ich hab geträumt. Papa, kann ich bei euch schlafen?«

»Bei uns?« Ihr Vater schüttelte den Kopf und grinste. »Bist du dafür inzwischen nicht ein bisschen zu alt?«

»Nein, nein«, widersprach Fee. »Bestimmt nicht.«

Sie zitterte am ganzen Leib. Ihr Vater nahm sie in den Arm und strich ihr über den Kopf. »Das muss ja ein schlimmer Traum gewesen sein«, murmelte er. »Aber eben nur ein Traum.«

Er hatte ja keine Ahnung! Doch Felicitas konnte ihm schließlich nichts von all dem erklären. Davon abgesehen, würde er ihr sowieso nicht glauben.

»Ich weiß«, stammelte Fee. »Nur ein Traum. Und Träume kommen überall hin, auch ins Elternschlafzimmer. Trotzdem, Papa, bitte, bitte. Ich stör euch auch nicht«, bettelte sie. »Ich hole mein Bettzeug und lege mich auf den flauschigen Teppich vor eurem Bett.«

Ihr Vater seufzte und willigte schließlich ein. »Also gut. Ich will ja nicht, dass du die ganze Nacht Angst hast.«

Die hatte Felicitas allerdings. Und obwohl sie sich im Elternschlafzimmer einigermaßen sicher fühlte, machte sie die Augen keine Sekunde mehr zu. Wer weiß, was die Frau alles mit ihr anstellen konnte. Die war eine Hexe. Ganz klar. Leider hatte Fee nicht die geringste Ahnung, wie sie sich gegen sie wehren konnte. Und schon gar nicht, wie sie die ganze Woche ohne Mira, Lucy, Charlie und Johanna überhaupt überstehen sollte.

Mira ließ ein wenig lauwarmes Wasser in den Zahnputzbecher laufen und schloss die Augen.

»Bitte, bitte, lieber Gott«, betete sie. »Schick mir etwas, das Lucy aufweckt, und leite es durch meine Hände in dieses Wasser.« Natürlich hatte sie keinen Schimmer, ob Gott in diesem Fall überhaupt der richtige Ansprechpartner war. Aber da das Licht immer von oben kam, vermutete Mira, dass zumindest die Richtung stimmte.

Diesmal passierte aber leider überhaupt nichts. Es funzelte zwar ein bisschen über ihrem Kopf, und wenn sie sich sehr konzentrierte, glaubte sie auch ein leichtes Kribbeln in ihren Fingern zu spüren, alles in allem war es aber überhaupt kein Vergleich zu den vorherigen Malen.

Trotzdem beschloss Mira, Lucys Lippen mit dem Wasser zu benetzen. Wer weiß, vielleicht war ja doch ein wenig Zauberkraft hineingeraten. Einen Versuch war es jedenfalls wert.

Auf Zehenspitzen schlich Mira in ihr Zimmer zurück. Melanie, Nurdil, Jojo und Charlotte pennten immer noch selig vor sich hin. Na, wenn die wüssten!

Leise steuerte sie auf ihre Schwester zu. – Oh Gott, wie Lucy aussah! Aschfahl. Und sie rührte sich überhaupt nicht mehr. Zögernd streckte Mira die Hand aus und berührte ihren Arm. Er fühlte sich eiskalt an. Mira durchfuhr ein Riesenschreck. Lucy war doch wohl nicht tot? Nein, wenn man ganz genau hinsah, konnte man erkennen, wie sich ihr Brustkorb langsam hob und senkte. Sie atmete also noch. Unendlich erleichtert träufelte Mira ein wenig von dem Wasser aus dem Zahnputzbecher auf Lucys geschlossenen Mund.

»Mach auf!«, wisperte sie. »Schluck es schon runter.«

Aber ihre Zwillingsschwester lag einfach nur da und rührte sich noch immer nicht. Mira sah dabei zu, wie die wenigen Wassertropfen von Lucys trockener Lippenhaut aufgesaugt wurden, und geriet allmählich in Panik. Was sollte sie nur tun? Am liebsten hätte sie natürlich Charlie und Johanna geweckt, aber dann würden vielleicht auch Melanie und Nurdil aufwachen, und das durfte auf gar keinen Fall geschehen. Nein, Mira wusste sich jetzt nur noch einen einzigen Rat. Es war zwar mitten in der Nacht, aber sie musste es trotzdem versuchen.

Mit angehaltenem Atem öffnete sie ihre Spindtür und kramte ihr Portemonnaie hervor.

»Lucy, bitte, halt durch!«, flüsterte sie, während sie in ihre Strickjacke schlüpfte.

Dann verließ sie das Zimmer ein zweites Mal. Mira lief den Gang entlang und flitzte die Treppe hinunter ins Erdgeschoss.

Sie rannte am Speisesaal vorbei und registrierte in der Küche ein schwaches Licht, dem sie aber keine Bedeutung beimaß, da sie keine Geräusche hörte. Bestimmt hatte bloß jemand vergessen, es auszumachen.

Mira steuerte auf den Eingangsbereich zu, in dem sich ein öffentliches Telefon befand. Mit zitternden Fingern nahm sie den Hörer ab, schob ihre Telefonkarte in den Schlitz und tippte die Nummer ein. Es tutete und tutete eine Ewigkeit. Mira wollte schon aufgeben und wieder einhängen, da knackte es plötzlich in der Leitung.

»Jetzt bitte, bitte, bitte nicht Mama!«, wisperte Mira, da meldete sich eine verschlafene Stimme: »Ja, hier bei Lombsky.«

»Papa!«, quiekte Mira auf. Entsetzt schlug sie sich die Hand auf den Mund. Hoffentlich hatte sie keiner gehört.

»Mira?«, fragte ihr Vater erstaunt. »Bist du das?«

»Ja, Papa, Lucy …« Mira wusste gar nicht, wo sie anfangen sollte.

»Was ist mit ihr?«, fiel Frank Lombsky ihr sofort ins Wort.

»Sie wacht nicht mehr auf!«, erwiderte Mira atemlos.

»Sie wacht nicht auf?« Ihr Vater schien hochgradig alarmiert zu sein. »Hast du versucht, sie zu wecken?«

»Na klar, Mensch! Was meinst du, wieso ich dich anrufe. Mitten in der Nacht.«

»Um Himmels willen!«, rief er. »Lucy ist in großer Gefahr.«

Mira hatte es geahnt. Tränen schossen in ihre Augen. »Was soll ich denn bloß tun?«, schluchzte sie.

»Du musst ihr ein Schutzamulett machen«, sagte Frank Lombsky.

»Ein Schutzamulett?«, schniefte Mira. »Wie denn?«

»Das weißt du genau«, erwiderte ihr Vater ungeduldig. »Du nimmst einen Gegenstand aus Lucys Sachen. Am besten einen, an dem sie sehr hängt. Dann verbindest du dich mit dem Licht …«

Frank Lombsky brauchte nicht weiterzusprechen.

»Okay, Papa!«, sagte Mira. »Mach ich sofort.«

»Und sie darf nicht mehr unsichtbar werden!«, rief ihr Vater. »Hörst du? Du musst darauf achten, dass sie sich nicht mehr unsichtbar macht.«

»Ja, ja«, rief Mira zurück. »Mach ich. Tschüs, Papa. Grüß Mama. Ach nee, lieber nicht«, korrigierte sie sich sofort. »Ist wohl besser, wenn sie nicht weiß, dass ich mitten in der Nacht angerufen habe.«

»Ja«, sagte Frank Lombsky. »Und jetzt beeil dich, und sag mir morgen auf jeden Fall Bescheid, ob es geklappt hat, ja, Mira? … Du musst mir versprechen, dass du auf Lucy aufpasst.«

»Mach ich, Papa.« Das war doch gar keine Frage. Mit zitternden Fingern hängte Mira den Hörer ein. Auf Lucy aufpassen, das schien ja fast so was wie ihre Lebensaufgabe zu sein. Zumindest, seitdem die Sache mit der Hexerei angefangen hatte. Jetzt war sie für Lucy verantwortlich, ob sie wollte oder nicht, und auch, ob die das gut fand oder nicht. Mira würde auf ihre Schwester achten, das schwor sie sich. Auch wenn Lucy ihr deswegen die Hölle heißmachen und sie bis an ihr Lebensende dafür hassen würde.

Mira raste zurück. Doch als sie den Speisesaal erreichte, hörte sie plötzlich Stimmen. Sie machte eine Vollbremsung und blickte sich um. Das Herz klopfte ihr bis zum Hals. Wo konnte sie sich verstecken? Hastig duckte sie sich hinter einem Zeitschriftenständer, der neben dem Eingang zum Speisesaal stand.

»Das war eine klasse Idee«, sagte eine Stimme.

Drei Sekunden später traten Kemal und Tim (!!) in den Gang. Schon wieder der! Offensichtlich hatte er ein besonderes Faible für verbotene Dinge.

»Ich wette, die hätten das Zeug sowieso weggeschmissen«, erwiderte Kemal. »Für uns alle hätte das jedenfalls nicht mehr gereicht.«

»Umso besser, dass wir den Pudding verputzt haben, bevor der Mülleimer sich damit den Bauch vollgeschlagen hätte«, meinte Tim und lachte leise.

Kemal klopfte ihm auf den Rücken. »Und womit beglücken wir uns als Nächstes? Ich meine, was machen wir jetzt?«

»Erst mal schlafen«, sagte Tim und gähnte herzhaft. »Obwohl … Wenn ich mir was wünschen dürfte … Ich hätte da noch so eine Herzensangelegenheit«, fügte er zögernd hinzu.

Kemal kicherte. »Sag bloß, du bist verknallt?«

Mira knabberte nervös an ihren Fingernägeln. Für Lucy ging es womöglich um Sekunden, und die beiden Typen hatten nichts Besseres zu tun, als über Liebesangelegenheiten zu quatschen.

»Nicht direkt«, erwiderte Tim. »Dazu muss ich mich erst mal heimlich mit ihr treffen. Um zu sehen, wie sie so ist.«

»Sieht sie wenigstens gut aus?«, wollte Kemal wissen.

»Und wie.« Tim geriet ins Schwärmen. »Sie ist die Schönste von der ganzen Schule.«

Oje!, dachte Mira. Das klang nicht gerade nach Jojo. Die sah zwar wirklich nett aus, aber die Schönste von der ganzen Schule war sie garantiert nicht. Trotz der ganzen Schminke, die sie sich manchmal ins Gesicht schmierte.

»Jetzt sag schon!«, drängelte Kemal.

»Okay«, presste Tim hervor. »Es ist Melanie.«

Waaaaas? Vor Schreck verlor Mira das Gleichgewicht. Sie plumpste gegen den Zeitschriftenständer, und der krachte geräuschvoll zu Boden.

Die beiden Jungen fuhren herum. Aber sie guckten gar nicht genau hin. »Los, weg hier!«, zischte Kemal, und dann rannten die beiden unter lautem Getrappel davon.

Hoffentlich wecken die jetzt nicht das ganze Haus auf, dachte Mira. Eilig stellte sie den Zeitschriftenständer wieder hin und sammelte die Illustrierten ein. Dann schlich sie auf Zehenspitzen nach oben und kam unbehelligt in ihrem Zimmer an. Natürlich schaute sie zuerst nach Lucy. Mira kam es so vor, als ob sie inzwischen noch bleicher geworden war. Aber ihre Brust hob und senkte sich regelmäßig. Zum Glück!

Mit angehaltenem Atem drehte Mira den Schlüssel von Lucys Spind herum und begann deren Sachen zu durchwühlen. Doch dummerweise hatte Mama ganze Arbeit geleistet und absolut nichts Überflüssiges eingepackt. Zumindest fand Mira nichts, das ihr für diesen Zweck geeignet schien. In ihrer Verzweiflung griff sie sich schließlich eine von Lucys gebrauchten Socken, klemmte sie zwischen die Hände und schloss die Augen. Diesmal kam der Lichtblitz so gewaltig, dass sie fast von den Füßen kippte. Wenn Papa da mal nicht nachgeholfen hatte!

Hastig stopfte Mira die Socke unter Lucys Bettlaken und starrte dann wie gebannt auf das Gesicht der Schwester. Eine ganze Weile tat sich überhaupt nichts. Doch dann verschwanden die Schweißtropfen auf Lucys Stirn plötzlich wie durch Geisterhand, und allmählich kehrte Farbe in ihr Gesicht zurück. Und schließlich bewegte sie sich sogar, streckte die Arme aus, drehte sich Mira zu und lächelte versunken.

Zutiefst erleichtert schlüpfte Mira unter ihre Bettdecke. An Schlafen war allerdings noch nicht zu denken. Jetzt hatte sie nämlich zwei Probleme. Ein weniger ernstes und ein richtig ernstes. Das weniger ernste war Tim mit seiner blöden Schwärmerei für Melanie. Wenn Jojo davon erfuhr, würde sie wahrscheinlich Himmel und Hölle in Bewegung setzen, um Melanie auszuschalten. Daher war Mira sich nicht sicher, ob sie Johanna überhaupt davon erzählen sollte. Andererseits hatte ihre Freundin Tims Sympathie natürlich tausendmal mehr verdient als ausgerechnet diese bescheuerte Melanie.

Mira seufzte leise. Sie gab diese Geschichte an ihre im Hintergrund arbeitenden Gehirnzellen ab und widmete sich dem richtig ernsten Problem. Es war ihr nämlich ein absolutes Rätsel, wie sie Lucy die nächsten Tage davon abhalten sollte, sich unsichtbar zu machen. Zur Not würde sie ihr wohl oder übel von der Gefahr, in der sie schwebte, erzählen müssen. Schließlich hatte Papa nichts davon gesagt, dass Mira das nicht tun dürfte.

Am nächsten Morgen schaffte Mira es kaum, die Augen offen zu halten, geschweige denn, aus dem Bett zu kommen.

»Hey, was ist los mit dir?«, fragte Lucy und zwickte ihre

Schwester in die Wange. »Bist du heute Nacht etwa geschlafwandelt?«

»So ähnlich«, murmelte Mira, die sich über alle Maßen darüber wunderte, dass Lucy so fit war. – Nach dem schweren, fiebrigen Schlaf, den sie hinter sich hatte!

»Ich glaube, wir kitzeln sie mal ordentlich durch«, schlug Charlotte vor. Mit gespreizten Fingern und lustvoll blitzenden Augen kam sie auf Mira zu.

»Au ja!«, rief Jojo. »Und zwar von allen Seiten.«

Quiekend umrundete sie Miras Bett und stürzte sich auf die Freundin.

»Nein! Halt! Stopp! Hilfe!«, schrie die los.

Aber es gab kein Entkommen. Dreißig Finger wanderten über Miras Körper, kitzelten sie am Hals, drückten sie in den Bauch und quetschten sich unter ihre Arme.

»Hahahahahaha …« Mira schnappte nach Luft. »Aufhören!«

»Mann, seid ihr blöd«, sagte Melanie. »Wie die kleinen Kinder.« Sie schlüpfte in ihren hellgrünen Satinbademantel, schnappte sich ihre Kulturtasche und stolzierte mit hoch erhobenem Kopf aus dem Zimmer.

Nurdil seufzte. »Aber du wohl nicht, was?«, murmelte sie, als sich die Tür hinter Melanie geschlossen hatte.

Plötzlich gab es einen lauten Rums! Mira war aus dem Bett gefallen.

»Ouuuh!«, stöhnte sie. »Seid ihr verrückt oder was?«

»Komplett«, gab Charlotte zu, schnappte sich Miras Arm und zog sie auf die Füße.

»Hauptsache, du bist jetzt wach«, sagte Jojo.

Aber das war Mira nicht. Sie fühlte sich müde und kraftlos. Und auch als sie zwanzig Minuten später gewaschen und gestriegelt im Speisesaal saß, öffnete Mira ihren Mund mehr zum Gähnen, als um in ihr Brot zu beißen.

Frau Heinrich, die mit Herrn Löwens zwei Tische weiter saß und frühstückte, blickte immer wieder sorgenvoll zu Mira hinüber.

»Ich glaube, manche Kinder haben nicht so gut geschlafen«, sagte sie zum Erdkundelehrer. »Das ist in der ersten Nacht ja oft so. Vielleicht ist es besser, wenn wir heute nur ins Museum fahren und die Wattwanderung verschieben.«

Herr Löwens nickte. Er fand es zwar bedauerlich, aber er hatte auch keine Lust, sich mit unausgeschlafenen Kindern über Pierwümer und Schlickkrebse zu unterhalten.

Frau Heinrich leerte ihren Kaffee und teilte Nurdil, Tim und Kemal für den Küchendienst ein. Dann ging sie auf Melanie zu.

»Und du, meine Liebe, gehst jetzt bitte nach oben und wäschst dir die Farbe aus dem Gesicht.«

Melanie lächelte elfenhaft. »Wieso? Welche Farbe denn?«

Die Kinder drum herum fingen an zu kichern.

»Frau Heinrich meint den Schimmel auf deinen Lidern!«, rief Michel.

Die Klassenlehrerin schaute in die Runde. »Ruhe!« Dann sah sie Melanie streng an. Doch bevor sie etwas sagen konnte, fing die bereits an, sich zu rechtfertigen.

»Das ist zum Schutz«, erklärte Melanie. »Meine Haut ist so wahnsinnig empfindlich. Besonders die auf den Lidern, den Lippen und den Wangen. Meine Mutter hat mir deswegen extra diese Schminke mit dem extrem hohen Lichtschutzfaktor gekauft.« Ein paar der Mädchen prusteten los.

Johanna kniff die Augen zusammen und stöhnte: »Keine Ahnung, wie ich diese Kuh die ganze Woche ertragen soll.« Sie tippte Mira gegen die Schulter. »Vielleicht kannst du mir ja ein Antimelanieum brauen. Für alle Fälle.«

»Ein was?«, fragte Charlotte.

»Oder ich verschwinde mal kurz, um sie in den Hintern zu kneifen«, schlug Lucy vor.

»Das machst du nicht!«, platzte Mira erschrocken heraus.

»Wieso das denn nicht?«, entgegnete Lucy empört. »Ich habe keine Lust, mir ewig von dir vorschreiben zu lassen, wann ich mich unsichtbar mache und wann nicht. Ich kann das selber entscheiden. Ich bin auch vernünftig.«

Charlotte boxte die Freundin kräftig in die Seite. »Jetzt sei ruhig. Die Heinrich guckt schon.«

»Mira hat recht«, murmelte Jojo. »Diese alte Ziege in den Hintern zu kneifen, bringt überhaupt nichts. Da muss uns schon was anderes einfallen.«

Oh Gott! Das versprachen ja megaanstrengende Tage zu werden. Mira hatte starke Zweifel, ob sie dem gewachsen sein würde. Sie blickte wieder zu Melanie hinüber, die mittlerweile eine Rede über Lichtempfindlichkeit schwang.

»Ich freue mich, dass du darüber so gut Bescheid weißt«, sagte Frau Heinrich am Schluss. »Trotzdem gehst du jetzt hoch und entfernst diese Farbe aus deinem Gesicht. Anschließend kommst du in mein Zimmer, damit ich dir einen Sunblocker, Lichtschutzfaktor 60, geben kann. Der wird seinen Zweck ebenso gut erfüllen.«

Melanie wurde blass. »Aber …«, stammelte sie.

»Kein Aber«, sagte Frau Heinrich entschieden.

Da meldete sich plötzlich Tim zu Wort. »Warum lassen Sie sie denn nicht so gehen?«, fragte er und warf Melanie ein zuckersüßes Lächeln zu. »Das sieht doch sehr hübsch aus.«

Augenblicklich grölten die Jungen los.

»Hahahahahahahaha!« – »Tim ist verknallt!« – »Wann küsst du sie endlich?« – »Au ja, Frau Heinrich! Tim soll Melanie küssen. Dann geht die Farbe auf ihrem Mund von ganz alleine ab.«

Augenblicklich verwandelte sich Tims Kopf in eine leuchtende Tomate. Und auch Melanie lief so rot an, dass das Rouge auf ihren Wangen überhaupt nicht mehr zu sehen war.

Am allerallerrötesten jedoch war Johanna. Die wurde nämlich dunkelwutrot. »Mann, sind die bescheuert!«, knurrte sie ihre Freundinnen an. Sie warf Melanie einen ultragiftigen Blick zu und fixierte dann Mira. »Die schaltest du aus. Ist das klar?«

»Ach, komm …« Lucy winkte ab. »Dafür ist Mira doch viel zu anständig. Lass mich das lieber in die Hand nehmen.«

Sie zwinkerte Jojo noch einmal kurz zu und verschwand mit einem Plopp! im Nichts.

»Nein!«, schrie Mira leise auf. »Bitte, Lucy …, das darfst du nicht.«

»Jetzt stell dich nicht so an«, schnaufte Johanna. »Immerhin ist das hier ein Notfall.«

»Es ist zu gefährlich«, jammerte Mira.

Sie war kreideweiß geworden, was in der allgemeinen Aufregung allerdings nur Charlotte bemerkte.

»Ach, du spinnst doch«, erwiderte Johanna. »Bloß weil Fee nicht mit dabei ist, musst du doch nicht gleich ihren Part übernehmen.«

Ihr habt ja keine Ahnung, dachte Mira. Eigentlich war es höchste Zeit, die Freundinnen endlich in die Sache mit Lucy einzuweihen. Aber nicht jetzt und nicht hier. Sie würde später bestimmt noch eine Gelegenheit finden, mit den beiden zu sprechen.

Plötzlich schallte ein markerschütternder Schrei durch den Speisesaal. Er kam aus Melanies Kehle.

»Auuuuuuh, auuuuuhaaaaaa!«, brüllte sie und rannte wie von der Tarantel gestochen zwischen den Tischen herum.

Johanna lachte schadenfroh. »Super, Lucy«, murmelte sie. »Mach weiter so.«

Auch Charlotte konnte sich ein Grinsen nicht verkneifen.

»Was ist denn jetzt wieder los?«, rief Frau Heinrich. »Hast du dir wehgetan?«

»Meine Nase!«, schrie Melanie. »Meine Augen! Meine Backen!«

»Bestimmt hat ihre Schminke sie gebissen«, tönte Pascal.

»Schluss mit dem Unsinn!«, rief nun Herr Löwens, der bisher seelenruhig auf seinem Stuhl gesessen und Kaffee geschlürft hatte. »Ihr seid jetzt bitte alle ruhig und esst euer Brot auf«, sagte er ungewöhnlich scharf. »Danach geht ihr nach oben, um eure Sachen zu holen. Und in einer Viertelstunde treffen wir uns dann draußen auf dem Platz vor dem Eingang. Wir fahren ins Nolde-Museum.«

Mit einem Schlag war alles ruhig. Frau Heinrich fasste Melanie am Arm und lief mit ihr aus dem Speisesaal. Die anderen Kinder wandten sich ihren Tellern zu und frühstückten schweigend zu Ende. Nur hier und da war noch ein leises Kichern zu hören. Wie in Trance biss Mira in ihr Brot und starrte kauend vor sich hin.

»Wenn der tatsächlich in die Zicke verknallt ist, dann sterbe ich«, murmelte Johanna.

»Tust du nicht«, wisperte Charlotte. »An so was ist noch nie jemand gestorben.«

»Na und!«, brummte Johanna. »Dann bin ich eben die Erste.«

Mira schwieg. Sie überlegte, ob sie Jojo von ihrem nächtlichen Erlebnis mit Tim und Kemal erzählen sollte. Vielleicht wäre das ja so etwas wie ein heilsamer Schock für sie. Andererseits war zu befürchten, dass Johanna dann tatsächlich mit allen nur erdenklichen Mitteln gegen Melanie vorgehen würde.

Mira seufzte leise. Es war wirklich ein Segen, dass Jojo nicht hexen konnte! Im Moment wünschte sie sich allerdings, dass Lucy diese Fähigkeit auch nicht besaß. Wo die jetzt wohl steckte? Hoffentlich war ihr nichts passiert.

»Hier!«, rief Lucy und erschien auf ihrem Stuhl, als wäre überhaupt nichts gewesen. »Und wieso sollte mir etwas passiert sein?«

»Ja, genau«, sagte Charlotte. Sie schaute Mira durchdringend an. »Warum sollte Lucy etwas passiert sein?«

Liebeswahn und Warzennase

»Seit wann hast du dienstags Sport?«, fragte Frau Radke erstaunt, als Felicitas am nächsten Morgen mit einer stark ausgebeulten Sporttasche im Flur erschien.

»Seit … äh …«, stammelte die. »Äh, weißt du denn nicht mehr? Wir haben doch jetzt zwei Stunden Leichtathletik zusätzlich. Wegen der Bundesjugendspiele.«

Puh! Fee fand, dass das eine wirklich gute Antwort war. Ihre Mutter schien allerdings noch nicht so ganz zufrieden damit zu sein. Sie schüttelte den Kopf. »Nee. Mir kommt es eher so vor, als hätte ich noch nie davon gehört.«

»Hm«, machte Felicitas, die sich inzwischen wieder voll im Griff hatte. »Dann hab ich wohl vergessen, es dir zu sagen.«

»Heißt das, du kommst heute später nach Hause?«, erkundigte sich Frau Radke.

»Ja, genau.« Fee nickte eifrig. »Erst um halb drei, frühestens.«

Ihre Mutter seufzte. »Es ist doch alles in Ordnung mit dir?«, fragte sie. »Ich meine, erst dieser Albtraum letzte Nacht und nun diese merkwürdige Vergesslichkeit …«

Normalerweise war Felicitas die Verlässlichkeit in Person.

»Doch, doch, Mama. Ganz bestimmt«, sagte Fee so fröhlich wie möglich. Sie schlüpfte in ihre Sneakers. »Vielleicht ist es nur, weil Mira und die anderen auf Klassenreise sind. Ich vermisse sie eben.«

Frau Radke seufzte. »Na gut, dann sehen wir uns also heute Nachmittag«, sagte sie und drückte ihrer Tochter einen Kuss auf die Wange. Dabei kam es ihr so vor, als ob Fee sich etwas länger als sonst in ihren Arm schmiegte, aber das konnte natürlich reine Einbildung sein.

Felicitas winkte ihrer Mutter noch einmal zu und bog dann in Richtung Haltestelle ab. Ihr Rucksack war um einiges schwerer als sonst, und an der Sporttasche schleppte sie sich halb tot. Alle paar Sekunden drehte sie sich in sämtliche Richtungen und hielt nach der merkwürdigen Frau Ausschau, aber zum Glück tauchte die nirgendwo auf. Und als Fee zehn Minuten später endlich im Bus saß, breitete sich allmählich die Zuversicht in ihr aus, dass sie es unbehelligt bis zum Schullandheim schaffen würde.

Sie stieg am Bahnhof aus, löste eine Fahrkarte am Automaten und stieg um 8 Uhr 17 in den Zug Richtung Westerland. Im Großraumabteil des Wagens Nummer 9 gab es noch eine ganze Reihe nicht reservierter Plätze. Felicitas suchte sich einen freien Zweierplatz zwischen zwei besetzten Reihen aus. Sie rutschte zum Fenster durch und platzierte ihr Gepäck auf dem Sitz daneben. – Ja, hier fühlte sie sich sicher.

In ungefähr dreieinhalb Stunden würde sie vor dem Schullandheim stehen, und Mira, Lucy, Jojo und Charlotte würden wahrscheinlich die Augen aus dem Kopf fallen.

Doch dann kam alles ganz anders.

»Reist du allein?«, erkundigte sich der Zugbegleiter, der eine Viertelstunde nach der Abfahrt ihre Fahrkarte kontrollierte.

Felicitas nickte.

»Dann wirst du bestimmt in Niebüll am Bahnhof abgeholt?«

Diese Frage klang fast wie eine Drohung.

»Nein … äh …, ja … äh …«, stammelte Fee.

Der Zugbegleiter runzelte die Stirn. »Was denn nun?«

»Ja, natürlich.« Felicitas nickte eifrig und versuchte, weniger unsicher zu wirken. »Und wenn nicht, dann weiß ich, in welchen Bus ich steigen muss.«

»Wohin geht denn überhaupt deine Reise?«

»Äh … nach Niebüll natürlich«, sagte Fee. »Steht doch auf der Fahrkarte.«

Der Schaffner strich sich über den Schnurrbart. Seine kleinen braunen Augen blitzten. »Und wer erwartet dich dort?«

»Niemand … das heißt, äh, meine Tante wahrscheinlich.«

»Wahrscheinlich?«

»Ja, oder meine Cousine«, sagte Fee schnell.

»Deine Cousine, so, so … Wie alt ist sie denn, deine Cousine?«

»Etwas älter als ich.« Felicitas' Finger fingen an zu schwitzen. Unruhig rutschte sie auf ihrem Sitz hin und her. »Ungefähr fünfzehn oder so.«

»Hmmmm«, machte der Zugbegleiter und schaute Felicitas tief in die Augen. »Und ihr beide, du und deine Cousine, meine ich, ihr habt heute wohl gar keine Schule, was?«

Oje, oje, jetzt wurde es wirklich eng. Allmählich gingen Felicitas die Antworten aus. Zu schade, dass sie sich nicht einfach unsichtbar machen konnte. So wie Lucy.

»Was ist denn nun, mein Kind?«

Der Schaffner wedelte ungeduldig mit der Fahrkarte vor ihrer Nase herum. Fee hob den Kopf und sah ihn an.

»Ich habe heute frei«, log sie. »Meine Lehrer haben eine Konferenz.«

»Hm? Und die Lehrer deiner Cousine wohl auch, wie?«

»Was ist denn hier los?«, fragte plötzlich eine Frauenstimme von hinten.

Felicitas drehte sich um. Hoffentlich kam jetzt nicht auch noch eine Schaffnerin. Es war schließlich mit einem Erwachsenen schon anstrengend genug. Aber es war noch schlimmer.

»Ist irgendwas nicht in Ordnung?«, fragte die Frau mit den halblangen grauen Haaren und lächelte Fee dabei an.

Hastig wandte Felicitas sich ab und zog den Kopf ein. Ihr Herz hämmerte hart und schnell gegen ihr Brustbein. Und sie schwitzte so sehr, dass sie das Gefühl hatte, der Schweiß würde ihr bereits aus den Ohren tropfen.

»Allerdings«, sagte der Zugbegleiter. »Ich fürchte, dieses Mädchen ist von zu Hause weggelaufen. Aber das werden wir gleich genauer feststellen.« Er nickte Felicitas zu. »Kommst du bitte mit?«

Fee stand sofort auf. Im Augenblick war alles besser, als mit der Frau allein zu sein. Doch die schüttelte nur den Kopf und lachte.

»Was hat Felicitas Ihnen denn bloß erzählt?«

»Wollen Sie damit etwa sagen, Sie kennen dieses Mädchen?«, erwiderte der Schaffner erstaunt.

»Aber natürlich. Felicitas ist meine Nichte.« So als wäre es das Selbstverständlichste von der Welt, nahm die Frau Fees Sporttasche, hievte sie auf die Gepäckablage über ihnen und setzte sich neben sie.

»Ja, dann …« Der Schaffner nickte den beiden zu. »Entschuldigen Sie vielmals, aber heutzutage kann man ja nicht vorsichtig genug sein.«

»Allerdings«, sagte die Frau, nachdem sich der Schaffner abgewandt hatte, und blickte Felicitas mit ihren seltsamen hellblauen Augen an.

Fee guckte schnell weg und starrte aus dem Fenster. »Was wollen Sie von mir?«, presste sie schließlich zwischen zusammengebissenen Zähnen hervor.

»Nur ein wenig auf dich aufpassen.«

Aufpassen? – Schön wär's! Das mochte glauben, wer wollte. Fee ganz bestimmt nicht. »Warum belästigen Sie uns?«

Die Frau lachte abermals. »Belästigen?« Dann schüttelte sie den Kopf. »Kind, Kind, Kind …«

Fee traute sich noch immer nicht, die Frau anzusehen. Sie blickte starr auf den Vordersitz. »Wenn Sie nicht sofort weggehen, dann schreie ich den ganzen Zug zusammen«, zischte sie.

»Das wirst du nicht tun.«

Die Frau berührte Fee am Arm, und die schrie los. Sie schrie und schrie und schrie. Wie ein kleines Ferkel, das man aufspießen wollte. Aber niemand hörte sie.

Die Gelegenheit, Charlotte zu erklären, dass Lucy auf ihrem Geistertrip durch den Speisesaal etwas hätte passieren können, bekam Mira erst ein paar Stunden später, nachdem die Museumsführung beendet war und die Kinder noch ein wenig in dem wunderschönen Museumsgarten herumlaufen durften.

»Wir treffen uns um 12 Uhr 30 in der Eingangshalle«, sagte Herr Löwens und tippte auf seine Armbanduhr. »Wer keinen Zeitmesser dabeihat, möge sich bitte an einen Klassenkameraden mit entsprechender Ausrüstung halten. Oder einen der Museumswärter fragen.« Er hob den Zeigefinger in die Luft und drohte scherzhaft. »Und dass mir während eurer Anwesenheit kein Nolde abhandenkommt.«

»Als ob ich scharf auf eine dieser bunten Klecksereien wäre«, tönte Pascal. »Das kann mein kleiner Bruder nämlich mindestens genauso gut wie dieser Emil Nolde.«

»Ja, ja«, tönte Charlotte zurück. »Und meiner ist ein waschechter Picasso.« Sie konnte es nämlich nicht ausstehen, wenn sich jemand, der keine Ahnung hatte, über Kunst ausließ.

»Jetzt komm, reg dich nicht auf«, zischte Mira und zog Charlie am Ärmel. »Ich muss mal aufs Klo.« Dabei zwinkerte sie der Freundin so heftig zu, dass die sofort kapierte und Mira folgte.

Doch Lucy machte den beiden einen Strich durch die Rechnung. »Ich muss auch«, sagte sie und hakte sich bei Charlotte unter.

Nur Jojo hatte andere Pläne. »Ich guck noch mal ein bisschen rum«, meinte sie und verrenkte sich bereits den Hals.

Mira, Lucy und Charlotte guckten sich kopfschüttelnd an und marschierten in Richtung Klos. Johannas Verliebtheit nervte wirklich ziemlich.

»Das einzig Gute daran ist, dass wir jetzt endlich einen richtigen Grund haben, Melanie zu ärgern«, meinte Lucy grinsend. »Ich hatte noch nie so viel Spaß am Kneifen.«

»Das hat man gehört«, sagte Charlotte und schaute Lucy missbilligend an. »Besonders originell war das allerdings nicht.«

»Und besonders nett auch nicht«, fügte Mira hinzu.

»Oh Mann!«, stöhnte Lucy. »Was ist denn bloß los mit euch? Ihr seid ja richtige Spielverderberinnen!«

»Meinetwegen«, brummte Charlotte. »Aber ich finde eben, du übertreibst in der letzten Zeit ein bisschen.«

»Pah«, schnappte Lucy. »Macht doch, was ihr wollt, ihr Supermoralapostel.«

Sie stieß die Toilettentür auf und verschwand.

»Du hast recht«, murmelte Mira. »Lucy wird immer störrischer. Und irgendwie hab ich das Gefühl, dass es mit der Sache zu tun hat, die in unserem Kleiderschrank passiert ist.«

Charlie guckte die Freundin mit großen Augen an, und Mira erzählte hastig, was zu Hause während des Kofferpackens und in der letzten Nacht passiert war.

Charlotte sagte erst mal gar nichts. Unruhig lief sie ein paar Schritte auf und ab. Schließlich blieb sie stehen und wandte sich Mira zu. Ihr Blick war nun nicht mehr neugierig, sondern ängstlich.

»Glaubst du, dass wir jetzt alle in Gefahr sind?«, wisperte sie.

Mira zuckte die Schultern. Darüber hatte sie noch gar nicht nachgedacht. Sie machte sich einfach nur Sorgen um Lucy.

»Glaub ich nicht«, sagte sie schließlich. Dann ballte sie die Fäuste und schaute Charlie entschlossen an. »Wir müssen

Lucy um jeden Preis davon abhalten, sich noch mal unsichtbar zu machen. Wenn wir das schaffen, dann brauchen wir auch keine Angst zu haben.«

»Und diese merkwürdige Frau?«, gab Charlotte zu bedenken. »Was ist mit der?«

»Die ist über zweihundert Kilometer von hier weg«, erwiderte Mira. »Was soll die uns schon anhaben?«

»Und wenn sie auch eine Hexe ist? – Eine böse, meine ich natürlich.«

Mira seufzte. Genau das war ihr auch schon einige Male durch den Kopf geschossen, aber sie hatte es immer wieder verdrängt.

»Mannomann, ich hab mich so auf diese Klassenfahrt gefreut«, sagte sie. »Jetzt sind wir gerade mal einen Tag hier, und ich wünsche mir nichts sehnlicher, als endlich wieder zu Hause zu sein.«

»Das ist unlogisch«, entgegnete Charlotte. »Zu Hause, da ist doch gerade diese Frau.«

»Aber auch Papa. Verstehst du, Charlie, nur bei ihm fühle ich mich wirklich sicher.«

Charlotte nickte. »Weißt du was? Wenn Lucy hier tatsächlich noch durchdreht, dann muss dein Vater sie eben abholen und selber auf sie aufpassen.«

»Was ist los?«, bestürmte Lucy ihre Freundinnen, als sie vom Klo kam. »Seid ihr etwa schon fertig? Oder müsst ihr gar nicht?«

»Wir haben unsere Blasen einfach leer gehext«, entgegnete Charlie. Eigentlich war ihr überhaupt nicht nach Scherzen zumute. Andererseits kannte sie Lucy nur zu gut. Mit Vernunft war ihr nicht beizukommen. Am besten würde es sein, sie taten so, als ob alles in Ordnung wäre. Um Lucy davon abzuhalten, ihre Fähigkeiten zu gebrauchen, mussten sie schon besonders listig sein.

»Coole Idee«, sagte Lucy grinsend. »Beim nächsten Mal probier ich das auch.« Sie quetschte sich zwischen Mira und Charlotte und schlang ihnen jeweils einen Arm um die Schulter. »Los, lasst uns mal rausgehen und gucken, was Jojo so macht.«

»Woher weißt du, dass sie draußen ist?«, fragte Mira.

»Ist bloß so ein Gefühl«, erwiderte ihre Schwester.

Charlie und Mira warfen sich einen verstohlenen Blick zu. Hatten sie es etwa schon wieder mit einer neuen übersinnlichen Fähigkeit zu tun?

Lucy bemerkte es und lachte los.

»Ihr seid vielleicht ein paar Dumpftrinen«, kicherte sie. »Ich wette, alle sind draußen. Bei dem Wetter wäre es doch wirklich blöd, immer noch in dieser Stickbude herumzulaufen.«

Sie schüttelte blöde kichernd den Kopf und marschierte quer durch die Eingangshalle auf den Vorplatz des Museums hinaus. Mira und Charlotte warfen sich abermals einen vielsagenden Blick zu und folgten ihr zögernd.

»Es fängt schon an«, wisperte Charlie. »Sie dreht langsam durch. Du musst deinen Vater anrufen. Bei der nächstbesten Gelegenheit.«

Mira nickte. Das sollte sie heute ja ohnehin tun.

Auf dem Vorplatz kam Lucy ihnen schon wieder entgegengerannt, mit Johanna im Schlepptau.

»Die hirnlose Kuh hat sich doch glatt noch mal geschminkt«, presste Jojo atemlos hervor. »Liegt dahinten auf der Wiese und brutzelt ihren edlen Pelz in der prallen Sonne. Und wisst ihr, was Tim macht?«

Mira und Charlotte zuckten mit den Schultern.

»Der hängt zusammen mit Kemal drei Meter entfernt in einer Hecke und glotzt sich noch um den Verstand.« Johannas hellbraune Augen funkelten vor Zorn. »Wir müssen sofort was tun«, sagte sie und ballte die Fäuste.

»Was denn?«, entgegnete Charlotte. »Soll ich Tim etwa mit meiner Gedankenkraft von Melanie weglocken und auf dich programmieren?«

Jojo machte große Lakritzschneckenaugen. »Könntest du das?«

»Keine Ahnung«, brummte Charlie. »Und selbst wenn, fände ich das auch ein bisschen übertrieben. Wenn Tim nicht dich liebt, sondern diese eingebildete Schnepfe da, dann ist ihm sowieso nicht mehr zu helfen.«

Johanna starrte Charlotte an. Dann sank sie plötzlich in sich zusammen, schlug sich die Hände vors Gesicht und fing fürchterlich an zu heulen. »Das überleb ich nicht. Ich ertrag das nicht. Ich liebe ihn so sehr«, schluchzte sie.

Mira verdrehte die Augen. Das durfte doch wohl alles nicht wahr sein! Hatten sie nicht andere Sorgen? Aber davon hatte Johanna ja nicht die geringste Ahnung. Und Mira war immer noch unentschlossen, ob man ihr die Geschichte überhaupt erzählen sollte oder nicht.

»Ist ja schon gut«, murmelte Lucy. Tröstend schlang sie einen Arm um Jojos Hals. »Natürlich dürfen wir Tim um keinen Preis dieser Giftschnake überlassen. Mach dir mal keine Sorgen. Wenn Charlie dir nicht helfen will, dann mach ich das eben.«

Charlotte schnappte nach Luft, verkniff sich aber jeden Kommentar. Ganz zweifellos befand Lucy sich in einer Art Ausnahmezustand. Sie wurde wirklich immer ekliger. Charlotte mochte es sich gar nicht ausmalen, was passieren würde, wenn man jetzt Streit mit ihr anfing.

Johanna hörte schlagartig auf zu flennen. »Danke, Lucy!«, quietschte sie. »Was hast du denn vor?«

»Ganz einfach«, erwiderte Lucy. »Sie muss hässlich aussehen, tausend Pickel im Gesicht haben oder eine fette Warze auf der Nase.«

Jojo nickte begeistert. »Au ja! Am besten alles.«

»Und wie willst du das bitte hinkriegen?«, erkundigte sich Charlotte. »Soweit ich weiß, kannst du dich unsichtbar machen und sonst nichts.«

Lucy blickte ihre Freundin wütend an. »Na, aufmalen zum Beispiel.«

»Klasse«, schnaubte Charlie. »Wirklich genial.«

»Dann fang ich eben ein paar Bienen ein«, knurrte Lucy. Sie zog ein dünnes Halstuch aus ihrem Rucksack und durchwühlte ihn anschließend nach einem Bonbon, das sie in den Mund steckte, kräftig durchlutschte und dann in das Halstuch klebte.

»Du spinnst doch!«, platzte Mira heraus. »Erstens muss das überhaupt erst mal klappen. Und zweitens haben wir keine Ahnung, ob Melanie nicht vielleicht sogar eine Bienengiftallergie hat. So was kann richtig gefährlich werden.«

»Pah!«, schnaufte Lucy. »Dann mach doch einen besseren Vorschlag. Außerdem …«, kichernd blickte sie zu Melanie hinüber, »… wären wir das Problem dann doch auf einen Schlag los.«

Charlotte packte ihre beste Freundin an den Schultern und schüttelte sie. »Jetzt halt aber mal die Luft an!«, zischte sie. »Du weißt ja nicht mehr, was du sagst.«

»Wieso?«, tönte Lucy. »Mira reißt ihre Klappe im Moment doch auch ganz schön weit auf. Aber wenn es darum geht, mal etwas für ihre Freundinnen zu tun, dann kriegt sie den Moralischen. Dabei könnte sie Jojo jetzt viel besser helfen als ich. Sie müsste nur ein feines Säftchen brauen, und schon hätte Melanie die schönste Warze auf der Nase.«

»Genau«, sagte Johanna und schaute Mira mit Bettelaugen an. »Mach das doch. Bitte, bitte, bitte!«

Doch Mira lehnte es kategorisch ab. »Kommt überhaupt nicht infrage.«

»Wusst ich's doch«, giftete Lucy. »Dann muss ich ja wohl …«

»Nein!!!«, schrien Charlotte und Mira wie aus einem Mund.

Lucy und Johanna starrten die beiden erstaunt an.

»Ich mach's«, fügte Mira hastig hinzu.

»Na bitte«, schnappte Lucy. »Warum nicht gleich so!«

Sie nahm das Bonbon aus ihrem Halstuch und steckte es sich in den Mund.

»Und was, wenn Melanie von uns nichts zu trinken annimmt?«, wandte Mira ein. »Dann kann ich nämlich auch nichts mehr machen.«

»Wir geben es ihr gar nicht«, erwiderte Charlotte. »Wir lassen es Tim machen.«

»Waaaaas?!«, keifte Johanna. Sie sprang Charlie fast an die Gurgel. »Bist du wahnsinnig! Wenn mein Tim so nah an die Zicke rankommt, dann falle ich sofort tot um.«

»Tust du nicht«, sagte Charlotte, der Jojos stündliches Sterben tierisch auf den Wecker ging. Entschieden drückte sie Johanna von sich weg. »Wie kann man nur so verbohrt sein«, brummte sie. »Schalt lieber mal deinen Grips ein, falls dieser bescheuerte Liebesdusel überhaupt noch was davon übrig gelassen hat.«

Johanna ballte die Fäuste, sagte aber nichts, sondern hörte sich an, was Charlotte ihr noch zu sagen hatte.

»Auf diese Weise schlagen wir doch zwei Fliegen mit einer Klappe. Melanie kriegt ihre Warze und wird denken, dass Tim ihr was ins Getränk getan hat, woraufhin er wiederum null Chancen bei ihr haben wird.«

»Oh, du bist genial!«, quietschte Johanna los. Sie fiel Charlotte um den Hals und knutschte ihr das halbe Gesicht ab.

Mira stöhnte. »Ich hol dann mal was«, sagte sie und rannte in Richtung Kiosk, der sich gleich neben der Bushaltestelle an der Straße befand.

Sie kaufte eine Flasche Melonenlimonade, peppte sie mithilfe des Lichtblitzes farblich und geschmacklich noch etwas auf und verlieh ihr zusätzlich die Fähigkeit, Warzen wachsen zu lassen.

Natürlich war Mira alles andere als wohl dabei. Aber sie musste verhindern, dass Lucy sich unsichtbar machte, und dafür schien ihr im Augenblick jedes Mittel recht zu sein.

»Wer macht's?«, fragte sie und hielt ihren Freundinnen die verhexte Flasche entgegen.

»Ich«, sagte Charlotte und schnappte sie sich, bevor Lucy nach ihr greifen konnte.

Zielstrebig steuerte sie auf die Hecke zu, hinter der Tim sich verborgen hielt.

»Das guck ich mir genauer an«, sagte Lucy und grinste frech.

»Tust du nicht!«, rief Mira so laut, dass Charlotte es hören konnte.

Und Charlie begriff. Lucy war drauf und dran, sich unsichtbar zu machen.

Blitzschnell drehte sie sich um und starrte Lucy an. Noch nie hatte Charlotte sich dermaßen angestrengt. Du bleibst bei Mira und Jojo. Und du bleibst sichtbar, dachte sie so intensiv, dass nichts anderes mehr in ihren Gehirnzellen Platz hatte. Und erst als sie sah, dass Lucy sich entspannte, die Arme kreuzte und mit einem hämischen Grinsen zu Melanie hinüberschaute, wandte Charlie sich wieder ab. Sie quetschte sich zwischen der Hecke und einem rot blühenden Bäumchen hindurch und trat auf Tim und Kemal zu.

»Ganz schön heiß heute, oder?«

Die beiden Jungen fuhren herum.

»Kein Wunder, dass ihr euch ein Plätzchen im Schatten gesucht habt«, fuhr Charlotte fort und deutete anschließend auf Melanie. »Dass die das da so lange aushält!«

»Hm«, machte Tim. Er war mittlerweile knallrot im Gesicht.

»Vielleicht sollte ihr einer von euch was zu trinken anbieten …«

Charlie zauberte sich das netteste Lächeln ins Gesicht und hielt Tim die Limonade hin. »Du vielleicht?«

Er zögerte. Unschlüssig glotzte er auf die Flasche.

»Mensch!« Kemal stupste ihn in die Rippen. »Das ist doch die Gelegenheit!«, zischte er und zwinkerte seinem Kumpel mehr als auffällig zu.

Affen!, dachte Charlie und lächelte dabei immer noch zuckersüß.

»Und wenn das Zeug irgendwie nicht in Ordnung ist ...«, stammelte Tim.

»Na hör mal!« Charlotte qualmte geradezu vor gespielter Empörung. »Was soll denn daran nicht in Ordnung sein? Aber bitte«, schnappte sie. »Wenn du nicht willst ... Dann trink ich sie eben selber.«

Sie setzte die Flasche an die Lippen.

»Nein«, platzte Tim heraus. »So hab ich das doch nicht gemeint.« Er ließ die Schultern hängen, und seine braunen Augen verklärten sich zum Dackelblick. »Natürlich nehme ich die Limo gerne.«

»Okay«, sagte Charlie. »Eins fünfzig.«

»Was?«, fragte Kemal.

»Na, das hat das Zeug gekostet.« Charlie schüttelte den Kopf. »Dachtet ihr etwa, ich schenk's euch?«

»Natürlich nicht«, sagte Tim und kramte hastig ein Zweieurostück aus seiner Hosentasche. »Hier, der Rest ist Trinkgeld.«

»Danke schön.«

Charlotte machte vor Begeisterung über diese so wunderbar gelungene Aktion fast einen Knicks. Feierlich überreichte sie Tim die Flasche und lief dann zu ihren Freundinnen zurück.

»Guckt mal, wie er sich geniert, der Idiot«, kicherte Lucy.

»Tim ist kein Idiot«, knurrte Johanna.

»Na ja, im Moment tut er allerdings wirklich ein bisschen so, als ob er einer wär«, erwiderte Charlotte. Ihre dunklen Augen blitzten vergnügt, als sie Tim dabei zuschaute, wie er sich an Melanie heranschlich, dabei über das Schild *Hunde sind an der Leine zu führen* stolperte und beinahe auf die Nase fiel.

Johanna stieß einen kurzen Schrei aus. »Oh Gott! Hoffentlich verschüttet der das wertvolle Zeug nicht!«

Doch zum Glück gelangte die Limonadenflasche ein paar Sekunden später völlig unversehrt in Melanies Hände.

Zuvor hatte Tim irgendwas zu ihr gesagt, das die vier Mädchen leider nicht verstehen konnten, weil sie zu weit entfernt standen. Daraufhin hatte Melanie sich aufgerichtet und ihn angestrahlt.

»Oah, ich bring sie um, die alte Pute!«, schnaubte Jojo und senkte den Kopf, weil sie es nicht mitansehen konnte.

Charlotte klopfte ihr auf den Rücken. »Nicht nötig«, sagte sie. »In wenigen Sekunden hat sich das Problem von selbst erledigt.«

»Achtung!«, rief Lucy im selben Moment. »Sie trinkt.«

Gespannt bis in die Zehenmuskulatur, blickten Mira, Jojo, Charlotte und Lucy zu Melanie hinüber.

»Diese unverschämte Kuh säuft ihm ja die ganze Flasche leer«, sagte Johanna fassungslos.

»Umso besser«, erwiderte Charlotte. »Oder fändest du Tim hübscher, wenn er auch ein paar Warzen hätte?«

»Jetzt ... jetzt ... Seht doch mal!«, quietschte Lucy und streckte ihren Zeigefinger aus. »Guckt mal, wie entsetzt er sie anglotzt.«

Charlotte stieß Johanna ihren Ellenbogen in die Rippen. »Los, kommt. Das lassen wir uns nicht entgehen!«

Die vier Mädchen rannten quer über die Wiese auf Melanie zu. Als sie sahen, was Miras Zaubertrunk angerichtet hatte, verschlug es ihnen die Sprache. Melanies Gesichtshaut schimmerte grünlich, und auf ihrer hübschen Stupsnase prangten haufenweise pechschwarze Warzen.

Charlotte fand als Erste ihre Stimme wieder.

»Wie siehst du denn aus?«, rief sie.

»Wieso?«, fragte Melanie beleidigt.

»Na ja ...« Lucy fing an zu kichern. »Wahrscheinlich hast du den Sunblocker von Frau Heinrich nicht vertragen. Deine Nase sieht jedenfalls aus wie ein Haufen Fliegendreck.«

»Fliegendreck?«

Melanie schaute Tim an, der mittlerweile ein paar Schritte zurückgewichen war. Dann begann sie hektisch in ihrer Tasche zu kramen und zog schließlich einen Spiegel hervor.

»Das würde ich lieber nicht tun«, empfahl Charlie ihr. »Könnte sein, dass du einen Herzschlag kriegst.«

Und so ähnlich war es dann auch. Denn natürlich schaute Melanie in den Spiegel. Sie bekam zwar keine Herzattacke, aber eine Art Atemlähmung, die ungefähr eine Minute andauerte. Dann wurde es Mira zu unheimlich. Sie trat hinter Melanie und bollerte ihr, so fest sie konnte, auf den Rücken.

»Aaaaaaaaaaaaaaaaaaahhhhhhhhhhhhhhhhh!«, brüllte Melanie los.

Innerhalb einer halben Minute hatten sich sämtliche Mitschüler um sie versammelt. Und auch Herr Löwens und Frau Heinrich kamen aus dem Museumsgebäude gestürzt.

»Um Himmels willen!«, rief Frau Heinrich und schlug die Hände vor's Gesicht.

Alle anderen starrten Melanie nur stumm an. Und dann brach plötzlich ein Gelächter aus, das durch den ganzen Museumsgarten schallte.

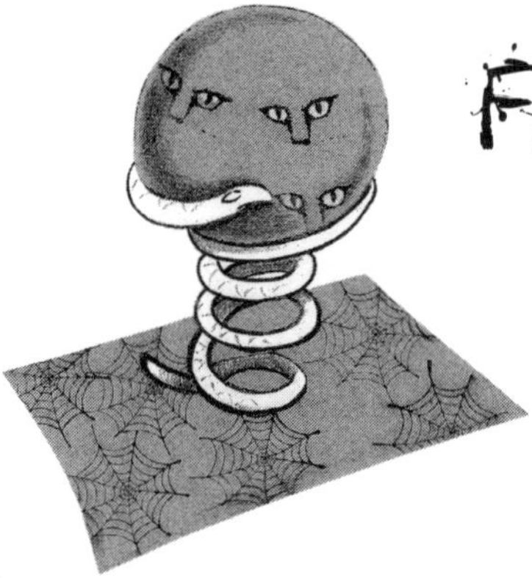

Flammenspiele

»Das war richtig gemein«, sagte Mira, als sie, Lucy, Jojo und Charlotte abends unter der Dusche standen.

Mira war den Rest des Tages total niedergeschlagen gewesen. Nachdem Herr Löwens wegen des Gelächters im Museumsgarten ein Wahnsinnsdonnerwetter auf die Klasse heruntergelassen hatte, hatte sie kaum ein Wort herausgebracht. Und während ihre Mitschüler allmählich die Sprache wiedergefunden hatten, hatte Mira stumm aus dem Busfenster gestarrt und den Tag, an dem sie entdeckt hatte, dass sie aus Zitronenlimo Cola machen konnte, aus tiefstem Herzen verflucht.

Frau Heinrich hatte noch von unterwegs Melanies Mutter angerufen, die für die seltsamen Erscheinungen im Gesicht ihrer Tochter auch keine Erklärung fand und versprach, Melanie gleich am nächsten Morgen abzuholen, wenn ihr Zustand sich bis dahin nicht gebessert hatte.

»Ach, hör doch auf«, brummte Lucy. »Wenn hier jemand gemein ist, dann doch wohl Melanie.«

»Wieso das denn?«, erwiderte Charlotte.

Ihre dunklen Augen funkelten richtig unheimlich in ihrem schaumig weißen Seifengesicht.

»Na, hör mal!« Lucy stemmte die Fäuste in die Hüften. »Schnappt Jojo einfach Tim vor der Nase weg.«

»Ts«, machte Mira und schüttelte fassungslos den Kopf. »Melanie weiß doch überhaupt nicht, dass Jojo in Tim verknallt ist.«

»Und wenn sie's wüsste«, knurrte Lucy, »glaubst du, die würde sich da einen Pfifferling draus machen?«

Charlotte kicherte. Lucy schien da ein paar Sprichwörter durcheinanderzubringen. »Pass bloß auf, dass dir die Pfifferlinge nicht noch zu den Ohren herauswachsen«, sagte sie.

»Außerdem ist Tim nun mal in Melanie verliebt«, meinte Mira. »Da kann sie doch gar nichts dafür.«

»Ach, das bildet die sich doch bloß ein«, entgegnete Johanna abfällig, stellte die Dusche ab und wickelte sich ihr Handtuch um. »Genau wie ihre bescheuerten Allergien und so.«

»Nee.« Mira schüttelte den Kopf. Sie wandte sich Jojo zu und setzte ihr den Zeigefinger auf die Brust. »Du solltest ihn dir aus dem Kopf schlagen.« Und dann erzählte sie von dem Gespräch zwischen Tim und Kemal, das sie in der letzten Nacht belauscht hatte. Am Ende war Johanna wachsbleich im Gesicht.

»D-d-das ist n-nicht wahr!«, stieß sie hervor.

»Doch«, sagte Mira entschieden. »Und ich finde es absolut nicht in Ordnung, wenn wir unsere Fähigkeiten dazu benutzen, die Gefühle der beiden durcheinanderzubringen.«

Sie schnappte nach ihrer Bürste, wandte sich dem Spiegel zu und fuhr sich mit zusammengebissenen Zähnen durch die widerspenstigen schwarzen Locken.

»Wofür denn dann?«, fauchte Johanna.

Am liebsten hätte Mira gar nicht reagiert. Sie hatte endgültig keine Lust mehr auf diese endlosen Diskussionen. Und im Moment dachte sie sowieso nur an Melanie, die die ganze Busfahrt leise schluchzend und mit einem Tuch über dem Gesicht verbracht hatte. Fast hätte Mira sich neben sie gesetzt, um sie zu trösten, aber natürlich hatte sie gezögert, und schließlich war ihr Nurdil zuvorgekommen. Und Tim hatte während der gesamten Rückfahrt ununterbrochen zu Melanie hinübergestarrt.

»Ich hätte das mit der Limo nie tun dürfen«, sagte Mira, obwohl sie wusste, dass sie wegen Lucy gar keine andere Wahl gehabt hatte. Sie schaute Johanna entschlossen an. »Wenn Tim sich nicht einfach so in dich verliebt, dann ist das eben Schicksal. Ich werde jedenfalls nichts mehr tun, das Melanie oder irgendjemand anderem schadet.«

Charlotte nickte. »Ich finde, Mira hat absolut recht.«

»Ts«, machte Lucy, und Jojo zischte: »Kühe!« Dann schnappte sie sich ihre Sachen und steuerte auf den Ausgang zu. Doch noch bevor sie die Klinke berührt hatte, öffnete sich die Tür, und Nurdil steckte ihren Kopf herein.

»Ach, hier seid ihr«, sagte sie und machte ein superernstes Gesicht. »Ich wollte euch nur sagen, dass ich Melanie mein Bett gegeben habe.«

»Wie nett von dir«, sagte Johanna schnippisch.

»Na ja …« Nurdil trat von einem Fuß auf den anderen. »Ich finde sie ja eigentlich auch ein bisschen ätzend, aber wenn man so eine schreckliche Allergie hat, dann kann man vielleicht nicht immer nett sein.«

»Ja, wirklich schrecklich«, erwiderte Lucy mit gespieltem Bedauern. »Eine Warzenallergie. Das ist doch das Allerneueste. Oder habt ihr schon mal was davon gehört?« Sie zwinkerte Jojo zu.

»Vielleicht liegt es ja an den Farbstoffen, die in der Limo waren«, meinte Nurdil. »Oder am Konservierungsmittel.«

»Oder sie ist ganz einfach gegen sich selbst allergisch«, zischte Johanna. »Würde mich jedenfalls nicht wundern.« Sie schubste Nurdil zur Seite und stapfte mit hoch erhobenem Kopf in den Waschraum hinüber.

Ratlos blickte Mira ihr nach. Jojo hatte ja schon immer ihre eigene Vorstellung davon gehabt, was richtig und was falsch war. So giftig und böse wie in den letzten zwei Tagen war sie allerdings noch nie gewesen. Fast kam es ihr so vor, als ob die schreckliche Wandlung, die Lucy gerade durchmachte, ansteckend auf Johanna wirkte.

Es half nichts. Gleich nach dem Abendessen würde Mira noch mal zu Hause anrufen. Papa musste endlich etwas unternehmen.

Dummerweise meldete sich aber erst mal Regine Lombsky und fragte Mira aus. Wie es ihnen gefiele, was sie bisher gemacht hätten, ob das Essen okay wäre, Lucy mit ihren Klamotten auskäme und so weiter und so weiter.

Mira antwortete brav, versuchte, möglichst fröhlich zu wirken, und machte sogar einen Scherz über den allzu wackeligen Wackelpudding, den es abends zum Nachtisch gegeben hatte. Regine Lombsky lachte. Doch irgendwie klang das auch nicht so ganz echt.

»Kann ich noch mal kurz Papa sprechen?«, fragte Mira.

»Du hast doch wohl kein Heimweh«, erwiderte ihre Mutter sofort.

»Nein, ich muss ihn was fragen.«

»Oh ...« Regine Lombsky zögerte. »Weißt du, ich glaube, er ist gar nicht da.«

»Du glaubst ...?«, erwiderte Mira tonlos. Plötzlich war ihr Hals ganz eng. »Es ist doch alles in Ordnung mit ihm?«

»Natürlich.«

Für Miras Geschmack hörte sich ihre Mutter ein wenig zu munter an. »Mama«, brummte sie ungeduldig. »Jetzt sag schon. Da ist doch was.«

Regine Lombsky druckste herum. »Na ja, also ...«, sagte sie dann, und ihre Stimme klang auf einmal gar nicht mehr munter. »Ehrlich gesagt, Papa ist krank.«

»Krank?«, rief Mira. »Du meinst, er hat eine Grippe.«

»Nein«, erwiderte ihre Mutter, »keine richtige Grippe, bloß Fieber.« Sie zögerte. »Ziemlich hohes Fieber allerdings.«

»Und warum hast du das denn nicht gleich gesagt?«, fragte Mira.

»Weil ich euch den Spaß nicht verderben wollte.« Regine Lombsky seufzte. »Es ist ja nur ein Virus, und bestimmt ist Papa wieder auf dem Damm, wenn ihr zurück seid.«

»Ja«, sagte Mira.

Sie war ratlos. Und sie hatte Angst. Denn sie war sich absolut sicher, dass das Fieber ihres Vaters irgendwie mit Lucys Geschichte zusammenhing. Mira hatte ein verdammt ungutes Gefühl. Und dieses Gefühl sagte ihr, dass etwas ganz anderes, viel Gefährlicheres dahintersteckte als irgend so ein harmloser Virus. Aber ihre Mutter durfte natürlich nicht merken, was für schreckliche Sorgen Mira sich machte.

»Okay«, sagte sie deshalb und versuchte, ihrer Stimme einen festen Klang zu geben. »Dann grüß ihn doch bitte ganz lieb, ja? Und wenn er wieder gesund ist, dann soll er mich mal anrufen, ja …?«

Allmählich wurde Regine Lombsky nun doch stutzig. So hartnäckig war Mira nämlich selten.

»Was gibt es denn so Wichtiges, dass es nicht warten kann, bis ihr wieder zu Hause seid?«, fragte sie neugierig.

»Ach, nix, jetzt frag doch nicht so … Es ist immer noch wegen deines Geburtstags.« Mira war heilfroh, dass ihr diese Ausrede noch rechtzeitig eingefallen war.

»Du meine Güte!«, rief ihre Mutter und lachte. »So viel Aufwand habt ihr deswegen ja noch nie betrieben. Und wenn Papa jetzt vor lauter Anstrengung deswegen noch krank wird, dann finde ich das auch ein wenig übertrieben.«

Es sollte sich scherzhaft anhören. Aber Mira merkte ganz deutlich, dass ihre Mutter beunruhigter war, als sie zugeben wollte. Und sie spielte das Spiel mit.

»Ach, das hat doch damit nichts zu tun«, sagte sie.

»Natürlich nicht«, erwiderte Regine Lombsky. »Jedenfalls wünsche ich euch noch ein paar lustige Tage, und gib Lucy einen Kuss von mir.«

Lustige Tage! – Ha! Wenn Papa ernsthaft krank – oder, eher noch, bedroht – war, dann würde Mama Lucy nach ihrer Rückkehr am Samstagnachmittag wahrscheinlich gar nicht mehr wiedererkennen.

Dieser Gedanke jagte Mira einen eiskalten Schauer über

den Rücken. Mit zitternden Fingern hängte sie den Hörer ein und überlegte, ob sie Fee nicht auch noch anrufen sollte. Aber die würde wahrscheinlich nur in Panik geraten. Andererseits musste Mira unbedingt wissen, ob die seltsame Frau noch mal aufgetaucht war. Und wichtig war auch, Fee zur Vorsicht zu ermahnen – natürlich, ohne ihr einen besonderen Grund dafür zu sagen.

Also nahm sie den Hörer wieder ab und wählte Felicitas' Nummer. Sie ließ es mindestens zwanzigmal läuten. Aber es meldete sich niemand.

Mira war so tief in Gedanken versunken, dass sie Tim überhaupt nicht bemerkte und am Treppenabsatz fast mit ihm zusammenkrachte.

»Mensch, pass doch auf!«, knurrte er. »Du rammst mir ja noch den Schädel ein.«

»Glaubst du, meiner ist aus Beton?«, brummte Mira zurück.

»Ach, entschuldige«, erwiderte Tim überraschenderweise. »Ich hab dich irgendwie auch nicht gesehen.« Er schaute Mira unsicher an. »Ich muss dauernd an Melanie denken.«

»Ja«, sagte Mira. »Ich auch.«

Sie schabte mit der Schuhsohle über den Steinboden und wusste nicht so recht, wo sie hingucken sollte. Es war immer schwierig, mit einem Jungen zu reden, sogar, wenn er an dieselben Dinge dachte.

Einen Moment standen sie einander schweigend gegenüber und blickten unschlüssig in der Gegend herum.

Plötzlich fragte Tim: »Meinst du, es wäre gut, wenn ich ihr

sage, dass ich das mit ihrem Gesicht gar nicht so schlimm finde?«

Mira starrte ihn verblüfft an. Sie war total gerührt.

»Ja, ja … garantiert …«, stammelte sie. »Das täte ihr bestimmt gut, ich meine …« Weiter wusste sie nicht. Tims Augen glänzten irgendwie so hell, und er guckte so lieb. Komischerweise war ihr das bisher noch nie aufgefallen.

»Noch besser wär es allerdings, wenn …«, fuhr Tim zögernd fort. »Was denn?«, ermunterte Mira ihn.

Plötzlich fand sie es ganz einfach, mit ihm zu reden. Sie hätte nie gedacht, dass Jungen so nett sein konnten.

»Na ja …«, druckste er. »Ein bisschen peinlich ist es schon, äh … also, wenn ich es ihr so direkt sage.« Aber dann wurde er richtig redselig. »Ich dachte, dass ich Kemal vielleicht vorschicken könnte. Der hat nämlich schon ein bisschen Erfahrung. Also, ich meine, er hat sogar schon mal ein Mädchen geküsst. Ein einziges Mal zwar nur …« Er schaute auf, sah in Miras große blaue Augen und verwandelte sich augenblicklich in eine überreife Tomate.

»Du meinst, es ist besser, wenn er Melanie sagt, dass er das mit den Warzen nicht so schlimm findet, weil er schon ein bisschen Erfahrung hat.«

Tim nickte. »Ja, oder du.«

»Oh«, sagte Mira. »Ich hab aber noch gar keine Erfahrung. Ich meine, so wie Kemal.«

Sie fing an zu schwitzen. Und obwohl ihre Knie sich allmählich in Schaumgummibälle verwandelten, hatte sie das Gefühl, bis in alle Ewigkeit so stehen bleiben und mit Tim reden zu können.

»Das macht nichts«, stotterte Tim. »Aber du bist ein Mädchen und kannst es bestimmt noch besser als Kemal.«

Er rieb seine Hände an seiner Hose und grinste verlegen.

»Oder du schreibst ihr einen Brief«, schlug Mira vor.

Tim schüttelte den Kopf. »Nee, das ist nicht so gut. Ich bin doch Legastheniker.«

»Ach so, ja … klar.«

Mira nickte. In ihren Gehirnzellen herrschte absolute Verwirrung. Trotzdem hatte sie das Gefühl, ihn total zu verstehen. Es war ein wundervoller Zustand. Außerdem war die Aussicht, ein wenig von dem, was sie in Melanies Gesicht angerichtet hatte, wiedergutzumachen, sehr verlockend.

»Okay«, sagte sie. »Ich sag es ihr. Jetzt gleich.«

»Danke.« Tim strahlte sie an. »Das ist total nett von dir.«

Mira strahlte noch ein paar Sekunden zurück und ging dann wie in Trance die Treppe hinauf.

Als Felicitas die Augen aufschlug, war alles dämmrig um sie herum. Sie fühlte sich merkwürdig benommen. Aber sie konnte gucken. Direkt über sich erkannte sie nämlich eine löcherige, alte Holzdecke. Und sie hörte auch etwas. Ein leises Knistern, das von unendlich weit her zu ihr herüberdrang.

Fee versuchte ihre Finger zu bewegen. Im selben Augenblick fiel sie in die Tiefe. Und dann war sie plötzlich richtig wach. Sie fühlte eine weiche Decke über ihrem Körper. Die Holzdecke war nun viel weiter oben und das Knistern ganz dicht an ihrem Ohr.

»Da bist du ja wieder«, sagte eine Stimme neben ihr.

Felicitas wandte den Kopf und schrie auf. Denn sie blickte

direkt in die hellblauen Augen der Frau, die sie im Zug überwältigt hatte.

»Schsch«, machte die Frau und legte den Finger an ihre Lippen. »Du solltest nicht so viel Lärm machen.«

Voller Angst zog Fee die Bettdecke bis an ihr Kinn. »W-was wo-wollen Sie von mir?«, hauchte sie.

»Von dir gar nichts«, erwiderte die Frau und lächelte. »Du musst einfach nur eine Weile hier bleiben. Bis alles vorbei ist.«

Felicitas schluckte. »Bis was vorbei ist?«, krächzte sie.

»Darüber reden wir nicht«, sagte die Frau entschieden. Sie nahm etwas von einem kleinen wackeligen Holztisch und hielt es Felicitas unter die Nase. »Hier, trink.«

»Wa-was?«

Entsetzt starrte Fee auf das kleine schwarze Etwas, das die Frau zwischen ihren langen Fingernägeln hielt. Es sah aus wie eine Kakerlake, die hilflos mit ihren Beinen in der Luft herumruderte.

»Das ess ich nicht«, stieß Felicitas hervor und presste die Lippen so fest aufeinander, wie sie konnte.

»Sollst du ja auch gar nicht«, erwiderte die Frau. Dann lächelte sie das gleiche Lächeln wie im Zug, und plötzlich war die Kakerlake direkt über Fees Gesicht. »Mach deinen Mund auf«, säuselte sie. Ihre Stimme war jetzt sanft und verführerisch.

Felicitas' Herz trommelte wie verrückt. Ihr Hals war wie zugeschnürt. Und trotzdem konnte sie der Stimme nicht widerstehen. Ohne es zu wollen, öffnete sie ihre Lippen. Die Kakerlake fiel auf ihre Zunge und krabbelte hastig ihren Rachen hinunter. Felicitas würgte. Ein Ekelschauer erschütterte ihren Körper. Doch dann war das Krabbeln mit einem Schlag vorbei, und eine sirupartige Flüssigkeit durchflutete ihre Mundhöhle. Sie schmeckte himmlisch orangenfruchtig süß.

Fee trank gierig. Erst jetzt merkte sie, dass ihre Mundhöhle vollkommen ausgetrocknet war. Der Sirup schien in jede ihrer Körperzellen einzudringen. Er machte sie munter und stark.

Felicitas wandte den Kopf, um nach der Frau Ausschau zu halten. Aber sie war nirgends zu sehen. Also schlug Fee vorsichtig die Decke zurück, setzte sich auf und schaute sich um.

Der Raum, in dem sie sich befand, war ziemlich groß, aber nur spärlich eingerichtet. Es gab drei niedrige Sprossenfenster, die von außen durch Fensterläden verschlossen waren und kein Tageslicht hereinließen. Der Fußboden und die Zimmerdecke waren aus Holz, die Wände grob verputzt und schmutzig. Fee hockte auf einem alten Eisenbett. An der Wand neben ihr stand eine kleine Kommode, von der die blaue Farbe abgeblättert war, und in der Mitte des Raumes ein Tisch mit vier Stühlen drum herum.

An der Wand gegenüber befand sich ein Kamin, in dem ein Feuer knisterte, das den Raum wärmte und erhellte. Eine Tür gab es nicht, und Fee rätselte, wohin die Frau wohl verschwunden war. Außerdem fragte sie sich, wo und vor allem wie sie hier gelandet war, und noch mehr wunderte sie sich darüber, dass sie überhaupt keine Angst hatte.

Ihr Blick fiel auf eine alte Standuhr, deren goldenes Metallpendel bedächtig hin- und herschwang. Beide Zeiger zeigten auf die Zwölf. Felicitas zählte die Sekunden, doch auch nachdem über eine Minute vergangen war, rührten die Zeiger sich nicht vom Fleck. Fee schaute auf das Feuer. Es zog sie magisch an. Zögernd setzte sie ihre Füße auf den knarrenden Boden und tapste zum Kamin hinüber.

Sie hockte sich vor die Flammen und beobachtete die Holzscheite, die langsam verbrannten und dabei immer wieder aufglühten. Das Feuer war so wunderbar warm und beruhigend. Felicitas streckte ihre Hände aus und spürte eine seltsame Sehnsucht in ihrem Herzen. Und dann ging alles blitzschnell. – Plötzlich erschien Mira in den Flammen und lächelte sie vertrauensvoll an.

»Komm zu mir«, wisperte sie.

Ihre Stimme klang unglaublich verlockend. Und ihre Hände, die sie der Freundin aus dem Feuer entgegenhielt, waren so sanft und weiß … Fee konnte einfach nicht widerstehen. Doch in dem Moment, als sich die Handflächen der Mädchen berührten, schlug die Standuhr. Felicitas wurde von einer unsichtbaren Kraft gepackt und laut krachend auf den Holzboden geschleudert.

Als Mira die Tür öffnete und ins Zimmer trat, lag Melanie mit dem Kopf unter der Bettdecke und schluchzte.

»Ist ja gut«, murmelte Nurdil, die auf der Bettkante hockte und die Decke streichelte.

Charlotte und Johanna lagen schweigend auf ihren Betten. Lucy war nicht da. Doch das interessierte Mira im Moment nicht. Schnurstracks lief sie auf Melanies Bett zu, legte ihre Hand irgendwo dorthin, wo sie deren Schulter vermutete, und sagte: »Es tut mir sehr leid, was mit dir passiert ist. Aber weißt du, ich finde es überhaupt nicht so schlimm. Und es gibt noch andere, denen es gar nichts ausmacht. Kemal zum Beispiel und Tim. Wir mögen dich alle so, wie du bist.«

»Sag mal, bist du eigentlich noch ganz dicht!«, fauchte Johanna. Sie schnellte von ihrem Bett hoch und stürzte auf Mira los, packte sie am Hals und schüttelte sie.

»Spinnst du!«, rief Nurdil und versuchte, Johanna wegzuschubsen.

Doch Jojo war stärker. Sie stand da wie ein Baum. Und ihr Griff wurde immer fester. Mira röchelte leise und versuchte, ihre Finger unter Johannas Hände zu schieben. – Vergeblich!

Zum Glück gab es noch Charlotte. Und die wusste genau, was sie zu tun hatte. Mit einem Satz sprang sie von ihrem Bett herunter, baute sich hinter Johanna auf und fixierte stumm deren Hinterkopf.

Sofort aufhören!, befahl sie. Lass Mira los. Auf der Stelle!

Jojo drückte noch einmal zu. Dann ging ein Zittern durch ihren Körper, ihre Finger rutschten von Miras Hals, und ihre Arme sanken schlaff nach unten. »Verräterin!«, zischte sie.

Nurdil sah Johanna entsetzt an. »Wieso denn Verräterin? Ich finde es sehr nett von Mira, dass sie Melanie tröstet.«

Jojo kreuzte die Arme über der Brust und schnaufte: »Nett? Pah! Wenn ihr mich fragt, hätte die alte Angeberkuh noch ein halbes Pfund mehr von diesen Dingern auf der Nase verdient. Ich mag sie nämlich überhaupt nicht so, wie sie ist. Und in Wahrheit findet Mira Melanie auch total ätzend …«

Weiter kam sie nicht. KLATSCH! machte es, und eine Sekunde darauf stand Jojo mit einer glühend roten Backe da.

»Ouuh«, stöhnte Charlotte leise und schüttelte sich die Hand aus. Johanna schossen die Tränen in die Augen. Sie drehte sich auf dem Absatz um und lief auf die Tür zu. Ruckartig riss sie sie auf und wurde fast von Saskia, die gerade hereinkommen wollte, über den Haufen gerannt.

»Mannomann«, flüsterte Nurdil.

Mira stand regungslos da. Sie war so weiß geworden wie die Wand und sah, wie die Bettdecke über Melanie anfing zu beben.

»Was ist denn hier los?«, fragte Saskia und versuchte, Johanna am Ärmel festzuhalten. Doch die riss sich los und verschwand im Waschraum gegenüber.

»Immer ihr«, sagte Saskia überheblich. »Typisch. Eigentlich müsste Frau Heinrich euch auf Einzelzimmer verteilen.«

»Was willst du?«, erwiderte Charlotte.

Sie war kurz vorm Explodieren.

»Ihr sollt sofort runter in die Eingangshalle kommen«, brummte Saskia. »Alle, außer Melanie.«

»Und wieso?«, schnaufte Charlie.

»Weil wir noch zum Ponyhof rübergehen wollen«, schnappte Saskia. »Wenn ihr mich fragt, sollte man euch lieber von den armen Tieren fernhalten – nachher drehen die auch noch durch ...«

»Wir fragen dich aber nicht«, sagte Charlotte, die sich kaum noch beherrschen konnte. Sie reckte ihren Oberkörper, trat dicht an Saskia heran und rollte drohend mit ihren dunklen Augen. »Und jetzt verschwinde ... aber dalli!«

Saskia schnappte nach Luft. »Das sag ich Frau Heinrich«, stieß sie hervor und taumelte in den Gang zurück.

»Meinetwegen, du Petze«, brummte Charlotte.

Sie schlug die Tür zu und wandte sich um. Mira kullerten mittlerweile die Tränen über's Gesicht, und unter Melanies Bettdecke schluchzte es zum Gotterbarmen. Nurdil blickte Charlotte unsicher an.

»Geh doch schon mal runter«, krächzte Charlie.

»Du auch«, schniefte Mira. »Ich komm gleich nach.«

Charlotte seufzte. Es war ihr überhaupt nicht recht, Mira heulend zurückzulassen. Andererseits musste Jojo Bescheid wissen, und Lucy natürlich – wo immer sie auch gerade steckte. »Okay«, sagte Charlie. »Aber wenn du in fünf Minuten nicht unten bist ...« Sie seufzte noch einmal und verschwand ebenfalls aus dem Zimmer.

Kaum hatte sich die Tür hinter ihr geschlossen, schob Melanie die Bettdecke nach unten, und ihre hellblauen Augen kamen zum Vorschein.

»Hat Kemal das wirklich gesagt?«, fragte sie stockend.

»Kemal?«, erwiderte Mira. Ihre Tränen versiegten auf einen Schlag. »Was denn?«

»Na, dass er mich mag?«

»Ja ...« Mira zögerte. »Doch, ich glaub schon.«

Bei dieser Lüge wurde ihr ganz heiß im Nacken. Aber sie brachte es einfach nicht übers Herz, Melanie jetzt zu enttäuschen. Außerdem war es doch vielleicht sogar ein Glück, dass sie es gar nicht auf Tim abgesehen hatte, sondern auf Kemal. Da bestanden für Johanna doch noch alle Chancen.

Melanie setzte sich auf und strahlte Mira an. »Mensch, da bin ich aber froh«, sagte sie. »Trotzdem werde ich ihm nicht unter die Augen treten, solange die ekligen Warzen noch auf meiner Nase sind.« Sie sah plötzlich wieder total traurig aus. »Ich kann mir überhaupt nicht erklären, woher diese Dinger so plötzlich gekommen sind«, murmelte sie. »Ich hatte noch nie solche Probleme mit meiner Haut.«

»Vielleicht hast du Frau Heinrichs Sonnenmilch nicht vertragen«, erwiderte Mira. Sie fixierte Melanies Nase. »Ich glaube, sie werden schon blasser.«

Sofort hellte sich Melanies Miene auf. »Eigentlich bist du echt nett«, meinte sie. »Im Gegensatz zu deiner Schwester.«

Mira kniff die Mundwinkel ein und nickte. Lucy war im Moment wirklich ein richtiger Giftzwerg. Die Wut auf ihre Schwester, aber auch die Sorgen um sie hielt Mira mittlerweile fast nicht mehr aus.

Melanie ließ sich zurück auf ihr Kissen fallen. »Hast du vielleicht irgendwas zu trinken für mich?«, fragte sie. »Ich hab einen schrecklichen Durst.«

Mira schüttelte den Kopf.

»Na ja, dann trinke ich eben einen Schluck aus der Leitung«, sagte Melanie und schlug die Decke zurück.

»Warte, ich hol dir was«, bot Mira ihr an und sprang auf.

Melanie lächelte. »Du bist wirklich sehr lieb. Am besten, du nimmst meinen Zahnputzbecher. Der ist in der pinkfarbenen Kulturtasche von Escada …«

»Ich weiß schon«, murmelte Mira. Sie öffnete Melanies Spind, kramte den Becher hervor und lief in den Waschraum hinüber. Dort herrschte gähnende Leere. Mira füllte den Becher, legte die Hände darum und schloss die Augen. Augenblicklich schoss der Lichtblitz durch sie hindurch.

Wo ist Fee?

Als Mira und Melanie in die Eingangshalle kamen, sah Herr Löwens den beiden bereits ungeduldig entgegen.

»Wie schön, Sie zu sehen, die Damen«, begrüßte er sie in seiner gewohnt fröhlichen Art. Plötzlich stockte er, und seine Miene hellte sich richtig auf. »Nanu?«, sagte er zu Melanie. »Du siehst ja wieder ganz normal aus.«

»Ja.« Melanie strahlte wie eine Discokugel.

»Da wird Frau Heinrich sich aber freuen«, prophezeite Herr Löwens. »Und deine Klassenkameraden sicher auch.«

Da war Mira sich allerdings nicht so sicher. Zumindest, was Jojo betraf. Und Lucy, die inzwischen hoffentlich wiederaufgetaucht war.

Mit ziemlich gemischten Gefühlen folgte sie dem Erdkundelehrer und Melanie durch ein kleines Wäldchen, an dessen Ende sich der Reiterhof Feddersen befand. Schon von Weitem ertönte lautes Geschrei und fröhliches Lachen. In dem Moment, als sie den Hof betraten, ging Mira ein wenig auf Abstand zu Melanie und blickte sich suchend unter ihren Mitschülern und einigen fremden Kindern um.

Als Erstes entdeckte sie Charlotte, die neben Nurdil, Kemal und Tim an einem Koppelzaun lehnte und ein paar Ponys mit Möhren fütterte. Dann bemerkte sie Johanna, die im Sattel eines hübschen Hannoveraners thronte. Sie wirkte zwar nicht mehr verheult, aber sehr ernst.

»Na, du Verräterin!«, zischte plötzlich eine Stimme hinter ihr. »Denkst wohl, ich hab das alles nicht mitgekriegt, was?«

Mira fuhr herum und starrte in das Gesicht ihrer Zwillingsschwester.

»Verdammt noch mal, Lucy, wo warst du die ganze Zeit?«, entfuhr es ihr.

»Immer bei dir«, erwiderte die. Ihre Stimme klang dunkel und unheimlich, und in ihren blauen Augen blitzte ein giftiger grüner Funke. »Ich habe dich keine Sekunde aus dem Blick gelassen und weiß haargenau, was du getan hast.«

»Na wunderbar«, sagte Mira. »Dann bist du ja bestens informiert.« Mit aller Kraft unterdrückte sie die Tränen, die ihr vor Wut und Verzweiflung in die Augen schossen, und reckte ihrer Schwester herausfordernd das Kinn entgegen. »Zum Beispiel darüber, dass Melanie gar nicht in Tim verknallt ist, sondern in Kemal.«

»Na und«, schnappte Lucy. »Das ist doch noch lange kein Grund, dieser bescheuerten Ziege die Warzen wieder wegzumachen.«

Mira holte tief Luft. Sie zählte in Gedanken bis zehn, um ruhig zu bleiben und ihrer Stimme einen möglichst festen Klang zu verleihen.

»Ich glaube, du verdrehst da was«, sagte sie. »Es gab überhaupt nie einen Grund, ihr die Dinger überhaupt zu machen.

Tim ist auch so in sie verliebt, es ist ihm egal, ob sie ein paar Warzen hat oder nicht. Aber sie mag Kemal viel lieber.« Mira machte eine ausholende Armbewegung. »Es war absolut überflüssig, sich da einzumischen. Jojo kann die ganze Sache einfach ohne Tricks und Zauberei alleine regeln.«

Für einen Moment wusste Lucy nicht, was sie sagen sollte. Sie kniff die Augen zusammen und fixierte Mira voller Verachtung. Doch schließlich presste sie zwischen schmalen, harten Lippen hervor:

»So ein edles Blut wie dich können wir nicht gebrauchen, klar? Aber du wirst schon sehen, dich kriegen wir auch noch.«

Um kurz vor Mitternacht war Mira immer noch wach. Unruhig wälzte sie sich von einer Seite auf die andere und versuchte, sich auf die schönen Ereignisse des Abends zu konzentrieren. Wie wunderbar Charlotte auf dem Schimmelhengst geritten war, wie sanft das kleine gescheckte Pony Mira ins Gesicht gepustet hatte und wie ulkig es gewesen war, als Herr Löwens stocksteif auf einer Stute gesessen hatte, die keinen Schritt vorwärts machen wollte.

Doch diese Bilder glitten einfach durch sie hindurch. Viel stärker war das, was sie immer und immer wieder hörte:

›So ein edles Blut wie dich können wir nicht gebrauchen, klar? Aber du wirst schon sehen, dich kriegen wir auch noch.‹

Jetzt lag Lucy neben ihr und machte keinen Mucks. Sie schlief still und friedlich mit der Schutzamulett-Socke unter dem Laken und wirkte so sanft und unschuldig wie ein Engel.

»Dabei benimmst du dich, als ob dich der Teufel geritten hätte«, wisperte Mira.

Ein Gänsehautschauer raste über ihren Körper. Zitternd zog sie sich die Decke bis an die Nasenspitze und starrte vor sich hin. Lucys furchterregende Veränderung, ihr kranker Vater, diese ganze schreckliche Klassenfahrt … Manchmal war Mira sich nicht sicher, ob sie das Ganze wirklich erlebte. Wenn sie jetzt die Augen schloss, würde sie morgen vielleicht aufwachen und feststellen, dass alles, was sie in den letzten Tagen erlebt hatte, nur ein entsetzlicher Albtraum gewesen war …

Doch als Mira nach einem kurzen, quälend unruhigen Schlaf die Augen wieder aufschlug, war es noch mitten in der Nacht. Anfangs konnte sie gar nicht richtig gucken, denn für eine Sommernacht war es ungewöhnlich dunkel im Raum. Von ihren Zimmergenossinnen kam kein einziger Mucks. Richtig unheimlich war das.

Mira wollte sich aufrichten, um besser horchen zu können, aber es ging nicht. Bleischwer und völlig bewegungslos lag sie unter ihrer Decke. Nur ihr Herz trommelte wie verrückt. Und dann – einfach so aus dem Nichts – schwebte – Plopp! – plötzlich Lucy über ihr.

Sie schimmerte durchsichtig und fahl wie Transparentpapier, aber sie war vollkommen sichtbar. Ihre großen blauen Augen flackerten grünlich und böse.

»Jetzt hab ich dich. Du entkommst mir nicht mehr«, raunte sie.

Mira riss Mund und Augen auf. Sie wollte schreien. Doch sie konnte nicht. Nur ein leises Gurgeln kam aus ihrer Kehle.

Und dann glitt Lucy einfach der Länge nach in sie hinein. Von einer Sekunde auf die andere wurde Mira eiskalt. Von den Haarwurzeln bis zu den Zehen. Ihr Herz schlug immer langsamer, bis sie es nicht mehr hören konnte, und irgendwann hörte sie auf zu denken …

Am nächsten Morgen war Mira nicht wach zu bekommen. Charlotte und Johanna schüttelten sie, tätschelten ihr die Wangen und pusteten ihr in die Ohren. Aber nichts. Sie rührte sich einfach nicht.

»Mal wieder typisch«, zischte Lucy leise, damit Nurdil und Melanie nichts davon mitbekamen. »Mein liebes Schwesterherzchen hält einfach nichts aus. Zaubert ein paar Warzen auf eine Nase, die es nicht anders verdient hat, und kriegt gleich den Obermoralischen.«

»Jetzt halt mal deine Klappe!«, wies Charlotte ihre Freundin zurecht. »Du bist ja kaum noch wiederzuerkennen. Wenn ich könnte, würde ich dir deinen ganz persönlichen Moralapostel ins Gehirn hexen. Das täte dir mal ganz gut.«

»Ts«, machte Lucy und kicherte. »Es gibt überhaupt kein Gut und Böse. Das ist nur was für Angsthasen. In Wahrheit ist alles das Gleiche.« Sie hielt ihre Hand über Miras Gesicht, schnipste mit den Fingern, und schon schlug Mira die Augen auf.

»Seht ihr, so einfach ist das«, wisperte Lucy. »Wenn man keine Angst hat …«

Sie schlüpfte in ihren Bademantel, schnappte sich das Waschzeug und verließ das Zimmer.

Charlie und Jojo beugten sich besorgt über Mira.

»Alles in Ordnung?«, fragte Johanna.

»Nein«, erwiderte Mira.

Mehr sagte sie nicht. Wie ein Roboter stieg sie aus dem Bett, zog sich an und lief auf die Zimmertür zu.

Charlotte fasste sie am T-Shirt-Saum und versuchte, sie zurückzuhalten. »Aber du musst dich doch waschen und Zähne putzen.«

»Überhaupt nicht«, brummte Mira.

Im Augenblick gab es nämlich nur eines, was sie tun musste …

Sie drückte die Klinke nach unten und marschierte schnurstracks aus dem Zimmer, den Flur entlang und die Treppe hinunter bis zum Telefon. Als Erstes wählte sie die Nummer von zu Hause. Aber dort meldete sich niemand. Vielleicht war Mama schon in der Tischlerei, und Papa lag im Bett und schlief sich gesund. Das hoffte Mira jedenfalls. Sie reckte den Kopf, um einen Blick auf die Uhr neben dem Ausgang zu werfen. Es war kurz nach halb acht. Wenn sie Glück hatte, würde sie Fee noch erreichen.

Hastig tippte Mira die Nummer ihrer besten Freundin ein. Es tutete dreimal, dann meldete sich Felicitas' Vater am anderen Ende der Leitung.

»Aber sie ist doch zu ihrer Tante an die Nordsee gefahren«, sagte er, nachdem Mira sich nach Fee erkundigt hatte.

»Zu ihrer Tante? An die Nordsee?« Mira war völlig von den Socken. »Aber wieso denn? Sie muss doch zur Schule.«

»Zur Schule?« Herr Radke lachte. »Du hast doch wohl hoffentlich nicht die Sommerferien verpennt.«

Die Sommerferien? Die begannen doch erst in drei Wochen! Mira verstand die Welt nicht mehr. Entweder sie hockte gerade im komplett falschen Film, oder irgendetwas Schreckliches, Unerklärliches war mit Felicitas geschehen.

Obwohl ihre Hände zitterten und sie ihre Stimme kaum noch beherrschen konnte, war Mira geistesgegenwärtig genug, Fees Vater nach der Telefonnummer dieser mysteriösen Tante zu fragen.

»Aber natürlich habe ich die«, erwiderte Herr Radke freundlich. »Einen Augenblick …« Mira hörte, wie er zwischen Papieren herumkramte, dann sagte er: »Also, das ist die 09669-66699.«

Komische Nummer, dachte Mira, während sie die Verbindung kappte und die Ziffern des Anschlusses von Fees Tante eintippte. Sie hielt den Hörer ans Ohr und lauschte mit klopfendem Herzen auf das merkwürdig schrille Tuten in der Leitung. Es dauerte lange, bis sich eine sanfte, schmeichelnde Frauenstimme meldete.

»Ja, bitte?«

Mira schluckte. »Sind Sie Fees Tante?«, stammelte sie. »Ich meine, ist Felicitas bei Ihnen?«

»Aber natürlich, Mira, meine Süße!«, rief die Frau mit ehrlicher Freude. »Wir haben alles vorbereitet und warten schon sehnsüchtig auf euren Besuch heute Mittag.«

Wie in Trance hockte Mira sich an den Frühstückstisch und schob sich eine trockene Brötchenhälfte nach der anderen in den Mund – so als ob sie eine willenlose Marionette wäre.

»Willst du dir nicht wenigstens ein bisschen Butter draufschmieren?«, fragte Charlotte. »Oder dieses Himbeergelee?«

Sie hielt der Freundin das Glas vor die Nase. »Das schmeckt wirklich köstlich.«

»Lass sie doch«, grummelte Lucy. »Bestimmt sind die Warzen, die sie Melanie von der Nase gehext hat, in ihrem Gehirn gelandet. Jetzt kann sie überhaupt nicht mehr denken.«

Charlie warf ihr einen finsteren Blick zu, zog es aber vor zu schweigen. Ohne Frage war Lucy in den letzten Tagen total durchgeknallt, und Charlotte quälte sich mit der Sorge, dass mit Mira nun ebenfalls etwas Merkwürdiges vor sich ging. Nur Johanna interessierte das alles nicht.

Sie verrenkte sich fast die Ohren, um mitzubekommen, was Kemal und Tim zwei Tische weiter miteinander besprachen.

»Und du bist dir ganz sicher, dass Melanie Kemal liebt?«, fragte sie in Tims Richtung, obwohl sie eigentlich mit Mira redete.

Doch Mira antwortete nicht. Ihr war so hundeelend zumute wie noch nie in ihrem Leben. Seitdem sie dieses schreckliche nächtliche Erlebnis mit Lucy gehabt hatte, fühlte sie sich irgendwie flüchtig, so als würde sie sich jeden Moment auflösen. Vorhin war ihr fast der Hörer aus der Hand geglitten. Und zwar keineswegs deshalb, weil die komische Frauenstimme sie so aus der Fassung gebracht hatte, sondern weil sie kaum noch Kraft in den Muskeln hatte.

Sie wusste nicht, wie sie die bevorstehende Wattwanderung überleben sollte. Klar war nur, dass sie unbedingt mit Charlie reden musste, aber diese Gelegenheit ergab sich einfach nicht. Weder im Bus noch während ihres zweistündigen Marsches durch das von der Ebbe freigegebene Watt. Denn ständig waren Jojo, Lucy oder andere Klassenkameraden um sie herum.

Um zehn vor zwölf erreichten sie endlich die kleine Hallig. Die Wolken, die bis dahin den Himmel verhangen hatten, lösten sich allmählich auf, und die Kinder liefen laut jubelnd auf den kleinen Gasthof zu, der sich in der Mitte der Hallig befand. Er bestand aus zwei Gebäuden, von denen das eine ein großes, weiß getünchtes und mit Reet gedecktes Haus war, das blau gerahmte Sprossenfenster und hölzerne Fensterläden hatte. Offensichtlich war das Haus in Wohn- und Gaststättenbereich aufgeteilt.

Das andere Gebäude war lang und flach. Es hatte ein großes Schiebetor, und direkt unter seiner Traufe reihte sich ein längliches Fenster ans andere.

»Dort wohnen die Hallig-Gnomen«, sagte Herr Löwens und lächelte schelmisch.

»Die gibt's doch gar nicht«, erwiderte Saskia. Sie reckte ihren Kopf in die Höhe und tönte so laut, dass es auch ja jeder hören konnte: »Das ist ein Stallgebäude.«

Tim griente breit. »Ach, sag bloß ...« Er schaute zu Mira hinüber, aber die erwiderte sein Grinsen nicht.

Mira bemerkte ihn nicht einmal. Die ganze Zeit über war sie nur damit beschäftigt gewesen, ihre Muskeln zu bewegen und zu entspannen. All das, was ihr Körper normalerweise vollkommen selbstständig erledigte, musste sie nun ganz bewusst tun, sonst würde sie keinen einzigen Millimeter vorankommen. Sie war heilfroh, dass sie ihr Ziel erreicht hatten, und ließ sich erschöpft auf eine der Holzbänke fallen, die mit langen Tischen draußen vor der Gaststätte aufgestellt waren.

Plötzlich spürte sie eine Hand auf ihrer Schulter. Mira zuckte erschrocken zusammen.

»Ist alles in Ordnung mit dir?«, fragte Frau Heinrich. »Du siehst so blass aus.«

»Ja, ja«, sagte Mira schlapp. »Mir ist bloß warm. Ich brauch dringend was zu trinken.«

»Und ich erst«, stöhnte Lucy.

Sie und Charlotte gesellten sich zu Mira, während Johanna sich zielstrebig neben Tim niederließ.

»So wird das nie was mit denen«, meinte Charlotte. »Wenn Jojo so weitermacht, ist Tim bald voll abgenervt.«

»Ist auch besser so«, brummte Lucy. »Ich fänd es überhaupt nicht gut, wenn eine von uns plötzlich einen Freund hätte.« Sie blickte ihre Schwester herausfordernd an. »Außer Fee natürlich. Die kann meinetwegen zehn an einer Hand haben. Dann hat sie wenigstens keine Zeit mehr für uns.«

Charlie öffnete den Mund, doch Mira kam ihr zuvor.

»Fee ist verschwunden«, sagte sie leise. Plötzlich standen Tränen in ihren Augen. »Ihr Vater sagt, sie wäre bei ihrer Tante an der Nordsee. Dabei hat Fee überhaupt keine Tante.«

Charlotte starrte Mira fassungslos an. In Lucys Augen blitzte etwas auf. Ihre Augen waren heute fast so grün wie das Grasland um sie herum.

»Du hast Fieber«, sagte sie und legte Mira eine Hand auf die Stirn. »Total heiß bist du.« Sie schüttelte den Kopf. »Fängst schon an zu fantasieren. Fee kann überhaupt nicht bei irgend so einer blöden Tante sein, die es gar nicht gibt. Sie muss nämlich in die Schule.«

Ein junges Mädchen trat an ihren Tisch und fragte, was sie trinken wollten. Mira wischte sich die Tränen aus dem Gesicht und guckte auf ihre Schenkel. Vielleicht hatte Lucy ja recht. Womöglich hatte sie die ganze Zeit über schon Fieber und es bloß noch nicht gemerkt. Schließlich hatte Lucy am Tag vor der Klassenfahrt selber Temperatur gehabt, und nun lag auch Papa zu Hause krank im Bett. Bestimmt schleppte Mira bloß so einen blöden Virus mit sich herum, der sie völlig verrückt machte und lauter Dinge erleben ließ, die in Wahrheit überhaupt nicht existierten.

Ja, so musste es sein. Auf einmal war Mira richtig erleichtert. Sie blickte auf, lächelte die Kellnerin an und bestellte sich eine große Apfelschorle. Die würde ihr nach der ganzen Strapaze bestimmt guttun.

»Ich geh mal aufs Klo«, sagte sie, nachdem die Kellnerin die Bestellung aufgenommen hatte und im Haus verschwunden war, »und schaufel mir kaltes Wasser ins Gesicht.«

Charlotte tätschelte ihr den Rücken. »Ja, das mach mal. Danach geht's dir bestimmt besser.«

Seufzend stand Mira von ihrem Platz auf und schleppte sich mit letzter Kraft in die Gaststätte. Sie musste nicht lange suchen, denn zum Glück befanden sich die Toiletten gleich rechts neben dem Eingang. Mira trat in den Vorraum und wollte gerade die Toilettentür öffnen, da berührte sie jemand von hinten am Arm. Es war wie ein Schlag gegen die Stirn. Mira wurde schwindelig. Sie taumelte zurück. Dann war plötzlich alles dunkel um sie herum, und sie wurde von einem mächtigen Sog nach oben gerissen.

Als Mira die Augen öffnete, war ihr glühend heiß. Sie lag auf dem harten Boden direkt neben einem knisternden Feuer. Und jemand zog mit aller Macht an ihren Füßen.

»Mira, jetzt hilf mir doch mal! Du musst hier weg!«, bettelte eine Stimme, die ihr so wohltuend bekannt vorkam, dass ihr vor Freude die Tränen in die Augen schossen. – Fee!

Mira richtete sich auf und bemerkte, dass sie nur wenige Zentimeter von den hoch aufzüngelnden Flammen entfernt lag. Erschrocken zog sie ihre Knie an und rückte hastig ein Stück zurück.

»Keine Angst, das Feuer tut euch nichts«, sagte jemand hinter ihnen.

Es war die gleiche sanfte Stimme, die Mira heute Morgen am Telefon gehört hatte. Mit klopfendem Herzen fuhr sie herum, und auch Felicitas' Augen richteten sich voller Panik auf die kleine Frau mit den grauen Haaren, die lächelnd im Raum stand.

»W-wer si-sind Sie?«, stammelte Mira, während sie auf die Füße sprang. Sie fühlte sich plötzlich erstaunlich frisch und stark.

»Meine Name ist Hortensia Eulenhorst«, erwiderte die Frau. »Ich komme aus einem fernen Land und einer anderen Zeit, und ich muss sagen, dort geht es weiß Gott gemütlicher zu als bei euch.«

»Sie sind auch eine Hexe, stimmt's?«, keuchte Mira.

Hortensia Eulenhorst nickte und ließ sich auf einem der Holzstühle am Tisch nieder. »Ja, das bin ich. Und ich stand bereits kurz vor der Rente, als man mich hierher abkommandierte.«

»Kurz vor der Rente?«, wunderte sich Fee. »Aber Sie sind doch noch gar nicht so alt.«

Hortensia Eulenhorst winkte ab. »Das scheint nur so.« Sie

blickte eine Weile etwas abwesend vor sich hin. Dann erhob sie sich plötzlich und rannte hektisch auf und ab. »Du lieber Himmel, ich falle aber auch immer wieder in meinen gewohnten Rhythmus zurück. Dabei haben wir überhaupt keine Zeit mehr für große Erklärungen.« Sie ging auf Mira zu und setzte ihr den langen Nagel ihres Zeigefingers auf die Brust. »Deine Schwester hat euch in große Gefahr gebracht. Sie muss dringend gereinigt werden, sonst seid ihr alle verloren.«

»Wieso?«, fragte Felicitas. »Was ist denn mit Lucy?«

»Das können deine Freundinnen dir später erzählen«, erwiderte Hortensia Eulenhorst. »Dafür ist jetzt leider keine Zeit.«

»Aber ...«, stotterte Fee. »Warum haben Sie mich denn überhaupt hierher gebracht?«

»Weil ihr alle vier zusammen sein müsst«, sagte die kleine Frau. »Sonst funktioniert es leider nicht.« Für ein paar Sekunden breitete sich ein bedauernder Ausdruck auf ihrem Gesicht aus. Dann seufzte sie lang und schwer. »Ich musste einen Teil der Zeit anhalten und die Erinnerungen deiner Eltern umprogrammieren, damit sie keinen Verdacht schöpfen«, sagte sie zu Fee. »Natürlich kommt das alles wieder in Ordnung, sobald ich dich zurückgebracht habe.«

»Ich darf zurück?«, stotterte Fee. Ihre Augen fingen an zu leuchten.

»Aber natürlich«, erwiderte Hortensia Eulenhorst. »Warum denn nicht?« Sie hob die Schultern. »Es sei denn, es geht nicht gut.«

»Was meinen Sie damit?«, fragte Mira ängstlich.

»Ich spreche von Lucys Reinigung«, sagte die Frau. »Ich habe diesbezüglich schon ein wenig vorgearbeitet.« Sie deutete auf die Flammen. »Den Rest müsst allerdings ihr machen.«

»Aber ...«, stammelte Fee. Sie starrte entsetzt in das Feuer. Plötzlich war ihr klar, dass sie nicht Mira in den Flammen gesehen hatte, sondern Lucy. Und sie wagte nicht, sich vorzustellen, was das bedeutete.

Hortensia Eulenhorst beachtete Felicitas nicht weiter. Sie wandte sich an Mira und fuhr fort: »Ich kann nicht ermessen, wie weit Lucy schon auf der anderen Seite ist und ob es uns gelingt, sie wieder ganz zu uns herüberzuholen. Es ist ein Risiko, aber wir haben keine andere Wahl.«

Miras Hals schnürte sich zu. In ihrem Bauch breitete sich eine grauenvolle Angst aus, nämlich, dass Lucy in diesem Feuer verbrennen würde. Aber tief in ihrem Herzen wusste sie, dass Hortensia Eulenhorst die Wahrheit sprach und ganz genau wusste, was zu tun war. Im Moment brannte nur noch eine einzige Frage in ihrer Brust.

»Was hat Lucy eigentlich falsch gemacht?«, krächzte Mira mit belegter Stimme. »Hat sie sich zu oft aus Quatsch unsichtbar gemacht?«

Hortensia Eulenhorst schüttelte den Kopf. »Nein, mein Mädchen. Es spricht überhaupt nichts dagegen, ein bisschen Spaß zu haben, solange es niemandem schadet. Deine Schwester aber hat sich auf deine Kosten amüsiert. In den letzten Tagen hat sie ihre Fähigkeiten ausschließlich dazu genutzt, dich zu ärgern, sich selbst zu gefallen, andere zu schädigen oder sich Vorteile zu verschaffen.«

Mira senkte den Kopf und nickte. Sie verstand genau. Und sie hoffte zutiefst, dass Lucy noch einmal die Chance bekam, eine Lehre aus dieser Geschichte zu ziehen.

Plötzlich wurde Hortensia Eulenhorsts Blick seltsam glasig.

»So, jetzt dürfen wir aber keine Zeit mehr verlieren«, murmelte sie. »Dieses Kind hat wirklich nur Unsinn im Kopf.« Sie stupste Mira auf die Wanduhr zu. »Los, du gehst jetzt und holst sie. Alle beide. Lucy und Charlotte. Und beeil dich.«

Ohne zu zögern, öffnete Mira die Tür der Wanduhr. Das Pendel verschwand, und zu ihrer großen Verblüffung stand sie wieder im Vorraum der Toiletten. Das Ganze war richtig unheimlich, und einen Moment lang überfielen sie doch Zweifel. Wenn nun Hortensia Eulenhorst in Wahrheit eine böse Hexe war und sie alle vernichten wollte? Dann würde Mira ihre Schwester und Charlie jetzt in eine Falle locken. Andererseits konnte sie Fee nicht einfach bei dieser Frau zurücklassen. Nein, ihr blieb gar nichts anderes übrig. Sie musste die beiden holen.

Entschlossen trat sie aus dem Gasthof und blickte sich nach Lucy und ihren Freundinnen um. Jojo hockte noch immer neben Tim, der mittlerweile äußerst genervt aussah. Hoffentlich hielt er noch eine Weile durch, damit Johanna nichts davon mitbekam, dass Lucy und Charlie mit Mira verschwanden.

Unter dem Rest ihrer Mitschüler herrschte ein ziemlicher Tumult. Sie klatschten sich auf die Schenkel, pöbelten einander an und zogen sich gegenseitig an den Haaren oder den Ohren. Auch die Lehrer verhielten sich nicht anders. Frau

Heinrich hatte Herrn Löwens gerade am Hemdkragen gepackt und beschimpfte ihn lautstark, weil sie meinte, dass er sie in den Hintern gekniffen habe.

Nur Charlie saß immer noch ruhig auf der Bank vor zwei großen Gläsern Apfelschorle und betrachtete die ganze Szenerie kopfschüttelnd.

»Da bist du ja endlich«, stöhnte sie, als ihre Freundin an den Tisch trat.

Mira ging jedoch überhaupt nicht auf die Bemerkung ein.

»Wo ist Lucy?«, fragte sie streng, denn ihr war völlig klar, dass nur die für den Tumult hier draußen verantwortlich sein konnte. Doch im Moment hatte Mira nicht die Absicht, ihre Zwillingsschwester zur Vernunft zu bringen. Sie hatte nichts anderes im Sinn, als Charlie und Lucy schnellstmöglich in die Toilette zu locken. Und damit Lucy keinen Verdacht schöpfte, strengte Mira sich mächtig an, bloß nicht an Hortensia Eulenhorst und das Feuer zu denken. »Ich muss euch nämlich etwas zeigen. Was total Sensationelles.«

»Was denn?«, fragte Lucy und erschien mit einem leisen Plopp! neben ihrer Schwester.

»Auf dem Klo … ein ganz komisches Tier!«, rief Mira so aufgeregt wie möglich. »Riesengroß. So was habt ihr noch nicht gesehen.«

Charlie hob eine Augenbraue und betrachtete Mira skeptisch. Doch die ließ sich auf keine Diskussionen ein.

»Nun kommt schon, sonst ist es gleich weg«, sagte sie, packte die beiden an den Handgelenken und zog sie hinter sich her.

Als sie den Toilettenvorraum betraten, ging alles blitzschnell. Mira spürte nur eine sachte Berührung an ihrer Schulter, dann stand sie bereits neben Fee vor dem prasselnden Feuer.

»Was machst du denn hier?«, rief Charlotte, während Lucy wie gebannt in die gierig aufzüngelnden Flammen starrte.

Stellt euch nebeneinander ans Feuer, und fasst euch an den Händen, hörte Mira Hortensia Eulenhorst flüstern. Sie wandte sich um, doch die Hexe war nicht zu sehen.

Ich bin unsichtbar, sagte die Stimme. Und jetzt mach, was ich dir sage: Nimm Lucy zwischen dich und Fee.

Noch einmal kamen Zweifel in Mira hoch. Wollte Hortensia Eulenhorst wirklich nur das Beste für sie?

Du musst mir schon vertrauen. Eine andere Möglichkeit hast du nicht.

Mira seufzte. Ganz ohne Frage war es ein großes Risiko, das sie hier eingehen musste. Andererseits besaß Hortensia Eulenhorst so viel Macht, dass sie jede Einzelne von ihnen schon längst hätte töten können, wenn sie es gewollt hätte.

»Das Tier ist in diesem Feuer da«, sagte Mira und griff nach Lucys Hand. »Fee, fass du Lucy auch an. Wir müssen ganz nah ran.«

»Red doch keinen Mist!«, zischte Lucy.

Ihre Augen flackerten panisch. Sie wollte sich losreißen, doch Miras Griff war eisenhart. Zögernd nahm nun auch Fee Lucys und Charlottes Hände. Im gleichen Moment spürte Mira eine Berührung an ihrer freien Hand. Aha! Hortensia Eulenhorst hatte den Kreis geschlossen.

Lucy bäumte sich auf. Vergebens. Verzweifelt versuchte sie, sich unsichtbar zu machen, aber es gelang ihr nicht. Dann schossen die Flammen plötzlich bis zur Zimmerdecke hinauf. Erschrocken wollten die Mädchen zurückweichen, aber sie konnten sich nicht vom Fleck rühren. Im nächsten Augenblick lösten sich vier glühend rote Feuerkugeln aus den Flammen. Drei von ihnen schwebten auf Mira, Fee und Charlotte zu, die vierte verschwand im Nichts.

»Oh nein«, stöhnte Mira. Entsetzt musste sie mitansehen, wie die Feuerkugel langsam in ihre Brust drang. Ihr Herz schlug wild und wurde glühend heiß. Die Hitze breitete sich in ihrem ganzen Körper aus, glitt durch ihren Arm und ging allmählich auf Lucy über. Mira bemerkte Fees und Charlies verzweifelte Blicke. Dann ging Lucy in Flammen auf. Die Mädchen wurden auseinandergerissen, und das Feuer erlosch.

Als Mira wieder zu sich kam, saß Hortensia Eulenhorst am Tisch und lächelte. Lucy lag blass am Boden. Fee hockte daneben und hatte ihr die Hand auf die Brust gelegt.

»Komm zurück!«, wisperte sie flehend.

Zunächst passierte überhaupt nichts. Doch plötzlich richtete Lucy sich auf und blickte sich mit ihren klaren blauen Augen um. »Wo … wo bin ich?«, stammelte sie verwirrt.

»Auf der Hallig«, rief Mira. Sie warf sich neben ihre Schwester auf den Boden und drückte sie ganz fest an sich. »Oh, Lucy, ich bin ja so froh, dass du wieder da bist.«

»Aber wieso?«, wunderte Lucy sich. »Das verstehe ich nicht. Die Hallig liegt mitten in der Nordsee, und ich habe meine Reisetasche doch immer noch nicht gepackt.« Sie rappelte sich auf die Füße und wandte sich um. Erst dann bemerkte sie Hortensia Eulenhorst. »Was macht die denn hier?«, rief sie und wich ein paar Schritte zurück.

»Frau Eulenhorst ist eine Hexe wie wir«, erklärte Felicitas. »Sie hat mich hierher gebracht, damit wir alle zusammen sind, um dich zu retten.«

Hortensia Eulenhorst nickte. »Leider hast du deine Fähigkeiten in letzter Zeit nicht ganz uneigennützig eingesetzt«, wandte sie sich mit ernster Stimme an Lucy. »So konnte die dunkle Seite der Magie von dir Besitz ergreifen. Zum Glück warst du noch nicht ganz bei ihnen.«

»Aber …« Natürlich hätte Lucy am liebsten widersprochen. Doch sie war sich ihrer Schuld sofort bewusst, und so schlug sie beschämt die Augen nieder. »Das passiert mir bestimmt nicht wieder«, sagte sie rau. »Ich kann mich zwar an gar nichts mehr erinnern, aber das Gefühl, das ich in mir habe, ist total schrecklich.«

»Du wirst dich erinnern«, erwiderte Hortensia Eulenhorst. »Wenn die Wirkung des reinigenden Feuers in deinem Herzen nachlässt, wird auch die Erinnerung zurückkommen. Es wird nicht schön sein. Aber irgendwann wirst du vielleicht einen Nutzen daraus ziehen können.« Sie atmete einmal tief durch. »So, ihr Lieben, und nun heißt es Abschied nehmen. Ich muss Fee wieder nach Hause bringen, damit alles seinen gewohnten Gang gehen kann.«

Die vier Mädchen fielen sich noch einmal um den Hals. Mira drückte Fee einen dicken Kuss auf die Backe und folgte dann Charlotte und Lucy durch die Tür der Wanduhr zurück in den Toilettenvorraum.

Die folgenden beiden Tage verhielten Lucy, Mira und Charlotte sich wie ganz normale Mädchen. Es gab keine Verwandlung von stinknormalem Leitungswasser in Cola, keine Gedankenspielchen und keinerlei Abtauchen in die Welt des Unsichtbaren. Da konnte Johanna, die mit Tim einfach keinen Schritt weiterkam, jammern, so viel sie wollte.

»Entweder er mag dich, oder er mag dich nicht«, sagte Charlotte alle naselang, weil Jojo ständig bettelte, Charlie möge Tim mithilfe ihrer Gedankenkraft dazu bringen, sich in sie zu verlieben.

Eines war inzwischen nämlich total klar: Alle Mädchen wussten nun, wer von ihnen Zauberkräfte besaß und wer nicht. Denn logischerweise hatten sie Hortensia Eulenhorst vor ihrem Abschied noch gefragt, wie es sich diesbezüglich mit Johanna verhielt.

Daraufhin hatte die Hexe ihren Kopf hin und her gewiegt. »Jojo ist noch nicht so weit«, hatte sie schließlich geantwortet. »Eine von uns ist sie allerdings schon.«

»Aber er mag mich nicht«, jaulte Johanna zum hundertsten Mal. »Diese blöde Melanie hat den total verhext.«

»Das hat sie garantiert nicht«, erwiderte Lucy und tätschelte Jojo die Schulter. »Und irgendwann wird Tim schon merken, wie bescheuert sie ist ...«

»Ist sie gar nicht«, entgegnete Mira leise, woraufhin sie umgehend mit finsteren Blicken torpediert wurde.

»Jetzt bloß keinen Streit«, sagte Charlotte schnell. »Ich finde, wir sollten weder uns noch andere mit blöden Gedanken bombardieren.«

Mira nickte. »Genau. Lasst uns die letzten beiden Tage der Klassenfahrt einfach genießen.«

Das war allerdings leichter gesagt als getan. Denn erst nach der Wanderung zur Hallig begann das eigentliche Programm, das die Lehrer ihnen bereits vor der Fahrt angedroht hatten. Gleich am nächsten Tag schleiften Frau Heinrich und Herr Löwens die Klasse in zwei unterschiedliche Heimatmuseen, in denen die Kinder mit der Geschichte der Landwirtschaft, des Fischfangs und des Schiffbaus vollgestopft wurden. Schon mittags rauchten ihnen die Köpfe.

Johanna war am schlimmsten dran. Denn sie musste nun endlich den Bericht für die Schülerzeitung in Angriff nehmen.

»Vielleicht ist es doch keine so gute Idee, Journalistin zu werden«, stöhnte sie und raufte sich die kreuz und quer vom Kopf abstehenden roten Haare.

»Jetzt spinn mal nicht rum«, ermahnte Charlotte sie. »Du wirst doch wohl nicht schon bei der ersten kleinen Anstrengung aufgeben.«

Nach dieser Bemerkung war Jojo noch brummiger als vorher und redete kaum noch ein Wort mit ihren Freundinnen. Ein einziges Mal versuchte sie, Tim für das Thema Schifffahrt zu interessieren, aber ihre Bemühungen, ihn für eine Zusammenarbeit an dem Artikel zu gewinnen, scheiterten kläglich.

»Lass mich endlich in Ruhe!«, knurrte er sie an. »Du gehst mir auf den Zeiger.«

Woraufhin Johanna laut schluchzend neben einem Fischerboot aus dem Jahre 1934 zusammenbrach.

»Wozu haben wir denn unsere Hexenkräfte, wenn wir sie nicht einsetzen?«, jammerte sie.

»Jetzt hör auf!«, erwiderte Lucy. »Ich will nichts mehr davon hören.«

Sie hakte sich bei Charlotte unter und stolzierte mit ihr davon. Und Mira blieb nichts anderes übrig, als sich Jojos anzunehmen und sämtliche Informationen zum Thema Schiffbau zusammenzutragen. Melanie dagegen schien mit ihren Bemühungen um Kemal mehr Glück zu haben. Einmal überraschte Mira die beiden sogar dabei, wie sie sich hinter dem Postkartenständer im Eingangsbereich des Museums einen hektischen Kuss auf die Lippen drückten.

Du lieber Himmel!, dachte Mira, das wird ein schönes Theater geben, wenn Tim dahinterkommt.

Aber das war eine Geschichte, um die sie sich nun wirklich nicht kümmern musste. Im Moment interessierten sie eigentlich nur zwei Dinge, nämlich, ob ihr Vater wieder gesund und ob Fee gut nach Hause gekommen war.

Natürlich hatte Mira gleich nach der Rückkehr von der Hallig bei ihr angerufen. Aber es hatte sich niemand gemeldet. Gleich nachher wollte sie es noch einmal versuchen.

Und so war Mira heilfroh, als sie endlich wieder im Schullandheim waren. Johanna, Lucy und Charlie verschwanden in ihrem Zimmer, und die meisten ihrer Klassenkameraden taten das Gleiche. Mira steuerte direkt das öffentliche Telefon in der Eingangshalle an und tippte als Erstes die Nummer der Eltern ein.

»Mira!«, rief Regine Lombsky. »Was ist denn los? Du meldest dich ja so oft. Hast du etwa doch Heimweh?«

»Nein, ich mach mir bloß Sorgen um Papa.«

»Ach, das brauchst du aber nicht«, erwiderte ihre Mutter. »Das war doch nur ein harmloses Fieber. Inzwischen geht es ihm wieder gut.«

Erleichtert atmete Mira auf.

»Lucy und mir geht es auch gut«, sagte sie eindringlich. »Kannst du das Papa bitte bestellen?«

»Natürlich.«

In Regine Lombskys Stimme war eine leichte Verwunderung zu hören. Und deshalb erzählte Mira hastig von ihrer Wanderung zur Hallig und den Museumsbesuchen.

»Ach, Mama, es macht so viel Spaß hier«, log sie aus vollem Herzen, damit ihre Mutter bloß nicht misstrauisch wurde. »Lucy, Charlie, Jojo und mir geht es so gut, dass wir am liebsten noch eine Woche hier bleiben würden.«

Regine Lombsky lachte. »Na, dann würdet ihr aber meinen Geburtstag verpassen. Und das wäre schade, nachdem ihr so viel dafür geübt habt.«

»Stimmt«, meinte Mira. »Außerdem vermissen wir dich und Papa natürlich doch ein bisschen ...«

»Wir euch auch«, sagte ihre Mutter zärtlich.

Dann verabschiedeten sie sich, und Mira wählte Fees Nummer. Bereits nach zweimal Tuten meldete sich die Freundin.

»Bist du gut nach Hause gekommen?«

»Sensationell«, sagte Fee. »Diesmal musste ich gar nicht in den Zug. Wir sind einfach durch die alte Wanduhr gegangen, und – schwupps! – schon war ich in meinem Zimmer. Ach, Mira, ich bin ja so froh, dass ihr bald wieder da seid. Ich bin immer noch ganz durcheinander.«

»Ich auch«, gab Mira zu. »Nur Lucy tut so, als wäre überhaupt nichts passiert. Über die Sache mit Melanies Warzen hat sie sich halb tot gelacht.« In aller Eile erzählte Mira Felicitas von den Ereignissen, die sich im Schullandheim zugetragen hatten. »Lucy hat jetzt natürlich das Gefühl, eine ganze Menge verpasst zu haben.«

»Außerdem kann sie sich ja auch an das, was mit ihr passiert ist, überhaupt nicht mehr erinnern«, meinte Fee.

»Ja.« Mira seufzte. »Meinst du, wir werden jemals erfahren, was mit Lucy los war und was das bedeutet, die dunkle Seite der Magie?«

»Ehrlich gesagt möchte ich das gar nicht so genau wissen«, erwiderte Fee. »Hortensia Eulenhorst können wir jedenfalls nicht mehr fragen. Sie ist nicht mal bis in mein Zimmer mitgekommen.« Die beiden Mädchen schwiegen.

»Hier ist übrigens etwas total Merkwürdiges passiert.«

»Mit deinen Eltern?«, fragte Mira.

»Nee, die sind ganz normal. Aber sie haben einen Brief von meiner Ballettschule bekommen.«

»Von deiner Ballettschule?«, wunderte sich Mira.

Nun erzählte Fee in Kurzform von der Sache mit Frau Siranow und Karens Bein. »Keine von uns wollte mehr bei ihr tanzen. Und jetzt ist Frau Siranow verschwunden. Dabei hatten wir uns noch gar nicht über sie beschwert.«

»Vielleicht wollte sie sich die Blamage ersparen und ist lieber gleich gegangen.«

»Ich weiß nicht«, sagte Fee. »Abhauen passt eigentlich nicht zu Frau Siranow. Und da ist auch noch etwas anderes.« Felicitas' Stimme war nur noch ein Hauch.

»Was denn?«, fragte Mira genauso leise.

»Frau Siranow hatte an dem Tag, als sie Karens Bein überdehnt hat, das gleiche grüne Flackern in den Augen, das ich auch bei Lucy gesehen habe, bevor sie verbrannt ist.«

HeXGirLs

Fünf Freundinnen mit Zauberkräften

Die magische Erfolgsserie von Patricia Schröder

Band 3
ISBN 978-3-7817-1882-1

Band 4
ISBN 978-3-7817-1883-8

Band 5
ISBN 978-3-7817-1884-5

Seitdem die Zwillinge Mira und Lucy und ihre Freundinnen Charlie, Jojo und Fee festgestellt haben, dass sie zaubern können, stolpern die Mädchen von einem Abenteuer ins nächste! Das ist oft lustig – aber manchmal auch richtig gefährlich, denn es gibt auch eine dunkle Seite der Magie...

Von den Hexgirls gibt es noch viele weitere Abenteuer!

»Was brauchen Mädchen mehr als Lesefutter?« (Familie.de)

Die Abenteuer der Hexgirls gibt es auch auf CD bei Oetinger audio.

KLOPP

Weitere Informationen unter:
www.oetinger-audio.de und
www.erika-klopp.de